Edgar Noske, Jahrgang 1957, lebt als freier Autor im Rheinland und in der Eifel. Im Emons Verlag erschienen zahlreiche Kriminalromane, darunter die Mittelalter-Trilogie »Der Bastard von Berg«, »Der Fall Hildegard von Bingen« und »Lohengrins Grabgesang« sowie die Kölner Leo-Saalbach-Krimis »Nacht über Nippes«, »Kölsches Roulette« und »Himmel über Köln«. In der Reihe mit Kommissar Lemberg erschienen bisher »Die Eifel ist kälter als der Tod«, »Endstation Eifel« und »Im Dunkel der Eifel«.

EDGAR NOSKE

Letzte Ausfahrt Eifel

EIFEL KRIMI

emons:

Mix
Produktgruppe aus vorbildlich bewirtschafteten
Wäldern und anderen kontrollierten Herkünften
www.fsc.org Zert.-Nr. GFA-COC-001223
© 1996 Forest Stewardship Council
FSC

Umschlagzeichnung: Heribert Stragholz
Druck und Bindung: CPI – Clausen & Bosse, Leck
Printed in Germany 2009
ISBN 978-3-89705-634-3
Eifel Krimi
Originalausgabe

Für Christel und Steffi

»Fliegenfischen ist eine Tätigkeit,
die es einem Mann gestattet,
in Würde und Frieden mit sich
allein zu sein.«

John Steinbeck

I'm standing at the crossroads
There are many roads to take
But I stand here so silently
For fear of a mistake

One road leads to paradise
One road leads to pain
One road leeds to freedom
But they all look the same

I've travelled many roads
And not all of them were good
The foolish ones taught more to me
Then the wise ones ever could

One road leads to sacrifice
One road leads to shame
One road leads to freedom
But they all look the same

There were roads I never travelled
There were turns I did not take
There were mysteries that I left unravelled
But leaving you was my only mistake

So I'm standing at the crossroads
Imprisoned by this doubt
As if by doing nothing
I might find my way out

One road leads to paradise
One road leads to pain.

Calvin Russell, »Crossroads«

1

Es wurde bereits dunkel. Die Frau ließ den Fahrer in der Guiolettstraße halten, zahlte, stieg aus und ging die restliche Strecke zu Fuß. Hinter der Hausnummer in der Lessingstraße verbarg sich eine mehrgeschossige Villa, die laut der Zahl der Klingelschilder in sechs Wohneinheiten aufgeteilt war. Preissler war der erste Name unten rechts. Wie vereinbart klingelte sie dreimal kurz hintereinander und nach einer Pause erneut dreimal. Umgehend wurde die Eingangstür fernentriegelt.

Sechs Stufen führten ins Hochparterre, wo der Wohnungsinhaber sie bereits an der Tür erwartete. Grußlos trat die Frau ein und wartete, bis der Mann die Tür geschlossen hatte. Dann folgte sie ihm den Flur entlang ins Wohnzimmer.

Der Raum war großzügig geschnitten und exklusiv möbliert. Eine Stehlampe und zwei Wandleuchten sorgten für gedämpftes Licht. Auf der Anrichte stand ein Porträtfoto von Jutta in einem silbernen Rahmen mit Trauerflor. Der Mann wies auf eine Gruppe Ledersessel.

»Nimm Platz. Darf ich dir etwas anbieten?«

»Nein, danke«, sagte die Frau. »Ich bin in Eile. Kommen wir gleich zum Geschäft.«

»Wie du möchtest«, sagte der Mann. »Hast du das Geld?«

Sie öffnete ihre Umhängetasche und entnahm ihr ein Kuvert, das sie ihm reichte. Er warf einen kurzen Blick hinein, zählte die Scheine aber nicht. Stattdessen legte er den Umschlag auf den Couchtisch, ging zum Schrank und öffnete das Barfach. Er schob einige Flaschen beiseite und holte aus der Tiefe des Fachs einen in ein wollenes Tuch eingeschlagenen unförmigen Gegenstand. Als er ihn ihr gab, hätte sie ihn beinahe fallen lassen; er war schwerer, als sie erwartet hatte.

»Und die Munition?«, fragte sie.

»Sie ist geladen«, sagte der Mann. »Acht Schuss. Reicht das?«

»Das reicht.«

»Du weißt, wie man damit umgeht?«

»Jutta hat es mir damals beigebracht.«

Für einen Moment wurden seine Züge weich. Ohne die Pistole aus dem Tuch zu nehmen, steckte die Frau sie ein. Sie vertraute ihm, wie sie seiner Frau und ihm immer vertraut hatte. Dann schloss sie den Reißverschluss der Tasche und nickte ihm zu.

»Blond steht dir gut«, sagte er zum Abschied und lächelte.

»Danke«, sagte sie. »Aber das ist nur eine Perücke.«

Ohne ein weiteres Wort verließ sie Wohnung und Haus. Drei Straßen weiter fand sie ein freies Taxi.

2

Der belgische Lkw vor ihm fuhr keine achtzig. Überholen konnte er ihn aber nicht, da die A 60 auf diesem Streckenabschnitt einspurig war. Erst in einem Kilometer würde wieder eine zweite Fahrspur zur Verfügung stehen. Dabei hatte er bereits eine Dreiviertelstunde Verspätung. Unmöglich, die wieder reinzuholen.

Aber das passte zu diesem Tag, an dem so ziemlich alles schiefgegangen war, was schiefgehen kann. Im Büro hatte er Mist gebaut und die Arbeit noch einmal machen können. Wenigstens hatte er den Fehler selbst bemerkt und sich so einen Anschiss erspart. Nur war er dadurch verspätet nach Hause gekommen, was noch kein Beinbruch gewesen wäre, hätte ihn dort nicht sein Bruder erwartet, um ihn zur Rede zu stellen. Immer wieder das gleiche Thema. Diesmal hatte Rolf doch tatsächlich damit gedroht, Mutter reinen Wein einzuschenken. Das hatte ihn natürlich auf die Palme gebracht, schließlich wusste Rolf doch genau, dass Mutter das bei ihrem schwachen Herzen kaum überleben würde. So wäre es um Haaresbreite zu Handgreiflichkeiten gekommen wie erst neulich. Nur Marlies' beschwichtigendem Eingreifen war es zu verdanken gewesen, dass er Rolf nicht an den Kragen gegangen war. Aber ausgestanden war die Angelegenheit damit keineswegs.

Als er schließlich loswollte, sprang sein Wagen auf einmal nicht an. Dabei war die verdammte Kiste erst kürzlich in der Inspektion gewesen. Marlies' Wagen konnte er nicht nehmen, da sie die Kinder noch vom Turnen abholen musste. So hatte er sich in seiner Not das Auto seiner Schwester leihen müssen, die natürlich wie immer auf Kilometergeld bestand, was ihn in dieser Nacht gut ein Viertel seines Verdienstes kosten würde.

Überhaupt, dieser Job. Einerseits war er froh, ihn zu haben, sonst kämen sie finanziell nicht über die Runden. Was er an Besoldung nebst Zuschlägen nach Hause brachte, war zwar nicht schlecht, dazu addierten sich Marlies' Einnahmen durch die Näherei und ein Teil von Mutters Rente, trotzdem reichte es hinten und vorne nicht. Die Schuldenlast war erdrückend, die Zinsen fraßen alles auf, und auf eine Umschuldung mit längerer Laufzeit wollte die Bank sich nicht einlassen. Und immer wieder Rolf, der bei jeder Gelegenheit Druck machte. Es war zum Kotzen.

Andererseits wusste er, dass der Job ihn Kopf und Kragen kosten konnte. Nicht nur, weil er seine Nebentätigkeit nicht angemeldet hatte, wie es vorgeschrieben war, er war sich zudem sicher, dass mit der Ware, die er transportierte, irgendetwas faul war. In der Regel fünf Kisten, manchmal aber auch nur drei, und dafür zahlten sie ihm einhundert pro Fahrt bar auf die Hand zuzüglich Benzinkosten. Das konnte sich für die doch niemals rechnen. Es sei denn, die Kisten enthielten ganz etwas anderes, als angegeben war.

Mehrfach war er versucht gewesen nachzusehen, was er da eigentlich durch die Nacht kutschierte, hatte aber jedes Mal einen Rückzieher gemacht. Denn was wäre, wenn er tatsächlich herausfände, dass er illegale Ware transportierte? Dann bliebe ihm nur, Anzeige zu erstatten, womit er sich aber selbst reinreiten würde, ganz zu schweigen davon, dass dann der Zusatzverdienst perdu wäre. Besser wäre gewesen, er hätte diesen Job niemals angenommen, aber die Konditionen waren einfach zu verlockend gewesen. Dass damit etwas nicht stimmte, war ihm erst in den Sinn gekommen, als es für einen Ausstieg schon zu spät gewesen war. Nur gut, dass Marlies nicht wusste, was er trieb.

Sollte er irgendwann in eine Kontrolle geraten, musste er eben auf seinen Dienstausweis vertrauen. Unter Kollegen, und waren sie auch von einer anderen Behörde, drückte man schon mal ein Auge zu. Er selbst machte das ja auch nicht anders. Nur heute hatte er seine Papiere nicht dabei. In dem ganzen Durcheinander zu Hause hatte er vergessen, seine Brieftasche einzustecken. Ebenso das Handy.

Die Bahn wurde zweispurig, und er trat das Gaspedal durch. Der Motor des kleinen Opel heulte gequält auf, und endlich konnte er an dem belgischen Sattelzug vorbeiziehen. Kurz darauf war der Laster aus dem Rückspiegel verschwunden.

Dafür tauchte der Blender wieder auf. Das musste derselbe Idiot sein, der ihm schon auf dem ersten Teil der Strecke aufgefallen war. Fuhr in einem Abstand von schätzungsweise fünfhundert Metern mit eingeschaltetem Fernlicht hinter ihm her. Noch dazu hatte der

Wagen diese Xenonscheinwerfer, die höllisch grell waren. Wäre er nicht so in Zeitnot, würde er vom Gas gehen und den Kerl vorbeilassen. Aber daran war heute nicht zu denken. Mit einem Fluch drehte er den Innenspiegel zur Seite.

Plötzlich blitzte das Fernlicht im linken Außenspiegel auf und stach ihm regelrecht in die Augen. Jetzt fuhr der Blender offenbar auf der Überholspur, kam aber nicht näher, sondern hielt konstant Abstand. Dem Burschen gehörte der Führerschein abgenommen.

Wieder wurde die Bahn einspurig bei gleichzeitiger Begrenzung der Höchstgeschwindigkeit. Er hielt sich nicht an das vorgeschriebene Limit, und der Blender erst recht nicht. Innerhalb kürzester Zeit hatte der Idiot aufgeschlossen und klebte ihm regelrecht am Heck. Um was für ein Fabrikat es sich handelte, war gegen das Scheinwerferlicht unmöglich auszumachen. Aber es musste ein PS-starker Wagen sein, so rasant, wie er näher gekommen war.

Kurz vor Winterspelt stand der Überholstreifen wieder zur Verfügung. Der Blender scherte aus und setzte sich neben ihn. Der Wagen war ein dunkles Coupé mit getönten Scheiben. Wer darin saß, war nicht zu erkennen.

Geradezu schlagartig überkam ihn die Erkenntnis, dass es sich gar nicht um einen Verkehrsrowdy handelte, sondern dass der andere es auf ihn abgesehen hatte. Aber warum zum Teufel? Wer war das? Und was hatte er vor? Wollte er ihn etwa rammen? Angesichts der Gewichtsunterschiede der Fahrzeuge war klar, wie das ausgehen würde.

Er umklammerte das Lenkrad und ging vom Gas. Der andere tat es ihm prompt gleich. Also beschleunigte er wieder, was dem anderen keine Mühe bereitete. Schweiß brach ihm aus.

Das Ausfahrtsschild Winterspelt kam in Sicht. Okay, sagte er sich, im letzten Moment werde ich das Steuer herumreißen und abfahren. So spät, dass der andere unmöglich reagieren kann. Noch dreihundert Meter, noch zweihundert, noch hundert.

Konzentriert blickte er nach vorn und fixierte die Stelle, an der es passieren würde. Nur noch wenige Wagenlängen.

Jetzt!

3

Der Mann, der im Hotel »Am Steineweiher« in St. Vith auf dem Rücken liegend in einem französischen Doppelbett schnarchte, war achtundvierzig Jahre alt, einen Meter fünfundachtzig groß und hatte vor zwei Tagen laut Digitalwaage 100,5 Kilo gewogen. Das streichholzlange Haar war grau, der Vollbart weiß und mit einem elektrischen Trimmer durchgehend auf eine Länge von zwei Zentimeter gestutzt. Zugedeckt hatte der Mann sich nicht, er hatte nicht einmal die Überdecke zurückgeschlagen. Seine Atmung wurde immer wieder von längeren Aussetzern unterbrochen, was die Vermutung seines Hausarztes bestätigte, dass er an Schlafapnoe litt. Deshalb steckte in seiner Brieftasche auch ein Überweisungsschein zum Lungenfacharzt, der jedoch verfallen war.

Bekleidet war der Mann lediglich mit blau-weiß karierten Shorts und einem marineblauen T-Shirt. Seine übrige Garderobe – eine ausgewaschene Jeans, ein weißes, langärmeliges Baumwollhemd sowie ein tabakbraunes Tweedsakko mit Lederflicken auf den Ellbogen – lag im Zimmer verstreut auf dem Boden. Auf dem Hocker stand eine ungeöffnete schwarze Nylonreisetasche, unter dem Möbel schauten braune Kreppsohlenschuhe hervor. Socken waren nicht zu entdecken, die trug der Mann aus Prinzip nicht. Die Lampe auf dem Nachtschränkchen brannte, das Fenster stand auf kipp und die Vorhänge waren nicht zugezogen. Im Raum war es ausgesprochen frisch. Der Name des Mannes war Roger Lemberg, wobei der Vorname wegen der wallonischen Abstammung seiner Mutter französisch ausgesprochen wurde. Es war ein Uhr morgens, und Lemberg schlief seit knapp einer Stunde. Sein Plan war, gleich nach dem Frühstück nach Dorsel ins obere Ahrtal zurückzufahren, wo er als Kriminalhauptkommissar die SOKO Eifel leitete.

Am gestrigen Tag hatte er hier im Hotel an einer sogenannten Drei-Nationen-Polizeitagung teilgenommen, gemeinsam mit Kollegen aus Belgien und Luxemburg. Ziel des Treffens war gewesen, die grenzüberschreitende Zusammenarbeit zu verbessern. Konkrete Vereinbarungen hatte man zwar nicht getroffen, aber man hatte sich wenigstens kennengelernt, sodass man wusste, wen man im Ernstfall ansprechen konnte. Dabei war der belgische Vertreter Lemberg bereits bekannt gewesen: Henri Daeninckx, Chef de Corps der Polizeizone Eifel, ein kurzgewachsener, äußerlich an Asterix erinnernder Kollege, mit dem er im vergangenen Jahr in einem Fall zusammengearbeitet hatte und dabei heftig aneinandergeraten war. Trotz der offiziell nie beigelegten Differenzen hatten sie sich wie alte Freunde begrüßt und den Abend nach einem opulenten Essen – Lemberg hatte einen Hausmacherteller, Lammkrone in Thymianjus und Crêpe paysanne gewählt – mit reichlich Bier und Himbeergeist ausklingen lassen. Daeninckx und der luxemburgische Kollege aus Clervaux waren, nachdem man sich zum Abschied gegenseitig geschworen hatte, sich jederzeit unbürokratisch beizustehen, noch nach Hause gefahren. Lemberg hingegen hatte sich in weiser Voraussicht ein Zimmer vor Ort reserviert.

Vor dem Einschlafen hatte er beschlossen, davon zu träumen, was er seiner Frau Maggie zum Geburtstag am kommenden Samstag schenken würde. Die ursprünglich geplante Überraschung, mit einem Gewicht von unter neunzig Kilo nach Mainz zu fahren, konnte er ja vergessen. Statt abzunehmen hatte er weiter zugenommen, inzwischen fünfzehn Kilo, seit er in der Eifel war. Für Maggie, eine ehemalige Leichtathletin, die noch immer mehrmals pro Woche trainierte und seit ihrem zwanzigsten Lebensjahr trotz zweier Schwangerschaften lediglich zwei Kilo zugelegt hatte, völlig unverständlich. Ständig lag sie ihm in den Ohren, mehr auf seine Gesundheit zu achten, und hatte ihm allerlei Menüpläne zusammengestellt, an die er sich aber aus Zeitmangel wie aus Bequemlichkeit nicht hielt. Sport trieb Lemberg zudem keinen. Das hatte dazu geführt, dass er inzwischen XXL-Garderobe benötigte, die er in einem Spezialgeschäft für Übergrößen kaufen musste.

Lemberg selbst nannte die überschüssigen Pfunde seinen Kummerspeck. Angefressen wegen der Trennung von seiner Familie. Als er die Leitung der SOKO übernommen hatte, waren Maggie und die Kinder in Mainz geblieben. Maggie, weil sie dort berufstätig war, Katharina und Sebastian, weil sie die Schule nicht wechseln wollten und wegen ihrer Freunde. So lebte Lemberg seit rund drei Jahren allein in der Eifel, nach wie vor im familieneigenen Wohnanhänger auf dem Campingplatz Stahlhütte im Ahrtal. Mehrfach hatte er die Gelegenheit gehabt, ein Haus oder eine Wohnung zu mieten, aber er hatte sämtliche Angebote ausgeschlagen, da er noch immer die Hoffnung hegte, Maggie und die Kinder würden sich doch noch besinnen und ihm folgen. Dabei wurde Katharina in wenigen Monaten bereits achtzehn, würde im kommenden Jahr ihr Abitur machen und plante, danach Tiermedizin zu studieren. Sebastian war zwei Jahre jünger und träumte von einer Karriere als Rockmusiker. Fakten, die Lembergs Wunsch zur reinen Illusion machten. So bestand das Familienleben lediglich aus unregelmäßigen Begegnungen an den Wochenenden. Das hatte naturgemäß zu einer gewissen Entfremdung geführt. Selbst der Hund, ein katalonischer Schäferhund namens Baro, akzeptierte Lemberg nicht länger als Rudelführer.

Statt auf eine vernünftige Idee für ein Geschenk zu kommen, durchlitt Lemberg, befeuert von dem Essen, das ihm schwer im Magen lag, einen seiner Standardalpträume. In einer riesigen schummerigen Lagerhalle, die vollgestellt war mit allen möglichen Kisten, Fässern und anderen Behältnissen, versuchte er, einer Gruppe von Verfolgern zu entkommen. Die Meute war bewaffnet, er nicht. Schließlich gelang es ihm, eine der Kisten zu öffnen und sich darin zu verstecken. Kaum hatte er den Deckel geschlossen, näherten sich seine Häscher dem Behältnis, legten polternd irgendwelche Gegenstände darauf ab und begannen, ihre weitere Vorgehensweise zu besprechen. Er konnte jedes ihrer Worte verstehen. Ihr Ziel war eindeutig, sie wollten ihn eliminieren. Da überkam ihn plötzlich ein Hustenreiz. Krampfhaft versuchte er, den Reiz zu unterdrücken, indem er die Luft anhielt. Lange und immer länger, bis er Blitze vor den Augen sah und die Besinnung zu verlieren drohte. Der Wunsch, den Mund zu öffnen, um zu atmen, um zu leben, war überwältigend. Aber er durfte es nicht. Er durfte es einfach nicht …

Mit rasendem Herzen und schweißgebadet wurde Lemberg wach, setzte sich auf und blickte sich um. Er wusste überhaupt nicht, wo er war. Schlagartig wurde ihm kalt, und im gleichen Augenblick ertönte sein Handy. Er musste aufstoßen, wodurch er sauren Himbeergeschmack in den Mund bekam, und griff nach seinem Nokia.

»Ja?«

»Dröger«, sagte eine Männerstimme. »SOKO Eifel. Sorry, Sie stören zu müssen, Herr Hauptkommissar, aber wir haben einen Fall ganz in Ihrer Nähe.«

Dröger war neu und arbeitete in der Telefonzentrale. Lemberg erinnerte sich an ein schmales Gesicht mit einer Mordsnase.

»Was für einen Fall?«

»Die Kollegen aus Prüm haben soeben den Fund einer männlichen Leiche an der Autobahnausfahrt Winterspelt in Fahrtrichtung belgische Grenze gemeldet«, sagte Dröger. »Und da Sie von allen am nächsten am Tatort sind, dachte ich –«

»Wo bin ich?«

»Sie sind doch in St. Vith, oder etwa nicht?«

»St. Vith«, sagte Lemberg mit rauer Stimme und massierte sich die Stirn. »St. Vith. Natürlich. Wie spät ist es überhaupt?«

»Ein Uhr dreizehn.«

»Gütiger Himmel.«

»Es tut mir ja auch wahnsinnig leid«, knirschte Dröger. »Aber –«

»Schon gut, schon gut.« Die Erinnerung an den Vorabend war wieder da. »Sagen Sie den Kollegen, ich bin in … Wie weit ist es bis dort?«

»Um die fünfzehn Kilometer.«

»Okay, ich brauche zwanzig Minuten.«

Lemberg beendete die Verbindung, bevor Dröger noch etwas entgegnen konnte, stand auf, stolperte ins Bad und stellte sich kurz unter die Dusche. Fünf Minuten später saß er in seinem Dienstwagen und durchquerte die schlafende Stadt in Richtung Autobahn.

*

Ausgeruht war etwas anderes, nüchtern erst recht, aber Lemberg erreichte Deutschland ohne Probleme. Bereits von der Brücke, die die Winterspelter Anschlussstellen verband, entdeckte er drei Fahrzeuge mit eingeschaltetem Blaulicht. Eine Feuerwehr, einen Notarzt- sowie einen Streifenwagen. Alles, was man auf die Schnelle hatte auftreiben können. Ein zweiter Polizei-Passat sperrte die Auffahrt in Richtung Belgien. Lemberg zeigte seinen Ausweis und durfte passieren.

Der Tatort lag auf dem begrünten und mit dürren Bäumen bepflanzten Dreieck, das von Aus- und Auffahrt gebildet wurde. Der Suchscheinwerfer der Feuerwehr beleuchtete einen kleinen roten kastenförmigen Wagen, der inmitten der Bäumchen zum Stehen gekommen war, nachdem er zuvor das blaue Ausfahrtsschild touchiert und verbogen hatte, wie die Reifenspuren auf dem Grün bewiesen. Der rechte Scheinwerfer leuchtete nach wie vor, der linke war blind. Unweit des Wagens lag ein Bündel, abgedeckt mit einer Plane. Der gesamte Bereich war mit rot-weißem Plastikband abgesperrt.

Lemberg stellte seinen Golf am Rand der Grünfläche ab und stieg aus. Ein Mann mit säbelkrummen Beinen kam ihm entgegen, schwankend wie ein Matrose, der nach Wochen zum ersten Mal wieder festen Boden unter den Füßen hat. Krammer von der Dienststelle Prüm, mit dem Lemberg bei seinem allerersten Fall in der Eifel zusammengearbeitet hatte. Die anderen standen in Grüppchen abseits und guckten müde in die Gegend.

»'n Abend«, sagte Krammer und schmatzte. »Oder besser Morgen. Sie sind ja diesmal verdammt fix.«

»Wir versuchen, jeden Tag ein bisschen besser zu werden«, sagte Lemberg. »Haben Sie für mich auch 'nen Kaugummi? Ich hab 'nen fiesen Geschmack im Mund.«

»Ich hab nur noch einen.«

»Der reicht mir.«

Mit einem Seufzer zog Krammer den Streifen aus der Jackentasche und übergab ihn. Dabei sog er professionell die Atemluft seines Gegenübers ein.

»He, Sie haben eine Fahne, werter Kollege.«

»Rein dienstlich.«

»Dienstlich?« Krammer schien interessiert. »Wie geht das?«

Lemberg schob den Kaustreifen in den Mund und berichtete ihm in einem Satz von dem Treffen in Belgien.

»Saufen auf Spesen«, sagte Krammer. »Dass ich zu so etwas nie eingeladen werde.«

»Die SOKO kann gute Leute immer brauchen«, sagte Lemberg. »Bewerben Sie sich.«

»Ist denn eine Planstelle frei?«

»Derzeit nicht. Aber wenn Sie Interesse haben, ruf ich Sie an, sobald was frei wird.« Dann fragte er: »Was ist hier passiert?«

Der Prümer Kollege wies mit dem Daumen über die Schulter. »Ein Toter, männlich, um die vierzig. Kopfschuss. Ist wahrscheinlich während der Fahrt erschossen worden.«

»Nur ein Schuss?«

Krammer nickte.

»Von einem Heckenschützen?«

»Ich denke eher, von einem anderen Fahrzeug aus. Das Projektil hat das Fenster auf der Fahrerseite durchschlagen. Ein Heckenschütze hätte dazu über die gesamte Breite der Autobahn ein bewegliches Ziel bei Nacht treffen müssen.«

»Wer hat ihn gefunden?«

»Ein belgischer Lkw-Fahrer.« Krammer zeigte auf den Sattelzug, der mit eingeschaltetem Warnblinklicht unter der Brücke stand. »Van Lemputten heißt der Mann. Vor knapp einer Stunde. Er dachte, der Fahrer des Agila sei eingepennt oder besoffen und deswegen von der Bahn abgekommen. Da hat er angehalten und nachgesehen. Erst nachdem er den Verunglückten aus dem Wagen geborgen hatte, hat er bemerkt, dass der ein Loch im Kopf hat.« Krammer tippte mit dem Zeigefinger gegen seine Schläfe. »Genau zwischen Auge und Ohr. Wollen Sie die Leiche sehen?«

Lemberg nickte. Während sie auf den verunfallten Wagen zugingen, fragte er: »Wissen Sie, um wen es sich bei dem Toten handelt?«

»Der Mann hat keine Papiere bei sich. Aber der Wagen ist auf eine Annette Vieth aus Manderscheid zugelassen.«

»Haben Sie den Erkennungsdienst schon verständigt?«

»Denken Sie, das ist meine erste Leiche?«, maulte Krammer. »Die Brüder müssen jeden Augenblick hier sein.«

Wie auf Kommando tauchte ein weißer VW-Bus auf und stoppte auf dem Standstreifen. Während der Motor weiterlief, stiegen vier Personen aus und begannen, sich weiße Overalls überzuziehen. Sobald sie fertig waren, kam die kleinste von ihnen auf sie zu.

»Hallo«, sagte die Frau. »Kalt hier oben.«

»Hallo«, gaben sie unisono zurück, und Krammer ergänzte: »Winterspelt. Was haben Sie erwartet?«

»Es ist erst Oktober. Da wird der Wein gelesen.«

»Klar doch. Schneifel-Riesling.«

Die Frau hatte ein Pumucklgesicht, struppige dunkle Haare und huskyblaue Augen. Letzteres konnte man wegen der Dunkelheit zwar nicht erkennen, aber Lemberg wusste das. Sie begegneten sich nicht zum ersten Mal. Ob ihr Name nun Persch oder Bersch lautete, war unklar, da sie wie die meisten Trierer kein B aussprechen konnte. Auch ihre Unterschrift ließ darüber keinen Aufschluss zu, sie war völlig unleserlich. Aber die Dame verstand ihr Handwerk.

»Bereitschaftsdienst?«, fragte Krammer.

»Die letzte Nacht«, sagte Persch. »Morgen wäre ein anderer dran gewesen. – Wo befindet sich das Opfer?«

Der Leichnam war das zugedeckte Bündel neben dem Agila. Einer der Spurensicherer schleppte ein Stativ mit einem Scheinwerfer heran, der durch ein Kabel mit dem VW-Bus verbunden war. Nachdem er es positioniert hatte, schaltete er den Fluter ein. Der Schauplatz wurde in kaltes weißes Licht getaucht, das extreme Kontraste schuf. Dann ging er zum Kopfende und schlug gemeinsam mit einem Kollegen die Plane zurück.

Der Tote lag auf dem Rücken, den Kopf unnatürlich seitlich verdreht, sodass er nur im Profil zu sehen war. Bekleidet war er mit einer Cordhose, einem Rollkragenpullover und Sportschuhen einer Billigmarke. Seine Körpergröße betrug circa einen Meter siebzig, und er wirkte leicht übergewichtig. An der linken Hand trug er einen goldenen Ring. Lemberg war irritiert. Das Erscheinungsbild des Mannes war ihm irgendwie vertraut, er wusste nur nicht woher. Zusätzlich zu dem Einschussloch war die linke Seite des Schädels blutverschmiert und von unzähligen kleinen Wunden übersät. Das hatten die Splitter der Seitenscheibe verursacht.

Die Kollegen vom Erkennungsdienst baten Lemberg und Krammer, aus dem Weg zu gehen, und machten eine Reihe von Fotos. Nachdem das erledigt war, gab Persch die Anweisung, den Kopf des Toten zu drehen, damit er frontal aufgenommen werden konnte. Vorsichtig kam einer der Männer dem nach.

»Das Genick ist gebrochen«, sagte er.

»Ich sehe es«, sagte Persch.

Endlich war der Kopf in der gewünschten Lage. Aufgerissene

leere Augen und in ungläubigem Entsetzen erstarrte Züge entstellten das Gesicht. Trotzdem erkannte Lemberg ihn sofort.

»Verdammt!«, entfuhr es ihm.

Krammer und Persch blickten ihn fragend an.

»Was ist?«, fragte der Prümer. »Kennen Sie den Mann?«

Lemberg atmete tief durch. »Das ist Schupp. Dieter Schupp. Einer meiner Leute.«

4

Das Besprechungszimmer der SOKO in Dorsel war kürzlich renoviert worden und roch noch danach. Die Wände waren nunmehr hellgelb gestrichen, bis auf eine, die rot leuchtete, um einen Akzent zu setzen. Das war ausgerechnet die Wand in Lembergs Rücken, sodass er nichts davon hatte. Statt mit Laminat war der Boden jetzt mit langflorigem Teppichboden im Farbton »Toskana gesprenkelt« ausgelegt, was zur Folge hatte, dass man runtergefallene Reißzwecken und Büroklammern nur nach längerem Suchen fand, wenn überhaupt. Die Krönung waren an der Decke umlaufende Stuckleisten, die zu dem Raum passten wie ein Dreispitz zum Nadelstreifenanzug. Lediglich das Mobiliar war das alte, dabei hätte gerade das ersetzt gehört, denn die Stühle waren ausgesprochen unbequem.

Mit der innenarchitektonischen Umgestaltung hatte Kriminaloberrat Albrecht Canisius, der – seit einem Hubschrauberabsturz gesundheitlich gehandicapt – die SOKO nur noch nach außen hin leitete und sich aus dem Tagesgeschäft heraushielt, seine Gattin Edda beauftragt. Normalerweise betätigte Edda sich als Kunstkeramikerin, kreierte Objekte, Gefäße und Geschirr, hatte aber derzeit eine Schaffenskrise, die sich, wie Lemberg fand, auch hier im Raum widerspiegelte. Da die Lembergs mit den Canisius' jedoch eine beinahe zwanzigjährige, weit über das Berufliche hinausgehende Freundschaft verband, hatte Lemberg sie gewähren lassen. Lediglich als Edda bodenlange Gardinen anbringen lassen wollte, hatte er protestiert, um nicht täglich an seine Schwiegermutter erinnert zu werden, die bevorzugt lange wallende Gewänder trug.

Es war kurz vor acht, und Lemberg wartete auf die Kollegen. Vor ihm auf dem Tisch lag Schupps Personalakte, die er sich noch einmal vorgeknöpft hatte. Gerade mal neununddreißig Jahre alt war Dieter Schupp geworden, er hinterließ eine Ehefrau und drei Kinder. Außerdem besaß er mehrere Hunde und Katzen, wie Lemberg wusste, und lebte in Manderscheid. Das war es aber auch schon. Lemberg konnte sich an kein privates Wort erinnern, das er je mit Schupp gewechselt hätte. Er hatte kein Verhältnis zu dem Mann gehabt, aber auch nie ernsthaft versucht, Zugang zu ihm zu finden. Schupp war immer freundlich und zuvorkommend gewesen, hatte auf ihn immer völlig unangestrengt und ausgeglichen gewirkt, manchmal geradezu glückselig, was Lemberg verunsichert, in gewisser Weise sogar abgestoßen hatte. So viel innere Ruhe war nicht normal, schon gar nicht in dem Beruf. Dass Schupp, um cool zu bleiben, Pillen geschluckt oder gekifft hatte, hielt Lemberg für ausgeschlossen, aber vielleicht hatte er einer Sekte angehört. Dafür gab es zwar keinen Anhaltspunkt, aber Lemberg selbst war bei den Zeugen Jehovas groß geworden und hatte dort einige vergleichbare Figuren kennengelernt. Ein Kapitel, das für ihn längst abgeschlossen, aber sicher mit ein Grund für seine Reserviertheit gegenüber dem Kollegen gewesen war.

Die Tür ging auf, und eine der beiden Schreibzimmerdamen, eine mollige Mittvierzigerin, trat ein. In den Händen hielt sie einen Blumenstrauß, der aussah, als hätte sie ihn hinter dem Haus gepflückt. Als sie Lemberg bemerkte, blieb sie wie angewurzelt stehen. Ihr war anzusehen, dass sie geweint hatte.

»Was haben Sie vor?«, fragte er.

»Ich wollte die Blumen an Herrn Schupps Platz legen, wenn es gestattet ist«, sagte sie.

»Finden Sie das nicht ein bisschen übertrieben?«

Umgehend flossen neue Tränen.

»Schon gut«, sagte Lemberg. »Ich hab nichts dagegen.«

Nachdem sie den Strauß mit viel Getue platziert hatte, sagte sie: »Er war ein feiner Mensch. Er hat mir oft Obst und Gemüse mitgebracht.«

»Obst und Gemüse?«

»Aus seinem Garten.« An der Tür blieb sie erneut stehen und rang die Hände. »Weiß seine Familie eigentlich schon Bescheid?«

»Noch nicht«, sagte Lemberg. »Das erledigen wir gleich nach der Besprechung.«

Kaum war sie gegangen, betrat die Mannschaft geschlossen den Raum und nahm Platz. Von Lemberg aus gesehen links saß Marie-Luise Berrenrath-Noll, Anfang vierzig, seine Stellvertreterin, eine Vernehmungsspezialistin der Sonderklasse. Lemberg durfte sie Noll nennen wegen seiner Aversion gegen Doppelnamen. Neben ihr Henning Klaes, Ende fünfzig, der genialste Schreibtischermittler, den Lemberg kannte. An dessen Seite Tobias Schommer, in den Dreißigern, unschlagbar im Observieren und seit Kurzem Träger eines schwarzen Gürtels in Karate. An der rechten Seite des Tischs hatten Helena Wagner und Katja van de Sande Platz genommen. Beide waren Anfang dreißig und erstklassige Allroundermittlerinnen. In allen Gesichtern entdeckte Lemberg sowohl Fassungslosigkeit als auch professionelle Entschlossenheit. Niemand rührte die bereitstehenden Getränke – Mineralwasser, Kaffee, Tee und Orangensaft – an.

Lemberg schob Schupps Akte zur Seite und gab eine kurze Zusammenfassung dessen, was in Winterspelt geschehen war. Der Erkenntnisstand war gleich null. Außer dass Schupp erschossen worden war, wusste man nichts. Obduziert werden würde er noch heute.

Er hatte seinen Bericht gerade beendet, als Albrecht Canisius erschien. Seit Wochen war der Kriminaloberrat nicht in Dorsel gewesen, sondern hatte alle Aufgaben von seinem Privathaus in Münstereifel aus erledigt. Canisius ging an zwei Stöcken, war aber elegant gekleidet wie immer und hatte einige Kilo abgenommen, da er kein Cortison mehr nehmen musste. Mit ernster Miene nickte er in die Runde, sagte »Weitermachen!« und nahm Lemberg gegenüber am anderen Kopfende des Tischs Platz, wobei Schommer ihm den Stuhl zurechtrückte.

»Ich muss einräumen, dass der Kollege Schupp und ich ein rein dienstliches Verhältnis hatten«, sagte Lemberg. »Hat er vielleicht einem von Ihnen gegenüber erwähnt, ob er sich bedroht fühlte? Wirkte er irgendwie ängstlich oder besorgt? – Klaes, Sie müssten das doch am ehesten wissen. Sie haben das Büro mit ihm geteilt.«

Der Angesprochene schüttelte bedächtig den massigen Kahlkopf mit der gespaltenen Kartoffelnase. »Nein, Dieter war wie immer. Ruhig, gelassen, die Ausgeglichenheit in Person.«

»Hätte er sich Ihnen denn anvertraut, wenn er Probleme gehabt hätte? Waren Sie so vertraut miteinander?«

»Ich weiß es nicht. Ich weiß es wirklich nicht. Ich kann nur hoffen, dass er das getan hätte.«

»Ist sonst jemandem etwas aufgefallen?«, fragte Lemberg in die Runde.

Die Antwort war negativ. Lemberg hakte nach.

»Hat Schupp nie etwas Privates erzählt?«

»Doch«, sagte Klaes. »Er hat ganz gerne von seiner Familie gesprochen. Von seiner Frau und den drei Kindern. Die haben ihm alles bedeutet.«

»Wie alt sind die Kinder?«, fragte Noll.

»Zehn, neun und acht. Drei Mädchen.«

»Gütiger Himmel! So jung.«

Klaes nickte, um Nolls Einschätzung zu bestätigen.

»Sonst gab es keine Themen?«, fragte Lemberg.

»Ab und zu hat er noch von seinem Hobby erzählt«, sagte Klaes.

»Er hatte ein Hobby?«

»Warum sollte er kein Hobby gehabt haben?« Klaes und auch die anderen blickten Lemberg erstaunt an.

»Natürlich«, sagte Lemberg und winkte müde ab. »Womit hat er sich denn nun beschäftigt?«

»Er hat geangelt. Er war sogar in einem Verein. Das war es aber auch. Über andere Dinge haben wir nie gesprochen.«

»Was ist von der Theorie zu halten, dass sich ein ehemaliger Kunde an ihm gerächt hat?«

»Wenig«, sagte Noll spitz. »Schupp hat zeitlebens im Innendienst gearbeitet. Überwiegend in der Verwaltung. Sie haben die Akte doch vor sich.«

Du schnippisches Stück, dachte Lemberg, das kriegst du zurück. Er hatte das wegen der schlaflosen Nacht, die ihm in den Knochen steckte, tatsächlich übersehen. Aber das war typisch Noll, ihm einen Fehler auf diese Art vorzuhalten.

Helena Wagner hob kurz ihren Kugelschreiber, und Lemberg nickte ihr zu.

»Wenn ich Sie richtig verstanden habe, geht der Kollege Krammer davon aus, dass Schupp während der Fahrt von einem anderen Fahrzeug aus erschossen wurde«, sagte sie. »Bei Nacht kann man den Fahrer eines Wagens, den man überholt, aber so gut wie nicht erkennen. Zudem hat Schupp einen fremden Wagen benutzt. Könnte es nicht sein, dass der Anschlag gar nicht ihm, sondern dem eigentlichen Besitzer des Wagens gelten sollte?«

»Denkbar«, sagte Lemberg. »Der Wagen ist auf eine Frau namens Annette Vieth zugelassen.«

»Das ist Schupps Schwester«, sagte Klaes. »Er hat auch noch einen älteren Bruder. Beide Geschwister leben in Manderscheid, soweit ich weiß.«

»Wir behalten das jedenfalls im Auge.«

Einige machten sich Notizen auf ihren Stenoblocks.

»Ich schlage vor, dass wir uns als Erstes Schupps Arbeitsplatz vornehmen«, fuhr Lemberg fort. »Seinen Computer, sein Diensthandy, seinen Terminkalender und so weiter. Vielleicht ergibt sich irgendwo ein Hinweis.«

»Ich wundere mich ein wenig, dass Schupp zu dieser Uhrzeit unterwegs war«, sagte Klaes. »Ich erinnere mich, dass er mir einmal erzählt hat, er und seine Frau gingen spätestens um elf Uhr zu Bett, weil ausreichend Schlaf so wichtig sei. Er hat überhaupt sehr gesund gelebt. Er war ja auch nie mit uns bei Breuer zum Essen. Hatte immer sein Vollkornbrot dabei und jede Menge Obst.«

»Vielleicht kann uns darüber seine Frau Auskunft geben«, sagte Lemberg. »Wir müssen sie ohnehin noch vom Ableben ihres Mannes in Kenntnis setzen. Klaes, würden Sie mich dabei begleiten?«

»Selbstverständlich.«

Noll, die normalerweise auf der Stelle eingeschnappt war, wenn Lemberg ihr Klaes vorzog, wirkte erleichtert. Auch die anderen Anwesenden beneideten die beiden Männer nicht um das, was vor ihnen lag. Es gab kaum einen scheußlicheren Aspekt ihrer Arbeit, als eine Todesnachricht überbringen zu müssen, noch dazu im Falle eines Kollegen.

»Nur eine Frage noch«, sagte Lemberg. »War Schupp religiös?«

»Warum fragen Sie das?«, fragte Schommer.

»War er oder war er nicht?«

»Normal katholisch«, sagte Klaes. »Ob er ein regelmäßiger Kirchgänger war, weiß ich nicht. Aber alle Kinder sind getauft.«

Vom anderen Ende des Tischs meldete sich Canisius zu Wort.

»Dieser Fall hat absolute Priorität«, sagte er nachdrücklich. »Was Schupp widerfahren ist, nehme ich persönlich. Sollten Sie Unterstützung oder Verstärkung in welcher Form auch immer brauchen, lassen Sie es mich wissen. Ich werde mich darum kümmern.«

»Wir kommen darauf zurück«, sagte Lemberg.

*

Klaes saß wie immer wegen seiner zu kurzen Beine dicht und mit stark angewinkelten Armen hinter dem Lenkrad und steuerte den Golf schnell und sicher. Einer der wenigen, mit denen Lemberg gerne und bedenkenlos fuhr. Lemberg hatte die Beifahrerlehne auf bequem gestellt und starrte hinaus in die herbstliche Landschaft. Indian Summer in der Eifel, ein Farbenrausch, verstärkt durch die Sonne, die heute nicht von Wolken verschleiert war.

Lemberg überlegte, wann er zuletzt in Manderscheid gewesen war. Das musste mehr als dreißig Jahre her sein. Damals hatte seine Schulklasse eine Lieser-Wanderung von Daun über Manderscheid und Wittlich bis runter an die Mosel unternommen und dabei in der Manderscheider Jugendherberge übernachtet. Mit auf dem x-Bett-Zimmer hatte ein amerikanischer GI gelegen, der Dave Manderscheid geheißen hatte und mal den Ort kennenlernen wollte, dem er seinen Nachnamen zu verdanken hatte. Das sowie Regen, Regen und nochmals Regen war aber auch schon alles, an was Lemberg sich erinnern konnte.

Der Verkehr war mäßig, die Straße gut, Lemberg döste ein. In den Serpentinen zwischen Schutz und Bleckhausen kippte er mit dem Kopf gegen die Seitenscheibe und wurde davon wach. Sie näherten sich Manderscheid aus nördlicher Richtung, auf dem Höhenrücken, der das Tal der Lieser von dem der kleinen Kyll trennte. Zu beiden Seiten boten sich traumhafte Ausblicke.

Das Ortseingangsschild kam in Sicht, und Klaes nahm den Fuß vom Gas.

»Es ist gleich rechts«, sagte er. »Das dritte oder vierte Haus.«

»Sie waren schon mal hier?«, fragte Lemberg.

»Auf Krankenbesuch. Damals, nach seinem Autounfall.«

Das Haus war ein unerwartet großer Kasten mit Mansardendach und Bruchsteinsockel. Mit den gleichen Steinen war auch die Einfassungsmauer errichtet worden. Klaes fuhr den Golf auf das

Grundstück und stellte ihn zwischen einem silbernen Kombi und einem Corsa ab. Der Kombi war Schupps Wagen, den sie kannten.

Lemberg stakste steifbeinig die Stufen hoch zur Haustür, Klaes einen halben Schritt hinter sich, und klingelte, woraufhin ein Gong ertönte. Sie warteten eine Weile, aber nichts geschah. Lemberg streckte erneut die Hand nach dem Knopf aus, aber Klaes hielt ihn zurück.

»Vielleicht ist nur die Mutter im Haus. Geben Sie ihr eine Chance.«

Lemberg war so fair. Endlich hörten sie Schritte jenseits der Tür. Die Frau, die öffnete, war klein, zart und wohlfrisiert und mochte um die siebzig sein. Fragend blickte sie die beiden Männer an.

»Guten Tag, Frau Schupp«, kam Klaes Lemberg zuvor. »Wir sind Kollegen Ihres Sohnes Dieter und möchten kurz mit seiner Frau sprechen.«

»Marlies ist gerade mit den Hunden unterwegs.«

»Dann warten wir im Wagen, wenn es recht ist.«

»Nicht nötig«, sagte sie. »Kommen Sie nur rein.«

Klaes trat sich sorgfältig die Füße ab, und Lemberg tat es ihm gleich. Das Haus war gediegen ausgestattet und peinlich sauber. Steinboden, Teppiche, klassisch gemusterte Tapeten und dunkle, auf Hochglanz polierte Massivmöbel. Der Stil entsprach dem Geschmack längst vergangener Tage. Sicher zu hausbacken für Leute in Dieter Schupps Alter, aber passend zum äußeren Erscheinungsbild des Gebäudes.

Sie wurden in ein Wohn- und Esszimmer geführt, wo Frau Schupp ihnen Plätze an einem rechteckigen Tisch anbot, den sechs Stühle umstanden. Ausgesprochen bequeme Stühle.

»Möchten die Herren vielleicht einen Kaffee?«, fragte Frau Schupp.

»Gerne«, sagte Klaes, der, wie Lemberg wusste, Kaffee verabscheute. »Der täte uns sicher gut.«

Nachdem sie gegangen war, sagte Klaes leise: »Die alte Dame ist herzkrank. Wenn sie beschäftigt ist, kann sie uns nicht fragen, was wir wollen, und ich muss nicht lügen.«

Die Zeit verrann, getaktet vom Pendel der Standuhr. Neben der

Uhr hing ein kleines Bild, das einen Krug mit Deckel und herausragendem Kellengriff zeigte.

»Wissen Sie, wer das gemalt hat?«, fragte Klaes, als er Lembergs Interesse bemerkte.

»Nein.«

»Christoph März, der Malerpastor.«

»Ach der.«

»Sie kennen ihn?«

»Nein.«

Klaes schien menschlich enttäuscht. Bevor die Enttäuschung zu Gram anwachsen konnte, waren aus der Diele Geräusche und Hecheln zu vernehmen. Sekunden später stürmten zwei mittelgroße Hunde ins Zimmer und beschnüffelten sie wedelnd. Der eine war braun, der andere hatte eine Zeichnung wie das Pferd von Little Joe. Kurz darauf betrat eine Frau den Raum und blickte erstaunt. Beide Männer erhoben sich.

»Klaes«, sagte Klaes. »Ein Kollege Ihres Mannes, Frau Schupp. Wir sind uns einmal begegnet. Das ist mein Chef, Kommissar Lemberg.«

Ihre Züge entspannten sich. »Ich erinnere mich, Herr Klaes. Bitte, behalten Sie doch Platz. Was führt Sie zu uns? Mein Mann ist nicht da, wie Sie sicher wissen.«

Marlies Schupp war dunkelblond, gut aussehend und deutlich größer und schlanker, als Lemberg sie sich aufgrund der Figur ihres Mannes vorgestellt hatte.

Da Klaes sich nicht rührte, sagte Lemberg: »Wir müssen Sie wegen Ihres Mannes sprechen, Frau Schupp.«

Sie lächelte. »Hat er etwas angestellt?«

»Nein, wir müssen Ihnen eine bedauerliche Mitteilung machen.« Lemberg sog Luft ein. »Ihr Mann ist tot, Frau Schupp.«

Für zwei Pendelschläge guckte sie ungläubig, dann schüttelte sie den Kopf und sagte: »Das ist absurd.«

»Leider nein.«

Mit zwei Schritten war sie an der Anrichte, auf der das Telefon stand, riss den Hörer von der Station und drückte eine einzige Taste. Einen Moment lang geschah nichts, dann ertönte ein handyüblicher Klingelton aus der Diele.

»Dieter hat sein Handy vergessen«, stammelte sie. »Das passiert ihm sonst nie.«

»Er ist tot, Frau Schupp«, wiederholte Lemberg so gefühlvoll, wie er nur konnte. »Es tut uns aufrichtig leid.«

Wie in Zeitlupe legte sie den Hörer ab und ging schleppend zu dem im anderen Teil des Raumes stehenden Sofa. Langsam ließ sie sich auf der Kante nieder, presste die Knie zusammen und umschlang sich selbst, als stecke sie in einer Zwangsjacke.

»Ist das wirklich wahr?« Ihre Stimme war nur noch ein Hauch, und in ihren Augen lag ein kaum zu ertragendes Flehen.

Lemberg nickte stumm.

Lautlos begann sie zu weinen.

In diesem Moment kam Dieter Schupps Mutter mit einem Tablett ins Zimmer.

»Der Kaffee ist fertig, meine Herren.«

5

Der Arzt hieß Pütz-Jendryssik, war ein paar Jahre jünger als Lemberg und sah aus wie ein Schläger. Seine Augen hatten den lauernden Blick eines Türstehers, den beinahe kahlen Schädel verunzierten diverse Narben. Das knapp sitzende Hemd spannte sich über beachtlichen Muskelpaketen. Zum Ausgleich hatte er eine sehr angenehme Stimme, die Lemberg an den Synchronsprecher von Robert De Niro erinnerte; der Name wollte ihm gerade nicht einfallen. Und er hatte heilende Hände. Kaum hatte er Marlies Schupps Unterarm berührt, hörte sie auf zu zittern.

Zunächst einmal hatte er sich um die alte Dame gekümmert, sie ins Bett gesteckt und ihr eine Beruhigungsspritze verpasst. Jetzt saß er an der Seite der jungen Witwe und sprach sanft auf sie ein. Sie hatte viel geweint, aber nun schien ihr Tränenvorrat erschöpft. Als der Arzt ihr ein Medikament offerierte, lehnte sie energisch ab. Die Hunde lagen unter dem Tisch und schauten drein, als hätten sie begriffen, was vorgefallen war.

Mit einem letzten Tätscheln verabschiedete sich der Doktor von Marlies Schupp, packte seine Sachen zusammen und baute sich vor Lemberg auf. Lemberg war auf alles gefasst.

»Es wäre besser, die Damen blieben vorerst nicht allein«, sagte Pütz-Jendryssik. »Schräg gegenüber, in dem schmalen Haus, wohnt der Bruder von Herrn Schupp mit seiner Verlobten. Vielleicht könnten Sie nachsehen, ob einer der beiden da ist. Ich muss leider weiter.«

»Wir kümmern uns darum«, sagte Lemberg.

»Für alle Fälle.« Der Doktor hielt ihm seine Visitenkarte hin. »Über das Mobiltelefon bin ich rund um die Uhr zu erreichen.«

Lemberg steckte die Karte ein, verständigte sich kurz per Blickkontakt mit Klaes, der mit einem Nicken bestätigte, hierzubleiben, und folgte dem Arzt, der bereits seinen Volvo aus der Einfahrt rangierte.

Das angegebene Haus auf der anderen Straßenseite war wirklich ungewöhnlich schmal, gerade so, als wäre dem Bauherrn vor Errichtung der zweiten Hälfte das Geld ausgegangen. Ein rostiger Polo, dem die hintere Stoßstange abhanden gekommen war, parkte vor der Garage und ließ die Vermutung zu, dass jemand anzutreffen sein würde. Auf dem Schild stand »Rolf Schupp/Gudrun Hesse«. Lemberg läutete und wurde wie schon zuvor auf eine harte Geduldsprobe gestellt. Als schließlich die Haustür geöffnet wurde, blinzelte ihn eine Frau in einem knappen Bademantel verschlafen aus dem Halbdunkel des Flurs an. Sie war in den Dreißigern, brünett und entsprach der landläufigen Vorstellung von einem Vollweib. Fünfzehn Kilo zu viel, aber die an den richtigen Stellen.

»Frau Hesse?«

»Ja?«

»Mein Name ist Lemberg, SOKO Eifel. Ich bin ein Kollege von Dieter Schupp.« Zur Bestätigung hielt er ihr seinen Ausweis hin, der sie aber nicht zu interessieren schien. »Ich hatte gerade die traurige Pflicht, Frau Schupp vom Tod ihres Mannes unterrichten zu müssen. Hätten Sie die Möglichkeit, sich um Ihre Schwägerin zu kümmern?«

»Dieter ist tot?«

»Ja, leider.«

»Wie ist das passiert?«

Lemberg schüttelte den Kopf. »Genaueres kann ich Ihnen im Augenblick nicht sagen. Bitte haben Sie Verständnis dafür.«

Frau Hesse raffte den Bademantel über ihrem Dekolleté zusammen. »Ich komme sofort. Ich muss mir nur etwas überziehen.«

»Danke.«

Klaes hatte Lemberg vom Fenster aus gesehen und ließ ihn wieder ins Haus.

»Die Verlobte kommt«, sagte Lemberg noch unter dem Türstock. »Wie geht es der Witwe?«

»Sie hat sich gefasst.«

»Hat sie Sie inzwischen gefragt, wie ihr Mann gestorben ist?«

»Nein. Dabei ist das normalerweise das Erste, was Angehörige fragen.«

»Eben. Meinen Sie, sie ist in der Lage, uns ein paar Fragen zu beantworten?«

»Wenn Sie dabei behutsam vorgehen«, sagte Klaes in einem Tonfall, als ob er daran grundsätzliche Zweifel hegte.

Marlies Schupp saß noch immer auf dem Sofa und starrte mit abgewandtem Gesicht auf die auf der Anrichte aufgereihten Fotos, darunter das DIN-A4 große Bild eines älteren Herrn, der aussah, als hätte er etwas zu sagen. Der Mann sah Dieter Schupp nicht unähnlich, hatte aber ein energischeres Kinn. Das musste der im vergangenen Jahr verstorbene Herr Papa sein. Lemberg erinnerte sich dunkel, seinerzeit eine Kondolenzkarte unterschrieben zu haben. Erst als er sich räusperte, reagierte Marlies Schupp und nahm ihn wahr. Ihre Augen waren völlig leblos, als hätte sie wer weiß was geschluckt. Lemberg holte sich einen Stuhl und setzte sich ihr gegenüber. Klaes blieb im Hintergrund.

»Frau Schupp, ich habe die Verlobte Ihres Schwagers verständigt. Sie wird sich um Sie kümmern.«

Es war nicht zu erkennen, ob sie verstanden hatte, was Lemberg gesagt hatte.

»Wir müssen Sie bitten, uns noch einige Fragen zu beantworten«, fuhr Lemberg fort. »Glauben Sie, Sie schaffen das?«

Hastig fuhr sie sich mit dem Zeigefinger unter der Nase entlang und schniefte. Dann faltete sie die Hände wieder in ihrem Schoß.

»War er sofort tot?«, fragte sie. »Ich meine, musste er leiden?«

Lemberg war überrascht. »Ihr Mann musste nicht leiden, Frau Schupp. Es ging alles sehr schnell.«

Sie schüttelte den Kopf. »Warum hat er sich auch nicht operieren lassen? Der Arzt hatte ihm dringend dazu geraten, und ich habe ihn darum gebeten, ach was, angefleht habe ich ihn, aber Dieter wollte nicht. Er hatte solche Angst vor dem Eingriff.«

»Wovon sprechen Sie? War Ihr Mann krank?«

Beinahe amüsiert sah sie ihn an. »Sein Herz. Sagen Sie bloß, Sie wussten das nicht?«

»Nein, davon hatte ich keine Kenntnis. Woran litt Ihr Mann denn genau?«

»Seine Herzkranzgefäße waren nicht in Ordnung. Er hätte mehrere Bypässe benötigt. – Was haben Sie denn geglaubt, woran er gestorben ist?«

Lemberg wich ihrem Blick kurz aus, um sich zu sammeln.

»Ihr Mann ist nicht an seiner Herzerkrankung gestorben, Frau Schupp. Ihr Mann wurde erschossen.«

Unglaube weitete ihre Augen.

»Wie kann das sein?«, stammelte sie. »Dieter hat doch immer nur im Büro gearbeitet.«

Klaes kam Lemberg zu Hilfe und schilderte Marlies Schupp knapp und sachlich, was sich in der vergangenen Nacht zugetragen hatte.

»Aber was hatte er dort verloren?«, fragte sie überlaut.

»Das wissen wir nicht«, sagte Lemberg. »Wir hatten gehofft, Sie könnten uns darüber Auskunft geben.«

»Wie sollte ich? Dieter ist gestern ganz normal zum Nachtdienst gefahren, wie jeden Mittwochabend.«

»Zum Nachtdienst?«

»Ja, den macht er doch seit Juli zusätzlich. Wir können das Geld zurzeit ganz gut gebrauchen.«

Lemberg und Klaes tauschten einen Blick.

»Aber erschossen ... Wissen Sie schon, wer das getan hat?«

»Wir haben die Ermittlungen gerade erst aufgenommen«, sagte Lemberg. »Wir versuchen zunächst einmal herauszufinden, warum Ihr Mann sich gestern am Tatort aufgehalten hat.«

Marlies Schupp wirkte zunehmend konfuser und schnappte regelrecht nach Luft. »Wer macht so etwas? Dieter hat doch nie einem Menschen etwas zuleide getan. Mein Gott, wie soll ich das nur den Kindern ... Wann kann ich ihn sehen?«

»Im Augenblick nicht.«

»Wo ist er denn?«

»Er wird in Mainz untersucht.«

»Sie meinen, er wird ... Oh nein!« Sie schlug die Hände vors Gesicht und begann erneut zu schluchzen. »Bitte nicht! Bitte nicht das!«

Wie aus dem Nichts eilte Gudrun Hesse an ihnen vorbei und nahm ihre Schwippschwägerin in die Arme. Marlies Schupp weinte jetzt hemmungslos, und auch Gudrun Hesse konnte ihre Tränen nicht zurückhalten.

Lemberg stand auf. »Wir kommen morgen Vormittag noch einmal.«

Gudrun Hesse bedeutete ihm, dass sie ihn verstanden hatte.

»Puh!«, machte Lemberg, als Klaes und er vor der Haustür standen.

»Hart«, sagte Klaes. »Verdammt hart. – Was haben Sie gerade aus dem Mantel genommen, der an der Garderobe hing?«

»Schupps Handy.« Lemberg reichte es Klaes. »Vielleicht findet sich darauf irgendetwas. – Wo wohnt die Schwester, auf die der Wagen zugelassen ist?«

Klaes sagte ihm die Adresse.

»Fahren wir hin«, sagte Lemberg.

*

Annette Vieth wohnte in dem Teil des Höhenwegs, der gepflastert und nicht mehr geteert war. Das hangaufwärts liegende Haus war zur Wetterseite hin mit Eternitplatten verkleidet.

In der Einfahrt stand ein Mercedes-Taxi älteren Baujahrs, an dem sämtliche Türen und der Kofferraumdeckel offen standen. Auf der Rückbank kniete eine Person und zog die Düse eines Akkusaugers durch die Ritze zwischen Sitzpolster und Lehne. Da sie die Kommissare nicht bemerkte, klopfte Lemberg auf das Dach des Wagens. Der Sauger wurde abgestellt, und aus dem Fond kletterte eine Frau mit Meckifrisur und verlebtem Gesicht. Sie war schlank, trug nietenbesetzte Lederklamotten und hatte Nasenflügel und Unterlippe gepierct. Alles in allem wirkte sie wie eine in die Jahre gekommene Punkerin, die sich mit Rücksicht auf ihre Karriere lediglich von ihrem Irokesenschnitt getrennt hatte.

»Brauchen Sie 'n Taxi?«, fragte sie gedehnt.

»Sind Sie Frau Vieth?«

»Wer will das wissen?«

Lemberg zeigte seinen Ausweis vor.

»SOKO Eifel«, las sie blinzelnd ab. »Sind Sie 'n Kollege von Dieterchen?«

»Sie haben Ihrem Bruder gestern Ihren Wagen geliehen. Ist das richtig?«

»Ist doch nicht verboten.«

»Warum hat er ihn ausgeliehen?«

»Weil seine Karre nicht ansprang.«

»Hat er Ihnen gesagt, wofür er Ihren Wagen brauchte?«

»Er musste zur Nachtschicht. Rauf nach Dorsel, war eh schon

spät dran. – Warum fragen Sie mich das eigentlich? Fragen Sie ihn doch selbst.«

»Das geht leider nicht, Frau Vieth«, sagte Lemberg. »Ihr Bruder ist tot.«

Sie zog die Brauen in die Höhe. »Dieterchen? Hat seine Pumpe doch schlappgemacht. Verdammt! – Weiß unsere Mutter das schon?«

»Wir kommen von dort.«

»Hat sie's überlebt?«

»Der Arzt hat ihr dabei geholfen. – Ihr Bruder ist aber nicht wegen seines Herzens gestorben. Er wurde erschossen.«

Annette Vieths Brauen rutschten noch ein Stückchen höher.

»Jetzt haut's mich aber um!«, sagte sie, blieb jedoch stehen und geriet auch nicht ins Wanken. »Das hätte ich ihm gar nicht zugetraut.«

»Wie dürfen wir das verstehen?«, fragte Lemberg.

»Dieter war so ein typischer Im-Bett-Sterber. Dass es ihn mal gewaltsam ...« Sie schob die Unterlippe vor und schüttelte den Kopf. »Wer hat ihn denn ... Ich meine ...«

»Das versuchen wir herauszufinden. – Ihr Bruder wurde in Ihrem Wagen erschossen, Frau Vieth. Denkbar wäre also auch, dass der Anschlag gar nicht ihm, sondern Ihnen galt. Haben Sie irgendwelche Feinde? Werden Sie bedroht?«

»Quatsch!«

»Sind Sie sicher?«

Sie blickte zur Seite und zögerte. Dann sagte sie entschieden: »Das ist doch ausgemachter Blödsinn. Wer sollte so 'ner alten Kuh wie mir was tun wollen?«

Lemberg zuckte die Achseln. »Wie Sie meinen. Sollte Ihnen doch noch jemand einfallen, kontaktieren Sie uns bitte umgehend.«

»Mach ich. – Wo ist mein Wagen jetzt?«

»Vorläufig beschlagnahmt. Außerdem ist er stark beschädigt.«

»Auch das noch! Dabei hatte ich gerade erst neue Reifen aufgezogen und ein TomTom reingemacht.«

»Ihr Wagen hatte also ein Navigationsgerät?«

»Ja. – Wo ist das überhaupt passiert?«

Lemberg sagte es ihr.

»Wie nimmt Marlies es?«

»Gehen Sie zu ihr, dann wissen Sie es. Ich denke, Ihre Schwägerin kann derzeit jede Unterstützung gebrauchen.«

Als sie im Wagen saßen, sagte Klaes: »Sie hat gelogen, was die Bedrohung ihrer Person angeht.«

»Sehe ich auch so«, sagte Lemberg und wählte die Nummer der kriminaltechnischen Abteilung, die Vieths Wagen untersuchte. Dem Techniker, der an den Apparat kam, sagte er, dass sich im Wagen ein Navi befunden hätte.

»Haben wir schon gefunden«, antwortete der Mann. »Lag im Beifahrerfußraum. Die verdammten Saugnapfdinger fliegen bei jedem Unfall durch die Gegend.«

»Wann erfahren wir etwas?«

»Morgen früh haben Sie einen ersten Bericht auf dem Tisch.«

*

Es war siebzehn Uhr, und die Sonne warf bereits lange Schatten.

Lemberg stand am weit geöffneten Fenster seines Büros und rauchte eine Zigarre, die ihm so wenig schmeckte wie die vier vorangegangenen des Tages. Der Kaffee im Becher auf der Fensterbank war bereits kalt. Trotzdem nippte er daran.

Das Wetter war prachtvoll, einer der schönsten Herbsttage bisher. Für den morgigen Tag war Regen vorhergesagt, der mit einem Temperatursturz einhergehen sollte, aber davon war noch nichts zu sehen oder zu spüren. Krampfhaft versuchte Lemberg, sich ein passendes Geschenk für Maggie auszudenken, aber seine Gedanken kehrten immer wieder zum Fall Schupp zurück. Wer, verflucht noch mal, bringt so einen harmlosen Gesellen wie Dieter Schupp eiskalt um?

Wagner, Schommer und van de Sande hatten Schupps Schreibtisch durchsucht, seinen PC überprüft sowie seinen Terminkalender und sein Adressbuch durchgesehen, waren aber auf keinerlei Hinweise gestoßen. Sicher hatte Schupp das Internet nicht nur dienstlich benutzt. So hatte er nach einem gebrauchten Wohnanhänger gesucht, Preise von Winterreifen verglichen und Heidi Klums Homepage angeklickt. Blödsinn, den jeder auf die eine oder andere Weise trieb, aber nichts, woraus sich ein Motiv ergab.

Klaes hatte sich ebenso ergebnislos das Handy vorgenommen. Die gespeicherten Nummern waren dienstlich und privat, und die letzten Telefonate hatte Schupp allesamt mit seiner Frau geführt. Viel entscheidender war die Antwort auf die Frage, wohin Schupp in der vergangenen Nacht wollte. Aber diesbezüglich waren sie noch keinen Schritt vorangekommen.

Es klopfte, und Kollegin Noll trat ein. Wie zumeist trug sie einen Hosenanzug, heute einen hellgrauen mit rotem Revers, wodurch sie wie die Servicechefin eines Steakhauses wirkte. Wenn er richtig sah, zeigten sich in ihrer schwarzen Kurzhaarfrisur erste graue Strähnen, aber er würde den Teufel tun, sie darauf anzusprechen.

»Was gibt's?«, fragte er stattdessen.

»Der vorläufige Obduktionsbericht«, sagte sie und klappte den Hefter auf, den sie mitgebracht hatte. »Schupp hatte nichts getrunken, Drogen hatte er auch nicht genommen. Bestätigt hat sich die Aussage seiner Frau, dass seine Herzkranzgefäße in sehr schlechtem Zustand waren. Um eine Operation wäre er kurzfristig nicht herumgekommen. Gestorben ist er jedoch an der Kugel, die noch in seinem Kopf steckte. Kaliber sieben-fünfundsechzig. Aber jetzt kommt es: Der Genickbruch, von dem man zuerst ausgegangen ist, ist gar kein Genickbruch. Schupp wurde die Halswirbelsäule mit einem scharfkantigen Gegenstand, vermutlich einer Axt oder einem Beil, durchtrennt.«

»Nachdem er bereits tot war?«

Noll nickte. »Da wollte jemand ganz sichergehen. Somit können wir meiner Meinung nach ausschließen, dass der Täter es eigentlich auf Annette Vieth abgesehen hatte.«

»Ich schließe zu diesem Zeitpunkt gar nichts aus.« Lemberg lehnte sich gegen die Fensterbank und stützte sich zusätzlich mit den Händen ab, wobei Asche auf den Teppichboden fiel. »Der Täter ist damit ein ziemliches Risiko eingegangen. Er musste anhalten, aussteigen und zuschlagen. Das kostet Zeit. Dabei hätte er gesehen werden können. Außerdem muss er Spuren hinterlassen haben. Zumindest Fußabdrücke, vielleicht sogar Fingerabdrücke an der Wagentür.«

»Das muss es ihm aber wert gewesen sein. So erklärt sich auch die Aussage des belgischen Lastwagenfahrers, dass er Schupp halb aus dem Wagen heraushängend gefunden habe. Solange er hinter dem Lenkrad saß, konnte der Täter nicht zuschlagen.« Noll legte die Heftmappe mitten in die Unordnung auf Lembergs Tisch. »Fußabdrücke können wir allerdings vergessen. In der Nacht sind am Tatort derart viele Leute herumgelaufen, da wird sich nichts mehr finden lassen. Den Hinweis auf eventuelle Fingerabdrücke des Täters am Fahrzeug habe ich bereits weitergegeben. Ihr Einverständnis vorausgesetzt.«

Lemberg kniff die Augen zusammen. »Warum ist der Täter bloß dieses Risiko eingegangen? Er muss befürchtet haben, dass Schupp durch den Schuss nicht getötet wurde und ihn gegebenenfalls identifizieren könnte. Oder den Wagen, den er benutzt hat.«

»Oder derjenige hat Schupp abgrundtief gehasst. Was halten Sie davon, dass Schupp eine Affäre hatte und auf dem Weg zu einem Rendezvous war?«

»Gar nichts. Seine Frau hat ausgesagt, er habe durch die angeblichen Nachtschichten zusätzlich verdient. Das Geld wird er wohl kaum für Liebesdienste bekommen haben. Außerdem war er nicht der Typ dafür.«

»Im Prinzip ist das jedem zuzutrauen.«

»Sie sollten Ihre schlechten Erfahrungen mit Männern nicht zum Maßstab Ihrer Überlegungen machen.«

»Bleiben Sie bitte sachlich, Kollege Lemberg.«

»Gerne.« Lembergs Grinsen wirkte ein kleines bisschen dreckig. »Ich möchte, dass Sie mich morgen früh nach Manderscheid begleiten. Wir müssen Marlies Schupp und die anderen Familienmitglieder noch einmal eingehend befragen.«

»Wobei mein Einfühlungsvermögen hilfreich wäre«, sagte Noll selbstironisch.

»Sie sagen es, werte Kollegin.«

6

Es war gekommen wie angekündigt. Die Temperatur war über Nacht um beinahe zehn Grad gefallen, und es regnete. Genauer gesagt nieselte es, die feinen Tropfen wirkten wie ein Perlenvorhang in der windstillen Luft. Der Himmel war mausgrau, und erste Blätter lösten sich von den Ästen. Der November ließ schon mal grüßen.

Im Gegensatz zu Klaes am Vortag nahm Lemberg die Route am Nürburgring vorbei und über Kelberg, um bei Ulmen auf die Autobahn aufzufahren. Noll saß neben ihm und roch aufdringlich nach Parfüm. Kein unangenehmer Duft, aber deutlich zu hoch dosiert, was Lemberg veranlasste, das Fenster auf seiner Seite spaltbreit herunterzulassen. Prompt schüttelte die Kollegin sich, als fröstele sie.

»Sie müssen Wechselduschen nehmen«, sagte Lemberg. »Erst so heiß, wie Sie es ertragen, dann eiskalt. Das härtet ab.«

»Woher wollen Sie wissen, wie ich dusche?«

»Erzählen Sie mir nicht, Sie machen das.«

»Meine Duschgewohnheiten gehen Sie einen feuchten Kehricht an.«

»Und natürlich bei ausgeschalteter Heizung und geöffnetem Fenster schlafen.«

»Nur weil Ihr Campinganhänger keine vernünftige Heizung hat und der Wind durch alle Ritzen pfeift, ist das für mich kein Grund –«

»Woher wollen Sie wissen, in welchem Zustand mein Wohnanhänger ist?«

Bis Ulmen herrschte Schweigen. Als Lemberg auf die BAB in Richtung Trier einbog, klingelte das Mobiltelefon. Die Anruferin war Wagner, die den soeben eingetroffenen vorläufigen Bericht der KTU durchgab. Dank der Freisprecheinrichtung konnten beide hören, was sie sagte. Der Opel Agila war technisch in Ordnung und wies keine fremden Lackspuren auf, war also nicht von einem anderen Fahrzeug abgedrängt worden. Die Auslesung des Navis hatte nichts ergeben. Keine einzige Route war abgespeichert. Die Fingerabdrücke, die man gefunden hatte, stammten vom Opfer und mindestens einer weiteren Person.

»Wir werden die Abdrücke der Halterin nehmen«, sagte Noll.

Kaum war Wagner aus der Leitung, meldete sich Nolls Privathandy. Es dauerte, bis sie es aus ihrer Handtasche gekramt hatte. Atemlos meldete sie sich. Besorgt fragte sie, ob man am anderen Ende der Leitung zurechtkäme, und schlug vor, dass wer-auch-immer wem-auch-immer Wadenwickel machen sollte. Zum Abschied sagte sie: »Ich dich auch.«

»Ihre Kinder?«, fragte Lemberg.

»Beide sind stark erkältet und haben Fieber.«

»Sie hätten sich freinehmen können.«

»Nicht nötig. Mein Freund kümmert sich um sie.«

Hätte sie gesagt, sie wolle eine Bauchtanzschule aufmachen, sie hätte Lemberg nicht mehr überraschen können.

»Und ich dachte, Sie wären ein für alle Mal kuriert.«

»Wie das Leben so spielt.«

»Was macht er denn? Handelt er auch mit Motorrädern wie Ihr Ex?«

»Haha«, machte Noll. »Sehr witzig. Holger ist Bäcker. Wir haben uns beim Nordic Walking kennengelernt.«

»Versucht er, sich so den Mehlstaub aus den Lungen zu laufen?«

»Gehen Sie lieber vom Gas. In dreihundert Metern müssen wir abfahren.«

*

Gudrun Hesse öffnete ihnen die Tür. Schwarz war ihr Kleid nicht, aber immerhin dunkelblau und hochgeschlossen. Lemberg machte die Frauen miteinander bekannt.

Dann fragte er: »Wie geht es Frau Schupp?«

»Welche meinen Sie?«

»Beide.«

»Mutter liegt noch immer im Bett«, sagte Gudrun Hesse und ließ sie ein. »Der Arzt war noch einmal da. Sie soll sich weiter schonen. Marlies hat viel geweint, aber die Kinder geben ihr Kraft.«

»Sind die Kinder hier?«

»Nein, in der Schule. Marlies hat darauf bestanden, damit sie abgelenkt sind.«

Im Wohn- und Esszimmer brannte kein Licht, was die Düsternis der Atmosphäre unterstrich. Marlies Schupp und Annette Vieth saßen am Tisch. Die Witwe trug Schwarz; die Trauer hatte ihr Gesicht verändert. Die Augen lagen tief in den Höhlen und waren dunkel gerändert, die Wangen eingefallen, als habe sie über Nacht mehrere Kilo verloren.

Annette Vieth wirkte wie am Vortag, war heute jedoch mit Jeans und einem dunklen Pullover bekleidet. Während Noll ihr erklärte, wozu ihre Fingerabdrücke gebraucht wurden, wandte Lemberg sich an Marlies Schupp.

»Wäre es möglich, dass Ihr Mann doch Feinde hatte?«, fragte er, nachdem er den angebotenen Platz eingenommen hatte.

»Ich habe die halbe Nacht darüber nachgedacht«, sagte Frau Schupp. »Aber da war nichts.«

»Was war denn mit Obermann?«, warf Annette Vieth ein.

»Das war doch längst ausgestanden.«

»Wer ist Obermann, und welche Probleme gab es mit ihm?«, fragte Lemberg.

»Sein Jagdhund hat unseren Peter totgebissen«, sagte Marlies Schupp und erklärte, als sie Lembergs fragenden Blick registrierte: »Unseren Kater. Deswegen hat Dieter ihn zur Rede gestellt. Ein Wort gab das andere und ... Na ja, Rüdiger Obermann ist halt ein schwieriger Typ.«

»Was ›und‹? Haben die Männer sich geschlagen?«

»Nein. Aber Obermann hat sein Gewehr geholt und Dieter damit bedroht. Doch Dieter hat es ihm abgenommen. Eigentlich hätte Obermann die Waffe gar nicht mehr besitzen dürfen. Er ist schließlich kein Förster mehr.«

»Wo ist die Waffe jetzt?«

»Sie liegt unten im Keller. Gleich unter der Treppe.«

»Ihr Mann hätte sie abgeben müssen.«

»Ich weiß, aber Dieter wollte Obermann keine unnötigen Scherereien machen. Der hat so schon Probleme genug.«

»Inwiefern?«

»Erst die Krankheit – Obermann hat Parkinson. Deswegen musste er seinen Beruf aufgeben, er ist frühpensioniert. Dann hat ihn seine Frau verlassen. Das alles hat ihn bitter gemacht.«

»Wann war das?«

»Vor zwei Monaten, glaube ich. Ja, im August.«

»Wo wohnt der Mann?«

Sie nannte Lemberg die Anschrift, und er notierte.

»Das Gewehr nehmen wir mit, wenn wir gehen.«

»Es steht gleich unter der Kellertreppe.«

»Mit wem war Ihr Mann befreundet?«

»Dieter war ein Familienmensch«, sagte Marlies Schupp und erstickte beinahe an dem Wort. »Er ist so gut wie nie ausgegangen.«

»Er soll geangelt haben. Da gab es doch sicher Vereinskameraden.«

»Nicht angeln, fliegenfischen. Mit wem er da zusammen war, weiß ich aber nicht. Da müssten Sie Rolf fragen.«

»Du kennst die Leute doch vom Sommerfest her«, meldete sich erneut Annette Vieth zu Wort. »Buchen, Drages-Sowieso, Tillmanns und wie sie alle heißen.«

»Ich habe zurzeit verdammt noch mal anderes im Kopf als die Namen der Vereinskameraden meines ermordeten Mannes!«, fuhr Marlies sie an.

Noll nahm sich Vieths andere Hand vor. Die Prozedur war langwierig, da Vieth steife Finger machte.

»Ihr Verlobter ist also ebenfalls Mitglied in diesem Verein?«, fragte Lemberg Gudrun Hesse.

»Ja, alle unsere Männer. Annettes Guido auch.«

»Wo sind die beiden zurzeit?«

»Auf der Arbeit. Rolf arbeitet als Betriebselektriker in Bad Neuenahr. Bei Apollinaris.«

Bei der Erwähnung des Firmennamens musste Lemberg daran denken, dass er vor Jahren einmal vor der Ursprungsquelle gestanden hatte, die gegenüber dem Firmengelände am Fuß eines Weinbergs liegt. Gleich neben dem Rohr, aus dem das Wasser rann, hing ein Schild: »Kein Trinkwasser!« Er fragte sich nur, warum der Warnhinweis nicht auch auf den Flaschen stand.

»Richten Sie ihm bitte aus, dass ich ihn morgen früh um zehn

Uhr sprechen möchte. Und mit ihm sämtliche Kameraden des Clubs. Gibt es so etwas wie ein Vereinsheim?«

»Nein, die Männer treffen sich immer bei Joe Buchen.«

»Sein Sie so gut und schreiben Sie mir alle Namen und Anschriften auf, soweit sie Ihnen bekannt sind.« Lemberg schob Gudrun Hesse seinen Notizblock zu. »Wo hält Ihr Mann sich derzeit auf, Frau Vieth?«

»Er hat eine Tour nach Luxemburg gekriegt, zum Flughafen. Er müsste spätestens gegen Mittag wieder hier sein.«

»Für ihn gilt das Gleiche. Morgen um zehn bei Herrn Buchen.«

»Ich sage ihm Bescheid.«

»Ist Ihnen übrigens noch jemand eingefallen, der es auf Sie abgesehen haben könnte?«

»Ich hab Ihnen doch gestern schon gesagt, da ist niemand.«

Aus dem Augenwinkel bemerkte Lemberg, dass die beiden anderen Frauen kurz stockten, aber keine sagte etwas. Schließlich hatte Gudrun Hesse die Liste fertig. Sieben Namen in Druckbuchstaben. Bei einem fehlte die Straße, bei nahezu allen die Hausnummer.

»Wir müssen Sie noch einmal zu den Nachtschichten Ihres Mannes befragen, Frau Schupp«, sagte Lemberg.

Sie verstand ihn umgehend. »Ich habe keine Geheimnisse vor meinen Schwägerinnen. Fragen Sie nur.«

»Wie Sie meinen.« Lemberg zog einige zusammengefaltete Papiere aus der Innentasche seines Sakkos. »Ihr Mann hat bei der SOKO nie Nachtdienst gemacht. Das sind seine Besoldungsabrechnungen, die belegen das. Sofern er zusätzlich Geld verdient hat, muss er woanders gearbeitet haben. Und wir würden gerne wissen, wo.«

Marlies Schupp war völlig perplex, ihre Schwägerinnen staunten nicht weniger.

»Wie viel hat Ihr Mann denn zusätzlich verdient?«, hakte Lemberg nach.

»Einhundert pro Nacht«, sagte Marlies Schupp.

»Ist er zwischen dem angeblichen Nacht- und dem anschließenden Tagdienst nach Hause gekommen?«

»Nein. Er hat durchgearbeitet. Danach war er immer ziemlich fertig.«

»Besaß Ihr Mann privat einen Computer?«

»Ja und nein. Der PC ist kaputt. Das Gerät ist zurzeit bei Buchen zur Reparatur.«

»Ist das der Buchen aus dem Angelverein?«

Sie nickte, noch immer irritiert. »Ich verstehe das nicht. Warum hat er mir denn etwas vorgemacht?«

»Das interessiert uns auch. Hatte Ihr Mann abgesehen von dem dienstlichen ein privates Handy?«

»Nein. Er durfte das dienstliche ja auch in gewissem Rahmen für private Gespräche benutzen.«

Das stimmte zwar nicht, wurde aber von allen so gehandhabt. Lemberg eingeschlossen.

»Dann würde ich mir gerne mal seinen Wagen ansehen. Haben Sie die Schlüssel zur Hand?«

»Im Kästchen neben der Haustür.«

*

Lemberg legte Obermanns Gewehr in den Kofferraum seines Golfs und zog Einweghandschuhe an. Dann setzte er sich in Schupps Wagen, einen Astra Caravan älteren Baujahrs, und versuchte, den Motor zu starten. Der Anlasser drehte, aber der Motor sprang nicht an. Woran auch immer das liegen mochte.

Ein Navigationsgerät war nicht eingebaut, nur ein Radio mit Kassettenschacht. In den Fächern der Türen fand sich das Übliche, was man in einem Auto so mitführt. Eiskratzer, Fliegenschwamm, Fensterleder, Münzgeld für Parkuhren und Enteisungsspray. Im Handschuhkasten stieß Lemberg auf eine Parkscheibe, verschiedene Straßenkarten, Papiertaschentücher, einen Knirps sowie die Betriebsanleitung und das Inspektionsheft. Der Wagen war vor genau vier Wochen bei Opel Heister in Wittlich durchgesehen worden. Damaliger Kilometerstand: 123.900.

Lemberg schaltete erneut die Zündung ein, um den aktuellen Stand abzulesen. Rund 127.100 Kilometer. Die Entfernung von Manderscheid nach Dorsel betrug ziemlich genau fünfzig Kilometer, machte einhundert pro Tag. Legte man die seit der Inspektion verstrichenen Arbeitstage zugrunde, hätte der Wagen nur 125.900 auf dem Zähler haben dürfen. Immerhin eine Differenz von 1.200 Kilometern. Ein Punkt, der zu klären war.

Unter den Fußmatten und unter den Sitzen fand sich nichts. Dafür entdeckte Lemberg unter der Wendematte im Laderaum Styroporkügelchen und mehrere Fischschuppen. Die mochten von Schupps Fliegenfischerei herrühren, trotzdem tütete Lemberg sie ein. Die seitlichen Staufächer enthielten auf der einen Seite Warndreieck und Verbandskasten, auf der anderen den Wagenheber nebst Radmutternschlüssel.

Zurück im Wohnzimmer entnahm Lemberg dem, was Noll gerade sagte, dass Marlies Schupp wiederum gefragt haben musste, wann sie ihren verstorbenen Mann sehen könne. Noll vertröstete sie, versprach aber, sich für einen baldigen Termin einzusetzen.

»Frau Schupp, eine Frage muss ich Ihnen noch stellen«, sagte Lemberg, ohne sich noch einmal zu setzen. »Wurden mit dem Wagen Ihres Mannes in den letzten vier Wochen längere Fahrten unternommen?«

Sie überlegte kurz, verneinte dann aber. »Dieter ist mit dem Kombi nur zur Arbeit und zurück gefahren. Der Wagen ist schon alt. Alle Einkäufe und sonstigen Touren habe ich mit meinem Wagen erledigt. Warum fragen Sie?«

»Weil ich denjenigen finden will, der Ihren Mann ermordet hat«, sagte Lemberg.

7

Es hatte aufgehört zu nieseln, aber die Luft war feucht wie in einer Duschkabine.

Statt in einem Forsthaus mit Geweih über der Tür wohnte Obermann in einem Reihenhaus. Aber er war ja auch kein Förster mehr. Zu den Häusern führte ein mit Waschbetonplatten gefliester Weg, der im Winter mit Sicherheit für manchen Sturz gut war. Der Nummer nach musste Obermanns Haus das letzte in der Reihe sein.

Auf halbem Weg kam Lemberg und Noll eine Frau mit gewelltem braunen Haar in einem Trenchcoat entgegen. Als sie nahezu auf gleicher Höhe waren, blickte sie Lemberg direkt an und lächelte. Sie war bildschön und hatte an der linken Kinnseite einen kleinen Leberfleck. Er lächelte zurück, blieb stehen und drehte sich nach ihr um. Die Frau verließ den Weg und ging zu einem auf der anderen Straßenseite geparkten weißen Kleinwagen.

»Was ist denn mit Ihnen los?«, fragte Noll. »Haben Sie sexuellen Notstand?«

»Wie?«

»Warum glotzen Sie der Frau derart hinterher? Sie müssten sich mal sehen. Meine Güte, ist das peinlich.«

»Die Frau sah aus wie Kate Nelligan«, sagte Lemberg. »Fanden Sie nicht?«

»Kate wer?«

»Haben Sie nie ›Die Nadel‹ gesehen? Nelligan hat die Frau gespielt, die mit ihrem versehrten Mann auf dieser einsamen Insel lebt und sich mit Donald Sutherland einlässt.«

Noll schüttelte verständnislos den Kopf. »Ich bedauere *Ihre* Frau von ganzem Herzen.«

»Das können Sie sich sparen. Kümmern Sie sich lieber um Ihren Bäckerburschen.«

Was auch immer Noll auf der Zunge lag, sie schluckte es runter. Es musste sich aber um eine ausgesprochen pampige Bemerkung gehandelt haben, denn sie ließ ihre unterdrückte Wut am Klingelknopf aus. Selbst wenn Obermann im Koma läge, könnte er den Sturm unmöglich überhören. Als der ehemalige Förster schließlich öffnete, zitterten seine Hände, aber das mochte auch an seiner Erkrankung liegen.

Lemberg stellte Noll und sich vor und zeigte seinen Ausweis.

»Sie kommen sicher wegen Dieter«, sagte Obermann und lugte über den Rand einer Lesebrille.

»Die Nachricht hat Sie bereits erreicht?«

»Schon gestern.« Obermann versuchte sich an einem Lächeln, was misslang. »Kommen Sie rein. Draußen ist es kalt.«

Er ging voran. Er war einen halben Kopf kleiner als Lemberg und sehr dünn. Lemberg schätzte ihn auf höchstens sechzig Kilo. Bekleidet war er mit einer Kniebundhose, die an den Beinen nicht gebunden war, und einem karierten Hemd. Reminiszenzen an seine berufliche Vergangenheit. Nur der grüne Hut mit Gamsbart fehlte.

Was sich im Hauseingangsbereich bereits angedeutet hatte, wurde im Wohnzimmer zur Gewissheit. Obermann war mit der Führung des Haushalts überfordert. Bergeweise lag Wäsche herum, Zeitungen und Zeitschriften stapelten sich auf dem Boden wie auf den Sitzgelegenheiten, und der Tisch war mit schmutzigem Geschirr, leeren Bierflaschen und einem überquellenden Aschenbecher zugemüllt. Mit hilflos anmutenden Bewegungen räumte Obermann einen der Sessel leer und bot ihn Noll an. Lemberg sah in ihren Augen, dass sie Angst vor einer bakteriellen Infektion hatte.

Deshalb sagte er: »Da der Mann sich die Mühe gemacht hat, sollten Sie den Platz auch annehmen, Kollegin.«

Sie setzte sich tatsächlich, nicht jedoch ohne Lemberg mit einem Blick zu bedenken, der ihm ein mehrmonatiges CIA-Verhör in irgendeinem speziellen Keller an den Hals wünschte.

Dann verschwand Obermann und kam mit einem Stuhl und einem Hocker zurück, mit denen er beim Tragen gegen die Türrahmen stieß. Lemberg durfte den Stuhl benutzen, dessen Lehne klebrig war, Obermann nahm auf dem Hocker Platz.

»Ich war nicht auf Besuch eingestellt«, sagte er. »Tut mir leid. Darf ich Ihnen etwas zu trinken anbieten?«

»Nein!«, entfuhr es Noll, dass Obermann zusammenzuckte.

»Nein, danke«, bestätigte Lemberg. »Wir sind nicht zu unserem

Vergnügen hier. Sie haben Dieter Schupp im August mit einem Gewehr bedroht, Herr Obermann. Ist das richtig?«

Obermann kippte beinahe von seinem Sitzmöbel. »Mir sind die Nerven durchgegangen«, sagte er stotternd.

»Sie hätten das Gewehr gar nicht mehr besitzen dürfen.«

»Es war ein Erbstück meines Vater und hat auch schon meinem Großvater gehört.«

»Besitzen Sie noch mehr geerbte Waffen? Vielleicht eine mit Kaliber sieben-fünfundsechzig?«

»Nein. Hören Sie – ich habe alle Waffen beim Ausscheiden aus dem Dienst abgegeben. Nur das Gewehr habe ich behalten. Weil ich daran hing.« Obermann nahm endlich die Lesebrille ab und steckte sie in die Brusttasche seines Hemdes. Anscheinend brachte ihn das auf den richtigen Gedanken. »Ich verstehe gar nicht, warum Sie nach der Waffe fragen. Ist Dieter etwa …?«

»Allerdings.«

»Und ich dachte …«

»Ja?«

»Dieter hatte es am Herzen.«

»Bei Herztod kommt für gewöhnlich keine Kriminalpolizei.« Lemberg fixierte sein Gegenüber. »Wo waren Sie vorvergangene Nacht zwischen null und ein Uhr?«

»Hier.«

»Haben Sie dafür Zeugen?«

Obermann lachte kurz und sinnlos auf. »Meine Frau hat mich verlassen. Ich lebe allein. Niemand kann das bezeugen.«

»Was haben Sie in der betreffenden Nacht gemacht?«

»Geschlafen.« Obermann blinzelte. »Nein – ferngesehen. Ich leide unter Schlafstörungen. Die verdammten Medikamente. Die sind schlimmer als die Krankheit.«

Zur Erklärung, wofür er die Arznei brauchte, streckte er die Hände vor. Der Tremor war nicht zu übersehen.

»Parkinson. Deswegen hat man mich auch vorzeitig in den Ruhestand versetzt.«

»Besitzen Sie einen Wagen?«

»Ja, aber der ist abgemeldet. Ich habe momentan keinen Führerschein.«

»Wie kommt's?«

Obermann führte die Hand zum Mund, als hielte sie ein Glas. »Ich hatte einen zu viel getankt. Eins Komma drei.«

Lemberg beugte sich vor, legte die Unterarme auf die Oberschenkel und verschränkte die Hände. Um den Ex-Förster weiterhin anblicken zu können, musste er den Kopf in den Nacken nehmen.

»Wussten Sie von Schupps nächtlicher Tätigkeit?«

»Er hat das mal erwähnt, ja. Die Dienststelle sei personell unterbesetzt, da müssten alle mal zusätzlich ran.«

»Er hat also behauptet, nachts in Dorsel zu arbeiten?«

»Wenn da die Dienststelle ist, auf der er beschäftigt war, ja.«

Die Haltung war unbequem, also setzte Lemberg sich wieder gerade und geriet prompt mit dem Rücken an die Lehne. Er merkte sofort, dass sein Sakko Haftung bekam. Daher stellte er seine nächste Frage mit knirschendem Unterton.

»Erzählen Sie mir, wie es zu dem Streit wegen der toten Katze gekommen ist, Herr Obermann.«

»Das ist lange geklärt. Ich habe mich auch bei Dieter und seiner Frau entschuldigt. Sie wird Ihnen das bestätigen.«

»Ich möchte es trotzdem hören.«

»Mein Jackie, also mein Jagdhund, den ich nach dem Ausscheiden behalten durfte, war ausgerissen.« Obermanns Stimme klang, als hätte er einen trockenen Hals. »Zwei Tage war er verschwunden, dann war er wieder da. Am gleichen Abend stand Dieter vor der Tür und hat behauptet, Jackie wäre auf seinem Grundstück gewesen und hätte ihren alten Kater totgebissen. Ich habe ihm gesagt, dass ich das für unmöglich halte, da Jackie nie auf Katzen gegangen ist, aber Dieter hat mir nicht geglaubt, und da der Hund ja verschwunden gewesen war, konnte ich das Gegenteil nicht beweisen. Ich war ziemlich erregt – an dem Tag ging es mir nicht gut – und habe ihm gesagt, er solle zum Teufel gehen. Daraufhin hat er gesagt, er werde mich bei der unteren Jagdbehörde anzeigen und dafür sorgen, dass mir der Hund weggenommen werde. Da bin ich durchgedreht und habe zur Flinte gegriffen. Eine Dummheit, wie ich heute weiß, aber Jackie war alles, was ich noch hatte, seitdem meine Frau …«

»Jackie *war* alles? Mussten Sie den Hund doch abgeben?«

Obermann verneinte mit bitterer Miene. »Er wurde vor vier Wochen vergiftet. Irgendjemand läuft hier herum und legt vergiftete Köder aus.«

Der ehemalige Förster tat Lemberg leid. Ein bisschen viel an Schicksalsschlägen auf die alten Tage. Andererseits suchten sie nach einem kaltblütigen Mörder. Da war Mitleid mit einem der Tatverdächtigen fehl am Platz. Sein gedankliches Abschweifen nutzte Noll, um die Vernehmung fortzusetzen.

»Was für ein Mensch war Dieter Schupp Ihrer Meinung nach?«, fragte sie.

Obermann zog die Mundwinkel nach unten. »Was für ein Mensch Dieter war? Wollen Sie eine ehrliche Antwort?«

»Ich bitte darum.«

»Ein armes Schwein war er.«

»Was bringt Sie zu der Einschätzung?«

»Er hat unter seinem Vater gelitten.« Der Förster a. D. registrierte Nolls fordernden Blick. »Der alte Schupp war jahrzehntelang Rektor der hiesigen Schule und hat enormen Wert auf das öffentliche Ansehen seiner Familie gelegt. Deshalb hat er seine Kinder getriezt bis zum Gehtnichtmehr, damit sie spurten. Alle haben einen Schaden davongetragen. Rolf hat aus Trotz die Schule geschmissen und Elektriker gelernt, was er heute bereut. Dieter hatte es an der Pumpe, weil er immer alles geschluckt hat, und Annette ist nach Indien durchgebrannt und Jahre später als Wrack zurückgekommen. Hatte sich alle Krankheiten gefangen, die man da unten so kriegen kann. Letztes Jahr ist der Alte dann endlich gestorben, mit zweiundachtzig. Und auf einmal war Dieter der Familienvorstand.«

»Ist Rolf nicht der Ältere?«

»Heinrich Schupp hatte testamentarisch festgelegt, dass Dieter die Nachfolge als Familienoberhaupt anzutreten hatte.«

»Zwischenfrage«, sagte Lemberg. »Was habe ich unter einer Nachfolge als Familienoberhaupt zu verstehen? Jedes der Kinder hat doch seine eigene Familie.«

Obermann verneinte mit wackelndem Zeigefinger. »Nicht bei den Schupps. Da zählt nur der Clan. Die halten zusammen wie Pech und Schwefel.«

»Dennoch hätte Dieter die Rolle nicht annehmen müssen«, sagte Noll.

»Ich sage Ihnen, der Alte hat die Familie über das Grab hinaus im Griff. Fragen Sie mal eine oder einen von denen, Sie werden über das alte Scheusal nur Loblieder zu hören bekommen.«

»Sie jedenfalls mochten ihn nicht. Hat das einen bestimmten Grund?«

»Ich bin Anfang der Sechziger bei Heinrich Schupp in die Schule gegangen. Im Sportunterricht hat er uns mit Gymnastikkeulen auf die Köpfe geschlagen und gesagt, dass sei gut für die Durchblutung. Was er mit seinen eigenen Kindern alles angestellt hat, möchte ich gar nicht wissen.«

»Hat seine Frau das denn einfach so hingenommen?«

»Die Maria sang das Lied am lautesten«, sagte Obermann, begleitet von einem unfrohen, kleinen Lacher. »Sie war eine ehemalige Schülerin des Alten. Als sie geheiratet haben, war sie zwanzig und er zweiundvierzig.«

»Beachtlich.«

Obermanns Augen wurden listig schmal. »Seinerzeit ging das Gerücht um, dass sie heiraten mussten.«

»Sind Sie auch Mitglied im Fliegenfischerverein?«, fragte Lemberg, um von der Schupp'schen Familienkunde wegzukommen, die seiner Meinung nach nichts brachte.

»Aktiv nicht, ich krieg ja nicht mal mehr 'ne Fliege an den Haken, vom Binden ganz zu schweigen. Aber ich bin nach wie vor dabei, mache mich nützlich, wo ich kann. Ein bisschen soziales Leben brauche ich schließlich auch. Nebenbei kümmere ich mich um die Oberburg.«

»Was treiben Sie da?«

»Ich bin Vorsitzender des Fördervereins.« Obermanns Brust schwoll an, so gut das bei einem Mann seiner Gewichtsklasse ging. »Alle Aufmerksamkeit wird nur der Niederburg gewidmet, da strömen die Touristen hin, da finden Ritterspiele statt, da landet das Geld. Die Oberburg ist ein Stiefkind wie ich. Derzeit wird sie gerade eingerüstet, damit dringend erforderliche Ausbesserungsarbeiten vorgenommen werden können. Hoffentlich schaffen wir das noch vor dem Winter.«

Ein weiteres wenig sachdienliches Thema. Lemberg lenkte die Befragung noch einmal zurück auf das Wesentliche.

»Haben Sie einen Anhaltspunkt dafür, dass Dieter Schupp irgendwelche Feinde hatte?«

»Nein. Dieter war allgemein beliebt. Auch wir haben uns ja wieder versöhnt, und er hat mich nicht einmal angezeigt. Wegen des Gewehrs hätte ich mächtig Ärger kriegen können.« Obermanns Brust fiel in sich zusammen. »Werden Sie das melden?«

Lemberg ignorierte die bange Frage. »Also hat er mit niemandem im Streit gelebt?«

»Nicht dass ich wüsste. Aber am besten fragen Sie seine Frau.«

Lemberg stand auf. Etliche Tweedfussel blieben an der Lehne kleben. »Ich möchte, dass Sie morgen Vormittag um zehn Uhr zu Joe Buchen kommen. Dort werden wir uns weiter unterhalten.«

Obermann schoss in die Höhe, dass der Hocker umkippte.

»Natürlich.«

8

Lembergs Vermutung bestätigte sich. Die Kirchstraße führte zur Kirche. Ein weiß getünchtes Gotteshaus, das selbst bei diesem trüben Wetter strahlte. Gleich dahinter wohnte Joe Buchen.

Ein großer Hund mit einem Fell wie eine Hyäne bewachte den Durchgang im Gebäude, der den Blick freigab auf die Oberburg. Beziehungsweise auf das, was von ihr übrig geblieben war. Mitten im Gang stand auf einem Holzsockel eine Doppelbüste, die Lemberg schon einmal gesehen hatte, und zwar anlässlich der Skulpturenausstellung in Buchet. »Zwillinge« von Jean-Luc Schické. Ein wunderschönes Werk, das er sich auch in seinem Garten vorstellen konnte. Nun hatte es hier seinen Platz gefunden.

Das Namensschild neben der Haustür war unleserlich, die Tür selbst war nur angelehnt. Lemberg stieß sie ein Stück weit auf.

»Hallo? Herr Buchen?«

Die Antwort bestand im Rauschen einer Klospülung. Dann flog die erste Tür zur Rechten auf, und ein Mann in einer blauen Latzhose trat in den Flur. Die Hose war zu weit und gleichzeitig zu kurz geschnitten und gab den Blick frei auf Thrombosestrümpfe, die in Filzpantoffeln mündeten. Nach der Körpergröße zu urteilen, hatte der Mann als Kind seinen Teller zu selten leer gegessen. Den überwiegenden Teil der Haare hatte er bereits eingebüßt, geblieben war ihm ein dünner Pferdeschwanz. Er mochte in Lembergs Alter sein.

»Wollen Sie ein Autogramm?«, fragte er.

»Sind Sie denn prominent?«, fragte Lemberg.

»Und wie!«

Der Mann nahm eine auf der Flurkommode bereitliegende Autogrammkarte und reichte sie Lemberg. Das Foto zeigte den Latzhosenträger mit Grillzange und T-Bone-Steak. Oben stand »The King of Barbecue« zu lesen, unten »Rheinland-Pfälzischer Grillmeister 2001«. Unterschrieben war die Karte auch schon.

»So ein Ding habe ich leider nicht«, sagte Lemberg. »Nur einen Ausweis. Wir sind von der SOKO Eifel. Das ist meine Kollegin Noll.«

»Ich habe mit Ihnen gerechnet«, sagte Buchen und studierte den Ausweis gründlich. »Obermann hat mich gerade angerufen. Sie kommen wegen Dieter. Das ist ja ein Hammer, dass er erschossen wurde.«

»Sie sagen es.«

Buchen ging voran und führte sie in ein Wohnzimmer, wie Lemberg es außer im Film noch nie gesehen hatte. Der Raum nahm beinahe das gesamte Erdgeschoss ein und war komplett im Westernstil eingerichtet. Schwere Holzmöbel, die nicht nach Katalogware aussahen, zwei großzügig dimensionierte, mit dunklem Leder bezogene Sofas, eine über die halbe Wand gespannte Kuhhaut, ein Paar Rinderhörner, ein Sattel und weitere dazu passende Accessoires schufen Ranchatmosphäre. Der offene Kamin hätte einem Pony als Unterstand dienen können. Licht verschaffte dem Raum ein Panoramafenster, das den Blick freigab auf den hinter dem Haus liegenden Friedhof und den rautenförmigen Bergfried der Oberburg.

»Mein Vater wollte immer nach Texas auswandern«, erklärte Buchen ungefragt. »Daraus ist nichts geworden, also hat er sich hier seine Ponderosa geschaffen. Ihm habe ich auch meinen Vornamen zu verdanken. Er dachte, so hätte ich es leichter, wenn ich drüben in die Schule käme. Nehmen Sie Platz.«

Lemberg und Noll setzten sich auf das eine, Buchen auf das andere Sofa. Auf jedem hätte noch zusätzlich eine deutsche Normfamilie Platz gefunden.

»Schupp wurde an der Autobahnausfahrt Winterspelt ermordet«, sagte Lemberg. »Uns interessiert, wohin er in jener Nacht wollte. Offenbar ging er einer Nebentätigkeit nach. Haben Sie eine Ahnung, worin die bestanden haben könnte?«

»Nicht im Mindesten«, sagte Buchen, zog ein Päckchen Tabak aus der Latztasche seiner Hose und begann eine Zigarette zu drehen. »Ich weiß nur von dem Job bei Ihnen.«

»Ihnen ist auch nicht bekannt, ob er irgendeine Verbindung nach Belgien hatte?«

»Nein. Allerdings hat Dieter sich im Sommer von mir eine Straßenkarte von Belgien geliehen.«

»Die Karte einer bestimmten Region?«, fragte Noll.

»Nein, eine Generalkarte.« Erst beim zweiten Versuch brannte die Zigarette. Buchen inhalierte bis in seine Strümpfe. »Er hat sie mir übrigens nicht zurückgegeben.«

»Sie beschäftigen sich mit Computerreparaturen?«, fragte Lemberg.

»Vom Grillen allein kann ich nicht leben. Aber Sie können mich mieten, falls Sie mal ein Fest planen. Ich bringe die komplette Ausrüstung mit und besorge auch das Fleisch oder den Fisch oder was Sie sonst auf dem Rost haben möchten.«

»Ich werde es mir merken. Frau Schupp sagte uns, Sie hätten den Computer ihres Mannes in Reparatur? Welchen Schaden hat das Gerät?«

»Die Festplatte ist defekt.«

»Sind die darauf vorhandenen Daten verloren?«

»Nein. Ich habe sie gerettet. Die neue Festplatte ist auch schon bestellt. Sobald sie da ist, baue ich sie ein, und Marlies bekommt den PC zurück.«

»Die Daten möchten wir mitnehmen. Vielleicht enthalten sie einen Hinweis auf Schupps Nebentätigkeit.«

»Kein Problem«, sagte Buchen und stand auf. »Ich habe sie in Kopie auf DVD, wenn Ihnen das reicht.«

Während der Hausherr unterwegs war, trat Lemberg ans Fenster und genoss den Ausblick. Ein Schuss Sonne hätte den Bellevue perfekt gemacht, aber daran war heute nicht zu denken. Auf dem Friedhof kniete eine alte Frau auf einer Plastiktüte und harkte die Erde auf einem der Gräber. Als das getan war, stand sie auf, zog die Tüte ein Stück zurück, ging wieder auf die Knie und bearbeitet die Fläche, auf der die Tüte zuvor gelegen hatte. Das Grab maß bestimmt zweieinhalb mal zweieinhalb Meter, und sie hatte gerade erst angefangen.

Buchen kam mit einem Stapel DVDs zurück, sieben insgesamt.

»Kriege ich eine Quittung?«, fragte er.

»Nur wenn Sie darauf bestehen«, sagte Lemberg. »Sie sind auch Mitglied bei den Fliegenfischern, habe ich gehört.«

»Mitglied ja, aber ich fische nicht. Ich grille die Viecher nur für die anderen.«

»Obermann fischt nicht, Sie fischen nicht. Gibt es überhaupt irgendwen im Verein, der das macht?«

Buchen grinste. »Doch, doch, alle anderen. Stimmt nicht – Drages fischt immer ohne Köder. Der ist nur beigetreten, weil er Anschluss suchte.«

»Wer ist der Vereinsvorsitzende?«

»Ich.«

»Obwohl Sie nicht fischen?«

»So hab ich Zeit dafür. Und Dieter hat die Kasse gemacht.«

»Wo lassen die Mitglieder denn die Angeln fliegen?«

»Gleich hier unten, an der Lieser. Da gibt es prächtige Bachforellen.«

Mittag war bereits vorüber, und Lemberg spürte, dass er Hunger hatte.

»Es wäre schön, wenn sämtliche Vereinsmitglieder sich morgen Vormittag um zehn Uhr hier bei Ihnen versammelten. Ich hoffe, Sie haben nichts dagegen. Das würde Ihnen allen die Fahrt nach Dorsel ersparen.«

»Kein Problem, wir haben eine Telefonkette. Aber was versprechen Sie sich davon?«

»Vielleicht hat Dieter Schupp einem seiner Vereinskameraden gegenüber geäußert, was er nebenberuflich macht. Und wo er das macht.«

Buchens Gesichtsausdruck ließ auf Magendrücken schließen. »Ich fürchte, das wird nichts bringen. Ich kann mir beim besten Willen nicht vorstellen, dass er irgendwem davon erzählt hat. Dieter konnte sehr verschlossen sein.«

»Auch Ihnen gegenüber?«

»Sagen wir mal so: Von allen stand ich ihm vermutlich noch am nächsten. Was aber nicht heißt, dass ich unser Verhältnis als Freundschaft bezeichnen würde.«

»Hätte er Ihnen gesagt, wenn er sich bedroht gefühlt hätte?«

»Weiß ich nicht. Aber ich hätte es ihm angemerkt, denke ich. Ich konnte ganz gut in ihm lesen.«

»Obermann sagte, Dieter habe unter seinem Vater gelitten.«

»Ich auch unter meinem. Außerdem bin ich zu früh eingeschult worden.« Buchen machte eine Geste, die so ziemlich alles bedeuten konnte. »Damit will ich sagen, irgendwann muss man mal einen Haken an die Vergangenheit machen und den Blick nach vorne richten.«

»Schupp konnte das nicht?«

»Er wirkte immer, als müsste er jeden Abend zum Rapport bei seinem Alten antreten, selbst als der schon unter der Erde war. Der Druck hat ihm auch das Herz kaputt gemacht, da bin ich mir sicher.« Buchen wies mit dem Daumen zum Fenster. »Der Alte liegt übrigens da unten. Zweimal pro Woche gibt's frische Blumen aufs Grab.«

»Wer bringt die?«

»Maria, die Mutter der Kompanie. Meist fährt eins ihrer Kinder sie her.«

»War die Ehe der Schupps glücklich?«, fragte Noll.

»Wer ist schon glücklich verheiratet? Aber wenn überhaupt jemand, dann die beiden. Marlies ist eine tolle Frau, ein echter Kumpel.« Buchen bemerkte Nolls forschenden Blick. »Nun gucken Sie nicht so, Frau Kommissarin. Natürlich bin ich in Marlies verliebt, aber sie ist tabu, schließlich ist sie Dieters Frau.«

»Besitzen Sie eine Waffe, Herr Buchen?«, fragte Lemberg.

»Nur meine Messersammlung, die ich fürs Grillen brauche.«

»Dann bräuchten wir noch Ihr Alibi für die Tatzeit. Mittwoch auf Donnerstag Nacht zwischen Mitternacht und ein Uhr.«

»Ich war hier und habe Schach gespielt.«

»Mit wem?«

»Mit dem Computer.«

»Ein Mensch kann das nicht bezeugen?«

»Ich bin der einzige Mensch, der in diesem Haus lebt.«

Lemberg blickte zu Noll, aber auch sie hatte momentan keine weiteren Fragen. Nachdem sie sich verabschiedet hatten, entdeckte Lemberg in einem Wandregal eine Reihe von Büchern zum Thema Grillen.

»Haben Sie die geschrieben?«, fragte er.

»Alles Bestseller.«

Eins trug den Titel »Grillen für Vegetarier«.

»Verkaufen Sie mir eins davon und würden es signieren?«

Ein Exemplar fand sich in dem Schrank unter dem Regal. »Was soll ich schreiben?«

»Für Maggie zum Geburtstag.«

Buchen signierte und sagte: »Dafür, dass Sie mit einer Vegetarierin verheiratet sind, stehen Sie ganz gut im Futter.«

»Wir essen überwiegend getrennt.« Dann fiel Lemberg doch noch etwas ein. Er zeigte dem Grillkönig die Fischschuppen, die er in Schupps Wagen gefunden hatte. »Stammen die von einer Bachforelle?«

Buchen nahm die Tüte und drückte darauf herum. »Bachforellen haben sehr kleine Schuppen. Die hier sind erheblich größer und sehr hart.«

»Um welchen Fisch könnte es sich handeln?«

»Keine Ahnung. Ich mache mir nichts aus Fisch.«

»Was essen Sie denn am liebsten?«

»Bratwurst.«

»Nein!«

»Doch.«

*

Noll hatte sich von Lemberg wenigstens zu einem belegten Brötchen überreden lassen. Er hatte Salami gewählt, sie Champignonpastete. Lemberg fühlte sich beinahe wie zu Hause. Während sie im Wagen saßen und kauten, meldete sich die Zentrale.

»Soeben ist die Analyse des Projektils reingekommen«, sagte Klaes. »Die Kugel stammt aus einer Waffe, die eine Vergangenheit hat. Sie wurde 2003 bei einem Banküberfall in Heidelberg benutzt, und mit ihr wurde der Polizistenmord von Mannheim im Jahr 2004 verübt. Beide Fälle sind bisher unaufgeklärt.«

»Wurde bei dem Mord in Mannheim nicht eine DNA-Spur gesichert?«, fragte Noll. »Ich meine, so etwas gelesen zu haben.«

»In der Tat. Die DNA einer Frau.«

9

Lemberg saß an seinem Schreibtisch und hantierte mit der Eifel-Übersichtskarte. Um auf die Autobahn zu kommen, war Schupp sicher über Eisenschmitt und Schwarzenborn gefahren und hatte die Auffahrt bei Gransdorf genommen. Die Strecke maß circa zwanzig Kilometer. Von dort bis Winterspelt waren es rund fünfzig Kilometer. Angenommen, dass Schupp an jedem seiner Nebenverdiensttage ungefähr dreihundert Kilometer zurückgelegt hatte, bedeutete das, er war bis zu achtzig Kilometer weit nach Belgien hineingefahren. Lemberg griff zu seiner Benelux-Karte, entfaltete sie und maß die Strecke ab. War Schupp weiterhin auf der A 27 beziehungsweise E 42 geblieben, hatte ihn das bis in den Großraum Eupen-Lüttich gebracht. Es sei denn, er war vorher abgefahren, dann konnte er so ziemlich überall gelandet sein. Lemberg verstaute die Karten wieder in der Schublade. So führte das zu nichts, sie hatten einfach zu wenig in der Hand.

Er hatte sich gerade eine Zigarre angezündet, als Noll und Klaes hereinkamen. Sie nahmen auf den Besuchersesseln vor dem Schreibtisch Platz. Klaes hatte eine grüne Mappe dabei, die er aufschlug.

»Die gesuchte weibliche Person hat mehrfach ihre Spur hinterlassen«, sagte er. »Die Liste beginnt mit einem Raubüberfall in Talheim bei Heilbronn im August 2002 und endet 2006 mit einem Kfz-Diebstahl in Sindelfingen. Sämtliche Delikte wurden in Baden-Württemberg verübt. Die Waffe, aus der das Projektil stammt, das Schupp getötet hat, wurde wie gesagt zweimal benutzt. Einzig und allein bei dem Mord an dem Polizeibeamten in Mannheim im Frühherbst 2004 kreuzen sich die Spuren der Waffe und der DNA. Das ist auch das einzige Tötungsdelikt, das der Frau zugeordnet werden kann. Bei dem erwähnten Banküberfall in Heidelberg haben die Täter lediglich in die Decke geschossen.«

»Täter?«, fragte Lemberg.

»In Heidelberg waren es zwei.«

»Hat die Überwachungskamera nichts aufgezeichnet?«

»Die war an dem Tag außer Betrieb.«

»Großartig. Was weiß man noch über die Frau?«

»Nichts. Zu der DNA gibt es weder Fingerabdrücke noch ein Gesicht. Die Frau ist ein Phantom.«

»Das heißt, entweder wurde Schupp von der Frau mit der Waffe erschossen oder es wurde lediglich die Waffe benutzt.« Lemberg betrachtete angewidert seine Zigarre und legte sie in den Ascher. »Wir müssen das LKA in Baden-Württemberg verständigen.«

»Das mache ich umgehend.«

»Was ist mit den DVDs?«

»Wagner und Schommer sind dran«, sagte Noll.

Als die beiden die Tür hinter sich zugezogen hatten, klingelte Lembergs Telefon. Er meldete sich.

»Ich bin's«, sagte Maggie. »Störe ich?«

»Keineswegs. Schön, dich zu hören.«

»Ich wollte nur fragen, wann du hier einzutrudeln gedenkst und worauf du Hunger hast.«

»Ich kann erst morgen kommen«, sagte Lemberg und berichtete ihr von dem Mordfall. Da er wusste, dass Maggie ständig in Sorge um ihn war, erwähnte er weder Schupps Namen noch die Tatsache, dass es sich um einen seiner Mitarbeiter handelte. »Ich muss morgen Vormittag noch mal nach Manderscheid. Gegen Mittag werde ich da wegkommen.«

»Ich habe alle für sechzehn Uhr zum Kaffee eingeladen.«

»Wen alle?«

»Meine Eltern, meinen Bruder mit seiner neuen Freundin –«

»Der Sausack hat eine neue Freundin?«

»Eine Thailänderin. Bildhübsch.«

»Das arme Ding. Was ist mit meinem Vater? Hast du ihn erreicht?«

»Das ja, aber er ist mit Renate auf Borkum.«

»Mein Vater hasst das Meer.«

»Aber er liebt Renate, und sie steht auf Seeluft.« Maggie wechselte die Tonlage. »Hast du den Arzt wegen deiner Laborwerte angerufen?«

»Das hab ich total vergessen! Ich mach das gleich am Montag.«

Es entstand eine Pause, weil Maggie nichts sagte.

»Ist was?«, fragte Lemberg.

»Nein, nein«, sagte sie. »Dann bis morgen.«

Bevor er etwas entgegnen konnte, hatte sie bereits aufgelegt.

Es wurde zaghaft geklopft, und auf sein »Herein!« trat Frau Sauer ein, diejenige, die am Vortag den Blumenstrauß auf Schupps Platz gelegt hatte. Lemberg hatte sie gebeten, das Buch, das er bei Buchen erworben hatte, einzupacken. Sie hatte zartblaues Papier und ein tiefrotes Seidenband gewählt.

»Ich habe keine Kärtchen mehr«, sagte sie, als sie ihm das Buch auf den Tisch legte.

»Macht nichts«, sagte Lemberg. »Ich sage einfach auf, was ich geschrieben hätte. Vielen Dank. Das Papier ist hübsch.«

»Da ist noch etwas.« Frau Sauer hielt eine Straßenkarte in den Händen. »Die hat Herr Schupp mir vor einiger Zeit geliehen, weil mein Mann und ich nach Lüttich zum Flohmarkt wollten. Ich kann sie ihm ja jetzt nicht mehr zurückgeben. Daher dachte ich, Sie fahren doch bestimmt noch einmal zu seiner Frau und –«

Lemberg riss ihr die Karte förmlich aus der Hand. Es handelte sich um eine Belgien-Generalkarte. Vorsichtig, als könnte sie zu Staub zerfallen, entfaltete er sie und suchte nach Kreuzen oder Kreisen, die irgendeine bestimmte Gegend oder Stadt markierten, aber da war nichts. Dafür war ein kleiner gelber Notizzettel mit einer Büroklammer an dem aus Pappe bestehenden Einband befestigt. »Maginot« und »Rue de l'Est« stand darauf.

»Haben Sie das geschrieben?«, fragte Lemberg.

»Nein, das ist die Schrift von Herrn Schupp«, sagte Frau Sauer. »Der Zettel klemmte schon dran, als er mir die Karte gegeben hat.«

Lemberg dankte ihr noch einmal, was sie verdattert zur Kenntnis nahm und ging. Dann griff er zum Telefon und bat die Zentrale, ihn mit Daeninckx zu verbinden.

Der Chef de Corps war nicht in seinem Büro, aber sie erreichten ihn in seinem Wagen. Die Verbindung war hundsmiserabel. Mit wenigen Sätzen schilderte Lemberg ihm den aktuellen Fall und bat um seine Unterstützung.

»Maginot wie die Linie?«, brüllte Daeninckx.

»Ja«, brüllte Lemberg zurück. »Und Rue de l'Est.«

»Aber keine Stadt, keine Ortschaft, nichts?«

»Leider nein.«

»Das ist nicht viel.«

»Ich weiß. Würden Sie es trotzdem versuchen?«

»Klar doch. Ich melde mich, sobald ich was habe.«

Lemberg hatte noch das Pfeifen und Rauschen der Leitung im Ohr, als Noll erneut erschien.

»Wagner und Schommer haben die Daten auf den DVDs durchgesehen und sind dabei auf eine interessante Sache gestoßen«, sagte sie und blieb vor dem Schreibtisch stehen. »Schupp ist offenbar hoch verschuldet.«

»Er lebte in einem geerbten Haus, fuhr zwei ältere Autos, wie das?«

»Der Kostenkalkulation nach, die er auf dem PC erstellt hat, lagen seine monatlichen Ausgaben um rund fünfhundert Euro höher als seine Einnahmen. Darin eingerechnet bereits eine Position Rente und eine Position Nähen. Geld, das allem Anschein nach seine Mutter und seine Frau beigesteuert haben. Er muss mehrere Kredite zu bedienen gehabt haben, alle bei der Sparkasse Mittelmosel-Eifel, Filiale Manderscheid.«

»Das verstehe, wer kann. Schupp war doch so ein knauseriger Kerl. Nie ist er mit uns essen oder einen trinken gegangen. Geht aus der Kalkulation nicht hervor, wofür er die Kredite aufgenommen hat?«

»Nein. Ich schlage vor, ich mache für Montag einen Termin bei der Sparkasse. Nicht auszuschließen, dass die Finanzprobleme in irgendeinem Zusammenhang mit seiner Ermordung stehen. Außerdem sollten wir über diesen Punkt mit seiner Frau sprechen.«

»Sofern sie denn eingeweiht war.«

»Das werden wir herausfinden. Die Fischschuppen und Styroporkügelchen sind übrigens auf dem Weg ins Labor. Brauchen Sie mich noch?«

»Ihr Bäcker wartet, wie?«

Noll grinste künstlich. »Ich habe auch noch zwei Kinder, wie Sie vielleicht wissen.«

»Ein angenehmes Wochenende.«

»Ihnen ebenso.«

Eine halbe Stunde später, nachdem er Canisius telefonisch über den Stand der Ermittlungen in Kenntnis gesetzt hatte, verließ auch Lemberg die Dienststelle und warf eine Münze. Kopf bedeutete Gaststätte Breuer, Zahl Restaurant Landhaus Stahlhütte. Stahlhütte gewann.

Ein Schnitzel mit Pommes frites und Salat und drei Bier später lag Lemberg in der Koje. Er schaffte es noch, eine Seite in der Biographie über Simone de Beauvoir zu lesen, die er im Sommer angefangen hatte, dann fielen ihm die Augen zu.

10

Lemberg kam eine Viertelstunde zu spät und doch zu früh. Noch waren nicht alle Mitglieder des Fliegenfischervereins eingetroffen. Guido Vieth fehlte ebenso wie Schupps Bruder Rolf, dabei hatten die beiden den kürzesten Weg.

Auf dem Sofa im Westernwohnzimmer warteten Obermann und zwei weitere Männer. Einer der beiden Unbekannten war ein sportlicher Typ in den Dreißigern, den Buchen als Tierarzt Dr. Tillmanns vorstellte. Der andere hatte zehn Jahre mehr auf dem Buckel, hieß Drages-Dittmer und war unpassend auffällig im Stil des Moderators von »Wetten, dass …?« gekleidet. Darin und in Verbindung mit seiner hochmodischen Brille ähnelte er einem bescheuerten Trendforscher, den Lemberg mal im Fernsehen gesehen hatte. Bei seinem Eintreten blickte er betont auf die Uhr.

Bevor Lemberg auf die Idee kommen konnte, sich zu setzen, bat Buchen, ihn kurz allein sprechen zu dürfen. Sie gingen in die Küche, die so gar nicht nach Bonanza, sondern nur nach Bauknecht aussah. Sitzgelegenheiten gab es keine.

»Ich habe gestern Abend per Internetbanking den Kontostand unserer Vereinskasse abgefragt«, sagte Buchen und suchte seine Taschen nach Zigarettentabak ab.

Lemberg wies auf die Arbeitsplatte neben der röchelnden Kaffeemaschine, wo ein offenes Päckchen Halbschwarzer lag. Buchen klemmte sich ein Papierchen zwischen die Finger und zupfte mit der anderen Hand die benötigte Menge Feinschnitt ab.

»Auf dem Konto müssten eigentlich tausendvierhundert Euro sein. Tatsächlich beträgt der Kontostand null.«

Lemberg lehnte sich gegen den mannshohen Kühlschrank. Das Ding begann prompt zu brummen und zu vibrieren. Endlich brannte der Glimmstängel.

»Ich habe daraufhin geprüft, wo das Geld abgeblieben ist. Dieter hat den gesamten Betrag vor vierzehn Tagen auf sein privates Girokonto überwiesen.«

»Hätte Ihnen das nicht früher auffallen müssen?«

»Dieter hat die Kasse seit Jahren sauber verwaltet. Ich hatte nie einen Grund, misstrauisch zu sein.«

»Wäre ihm nichts zugestoßen, wann wäre das Fehlen des Betrags frühestens bemerkt worden?«

»Im Januar. Aber nur, sofern er das Geld bis dahin nicht zurückgebucht hätte.« Buchen hustete, dass er die Kaffeemaschine übertönte. »Ich kann mir das nur so erklären, dass Dieter einen finanziellen Engpass hatte. Marlies möchte ich in ihrer jetzigen Situation aber nicht darauf ansprechen. So wichtig ist das Geld nicht. Ich dachte nur, Sie sollten das wissen.«

Rolf Schupp hatte sich zwischenzeitlich eingefunden. Er sah seinem Bruder nur bedingt ähnlich, hatte eine niedrigere Stirn und volleres, krauseres Haar. In dem Blick, mit dem er Lemberg musterte, lag eine gehörige Portion Misstrauen.

»Haben Sie Ihren Schwager nicht mitgebracht, Herr Schupp?«, fragte Lemberg.

»Ich habe Guido gestern angerufen und ihm Bescheid gegeben. Er sagte, er würde kommen.«

Lemberg zog sein Handy aus der Jacke. »Geben Sie mir seine Telefonnummer.«

Rolf Schupp leierte eine Zahlenfolge runter, und Lemberg tippte sie ein. Anneliese Vieth meldete sich.

»Wo steckt Ihr Mann, Frau Vieth?«

»Er schläft noch«, sagte sie. »Er hatte letzte Nacht eine Fahrt zum Haan.«

»Wenn er in zehn Minuten nicht hier ist, lasse ich ihn nach Dorsel vorladen. Richten Sie ihm das bitte aus.«

»Sie schlagen ja ganz schöne Töne an«, sagte Drages-Dittmer. »Ich kann nicht behaupten, dass mir das gefällt. Allein uns so formlos einzubestellen.«

»Mit meiner Bitte, sich hier zu versammeln, habe ich Ihnen allen eine Menge Fahrerei erspart«, sagte Lemberg.

»Ich bin erst seit einem halben Jahr Mitglied des Vereins und habe Herrn Schupp so gut wie nicht gekannt. Zur Aufklärung kann ich sowieso nichts beitragen.«

»Das werden wir ja sehen.«

Drages-Dittmer sah zum wiederholten Mal auf seine Uhr. »Spätestens um elf muss ich gehen. Ich habe noch einen wichtigen Geschäftstermin.«

»Das könnte knapp werden.«

»Sie haben kein Recht, mich hier festzuhalten.«

»Merken Sie nicht, dass Sie sich mit Ihrer unwirschen Art verdächtig machen? Mein Interesse, Sie eingehend zu vernehmen, wächst, Herr Drages. Was hat Sie eigentlich bewogen, dem Verein beizutreten? Sie machen mir nicht den Eindruck, als stünden Sie gerne im Bach.«

Drages-Dittmer ließ ein arrogantes Lächeln aufblitzen. »Die Beute interessiert mich tatsächlich nicht. Für mich ist Fliegenfischen eine meditative Übung. Nur darf man leider nicht mit einer Angel am Fluss stehen, wenn man keinen Schein hat. Einzig aus diesem Grund habe ich die Mitgliedschaft im Verein beantragt.«

»Dann haben wir ja schon drei, die nichts aus dem Wasser ziehen. Tut das überhaupt irgendwer von ihnen?«

»Alle anderen«, sagte Tillmanns. »Aber wir nehmen nahezu jeden auf. Mit weniger als sieben Leuten würden wir unseren Vereinsstatus verlieren.«

»Ich hol uns erst mal einen Kaffee«, sagte Buchen. »Oder möchte jemand ein Bier?«

Obermanns Hand zuckte kurz, fiel aber gleich wieder runter, als er merkte, dass er der Einzige gewesen wäre. Unter anderen Umständen hätte auch Lemberg nichts dagegen gehabt, obwohl es noch vor Mittag war.

Als alle in ihren Tassen rührten, stolperte Vieth herein. Er war klein, mindestens so schmal wie seine Frau und schien auf Krawall gebürstet. Ohne ihm irgendwelche Aufmerksamkeit zu schenken, stellte Lemberg sich vor die Versammelten wie ein Lehrer vor die Klasse.

»Ich habe Sie hergebeten, da ich einige Fragen an Sie habe, meine Herren«, sagte er. »Dieter Schupp wurde ermordet, als er in der Nacht von Mittwoch auf Donnerstag auf dem Weg nach Belgien war, wie wir inzwischen wissen. Hat er einem von Ihnen Andeutungen über einen Job gemacht, dem er im Nachbarland nachging? Hat er je von Kontakten in Belgien gesprochen? Hat er vielleicht mal den Namen Maginot erwähnt? Oder eine Rue de l'Est?«

Es war, wie Buchen vorausgesagt hatte.

»Hat er einem aus diesem Kreis anvertraut, dass er sich in irgendeiner Form bedroht fühlte?«, fragte Lemberg weiter.

Das hatte er offenbar nicht getan.

»Hat Dieter Schupp sich bei einem von Ihnen Geld geliehen?«

»Wieso fragen Sie nach Geld?«, fuhr Rolf Schupp auf. »Was soll das damit zu tun haben?«

»Welche Fragen ich stelle, müssen Sie schon mir überlassen.« Lemberg blickte nacheinander jeden Einzelnen an. »Falls jemand lieber unter vier Augen mit mir sprechen möchte – kein Problem.«

Niemand meldete sich.

»Hatte Dieter Schupp mit einem von Ihnen Streit?«

»Jetzt werden wir auch noch verdächtigt!«, rief Drages-Dittmer. »Das wird ja immer schöner.«

»Der Gedanke ist abwegig«, sagte Rolf Schupp. »Mein Bruder ist mit allen gut ausgekommen.«

»Das musst du gerade sagen«, sagte Vieth, der seine Kaffeetasse mit beiden Händen hielt, als müsste er sich an ihr wärmen. »Beim Grillfest seid ihr euch doch an die Gurgel gegangen.«

»Halt dein verdammtes Schandmaul, du Idiot! Was hat das denn mit seiner Ermordung zu tun?«

»Mal langsam«, sagte Lemberg. »Worum ging es bei der Auseinandersetzung?«

»Das war eine reine Privatangelegenheit«, sagte Schupp.

»Bei Mord gibt es keine Privatangelegenheiten. Kommen Sie, Herr Schupp, wir unterhalten uns in der Küche.«

Lemberg ließ ihm den Vortritt, drückte die Tür ins Schloss und lehnte sich mit dem Rücken dagegen. Schupp stand mit geballten Fäusten mitten im Raum und wirkte wie ein Schnellkochtopf mit klemmendem Sicherheitsventil.

»Nun reden Sie schon«, sagte Lemberg. »Ich habe nicht ewig Zeit.«

»Sie glauben doch nicht im Ernst, dass ich etwas mit der Ermordung meines eigenen Bruders zu tun habe, oder?«, schnaubte Schupp. »Wie pietätlos sind Sie eigentlich? Dieter ist keine achtundvierzig Stunden tot.«

Er hatte sich verrechnet, aber das war nun wirklich nicht das

Thema. Lemberg beobachtete den Sekundenzeiger der Wanduhr. Nach genau dreißig Sekunden öffneten sich Schupps Fäuste.

»Es ging um eine Vereinbarung, an die Dieter sich nicht gehalten hat.«

»Werden Sie bitte deutlicher.«

»Er hat Vaters Uhrensammlung verkauft, obwohl sie mir zugestanden hat.«

»Ihr Vater hatte die Uhren Ihnen vermacht?«

»Ich hatte seine mündliche Zusage.«

»War das testamentarisch festgelegt?«

»Leider nicht.«

»Kann es dann nicht sein, dass Ihr Bruder nichts davon gewusst hat?«

»Verflucht noch mal!«, brauste Schupp auf. »Er war doch dabei, als der Alte sie mir versprochen hat. Nur hinterher wollte er nichts mehr davon wissen.«

»War die Sammlung wertvoll?«

Schupp zuckte die Achseln. »Fünftausend, vielleicht sechstausend. Aber um den materiellen Wert ging es nicht. Es waren ein paar wunderschöne Stücke darunter. Ich sammle selber Taschenuhren und repariere sie auch. Das ist mein Hobby.«

»Wissen Sie, warum Ihr Bruder die Sammlung veräußert hat?«

»Er wird vermutlich das Geld gebraucht haben.«

»Haben Sie eine Ahnung, wofür?«

Schupp atmete tief durch. »Er muss uns ja schließlich auszahlen, Annette und mich. Vater hat ihm das Haus hinterlassen.«

»Sie sind älter als Dieter. Warum hat Ihr Vater das Haus nicht Ihnen vererbt?«

»Wenn ich Ihnen die Geschichte erzähle, stehen wir heute Abend noch hier.« Schupp steckte die Hände in die Hosentaschen. »Das Verhältnis zwischen meinem Vater und mir war nicht das beste.«

»Um welchen Betrag ging es?«

»Fünfzigtausend für jeden.«

»Eine schöne Stange Geld.«

»Wenn man sie denn hätte.«

»Hat Dieter Sie nicht ausgezahlt?«

»Er hat nur Abschläge gezahlt. Annette und mir jeweils zwölftausendfünfhundert. Hat gejammert, die habe er sich schon nicht leisten können. Dabei könnte ich das Geld so gut gebrauchen. Ich will mich nämlich selbstständig machen. Jetzt kann ich das wohl endgültig abhaken.«

»Haben Sie sich bei dem Grillfest regelrecht geschlagen?«

»Natürlich nicht, obwohl ich auf hundertachtzig war. Dieter hatte es doch am Herzen. Außerdem sind die Frauen dazwischengegangen.« Er blickte Lemberg direkt in die Augen. »Ich bin übrigens nicht der Einzige, der mit Dieter Zoff hatte.«

»Sie meinen die Geschichte mit Obermann?«

»Die war ausgestanden. Nein, ich rede von Guido. Dem hat Dieter ein paar gescheuert, dass er aus den Pantinen gekippt ist.«

Lemberg hatte Schwierigkeiten, sich Dieter Schupp in dieser Rolle vorzustellen. »Weswegen?«

»Das sollten Sie Guido selbst fragen. Ich war nicht dabei, als das passiert ist.«

»Nur der Form halber: Wo waren Sie in der Nacht von Mittwoch auf Donnerstag?«

»Zu Hause. Im Bett.«

»Kann Ihre Verlobte das bezeugen?«

»Bedaure, Gudrun hatte in der Nacht Dienst.«

Lemberg prüfte Rolf Schupps Glaubwürdigkeit mit einem längeren intensiven Blick. Der Bruder des Ermordeten hielt dem mühelos stand.

»Okay«, sagte Lemberg. »Schicken Sie Ihren Schwager rein.«

Guido Vieth erschien so umgehend, dass er vor der Tür gewartet haben musste. Mit hochgezogenen Schultern und lauerndem Blick beobachtete er Lemberg, als rechnete er jeden Moment mit einer Ohrfeige. Er hatte aber auch ein Gesicht, das dazu einlud.

»Sie hatten eine körperliche Auseinandersetzung mit dem Ermordeten?«, fragte Lemberg.

»Wer hat das behauptet? Rolf?«

»Hatten Sie oder hatten Sie nicht?«

Vieth blähte die Nasenflügel. »Das ist schon lange her.«

»Worum ging es?«

»Ich hatte Streit mit meiner Frau, und Dieter hat sich auf Annettes Seite geschlagen. Dabei ging ihn die Sache einen Scheißdreck an.«

»Machen Sie es nicht so spannend, Herr Vieth. Erzählen Sie mir einfach, wie die Geschichte abgelaufen ist.«

»Meine Güte, er hat mir eine reingehauen, und ich bin umgekippt. Es gehört nicht viel dazu, mich umzuhauen.«

»So wie ich Ihren Schwager kannte, wurde er nicht so schnell handgreiflich. Was ist zuvor passiert? Hatten Sie Ihre Frau verprügelt?«

»Nein, das nicht.«

»Was dann?«

»Mein Gott, ich bin hinter ihr hergerannt und habe ihr gedroht.«

»Womit?«

»Wie, womit?«

»Soll ich Ihre Frau anrufen und fragen, Herr Vieth?«, sagte Lemberg scharf.

Vieth kaute auf etwas nicht in seinem Mund Vorhandenem herum. »Na schön, ich bin mit dem Beil hinter ihr hergelaufen. Das haben ja genug Leute im Ort mitgekriegt.«

»Wo ist das Beil jetzt?«, fragte Lemberg so kühl, dass er sich über sich selbst wunderte.

»Ich hab's weggeworfen«, sagte Vieth mit wehleidigem Unterton. »Annette hat das verlangt.«

»Und wo haben Sie es hingeworfen?«

»Das weiß ich nicht mehr.«

Lemberg trat einen Schritt vor und packte Vieth am Kragen seines Blousons. »Verdammt! Erzählen Sie mir keine Scheiße, Vieth! Ein Beil wirft man nicht alle Tage weg. Daran erinnert man sich.«

»Nein, nein, nein!«, schrie Vieth. »Ich habe es während der Fahrt aus dem Wagen geworfen.«

»Das ist nicht Ihr Ernst. Wo sind Sie langgefahren?«

»Ich weiß es nicht mehr, verflucht noch mal. Ich hab's von irgendeiner Brücke geschmissen.«

»Von einer Brücke?«

»Ja, aus dem Fenster, während der Fahrt.«

»Wann war das?«, fragte Lemberg und ließ ihn wieder los.

»Am Tag nach dem Streit.«

»Wann war der?«

»Am 13. September.«

»Das wissen Sie so genau?«

»An dem Tag hab ich Geburtstag.« Vieth zog seinen Blouson zurecht. »Ich möchte bloß wissen, was an einem verdammten Beil so wichtig ist, dass Sie mir deswegen gleich an den Kragen gehen.«

»Bis Montag ist Ihnen eingefallen, wo Sie das Ding entsorgt haben, sonst gnade Ihnen Gott. Nutzen Sie die Zeit.«

Als sie zurück ins Wohnzimmer kamen, war Drages-Dittmer verschwunden.

»Er lässt Ihnen bestellen, Herr Kommissar, falls Sie ihn noch einmal sprechen möchten, dürfen Sie sich gerne an seinen Anwalt wenden«, sagte Buchen.

»Was macht er eigentlich beruflich?«

»Er weiß schon heute, wie wir morgen leben werden.«

Lemberg hatte es geahnt.

»Mit anderen Worten: Drages-Dittmer ist Trendforscher«, sagte Tillmanns.

11

Lemberg und Maggie spazierten mit dem Hund die Platanenallee am Adenauer-Ufer entlang. Es hatte aufgehört zu regnen, aber der Himmel sah aus, als könnte es jeden Moment wieder anfangen. Das hatte den netten Nebeneffekt, dass sie nahezu allein unterwegs waren.

Das Zusammensein der Familie am Vortag konnte man durchaus als gelungen bezeichnen. Lembergs Schwiegereltern waren erstaunlich gut aufgelegt gewesen. Sein Schwiegervater hatte einen seiner gefürchteten Dauermonologe gehalten. Niemand hatte ihm zugehört, aber das hatte ihn gestern nicht gestört. Seine Schwiegermutter, die jederzeit für einen Nervenzusammenbruch gut war, hatte sich derart heiter und ausgelassen präsentiert, dass Lemberg sich sicher war, dass sie mindestens die doppelte Dosis der verordneten Stimmungsaufheller geschluckt hatte. Schwager Timo hatte sich wie gewöhnlich betrunken, sodass seine neue Freundin, die Amonat hieß und wirklich ausnehmend hübsch und für den alten Idioten viel zu jung war, heimwärts hatte fahren müssen. Das tat sie wohl eher selten, denn gleich beim Ausparken hatte sie Maggies Pluriel gerammt, was aber gleichgültig war, da es sich um einen Firmenwagen handelte. Die Kinder hatten die Familienfeier bereits nach knapp einer Stunde verlassen. Katharina, weil sie mit ihrem Freund verabredet war, und Sebastian, weil er sich ein Handballspiel der Mädchenmannschaft seines Vereins ansehen wollte. Außerdem hatte Maggie sich über Lembergs Geschenk gefreut, das er noch schnell um einen üppigen Blumenstrauß ergänzt hatte, den er bei einer Friedhofsgärtnerei erstanden hatte.

Heute Morgen hatten sie lange geschlafen und erst gegen Mittag gefrühstückt. Selbst geschrotetes Müsli mit frischem Obst, dazu Joghurt natur und grüner Tee. Das war jetzt eine Stunde her, und Lemberg hatte Sehnsucht nach einer Currywurst.

»Ich habe vorgestern bei Dr. Bach angerufen und mir deine Laborwerte geben lassen«, sagte Maggie plötzlich. »Ich war mir nämlich sicher, dass du das vergessen würdest.«

»Darf der das denn überhaupt?«

»Ich bin deine Frau.«

»Das weiß Bach doch nicht. Da hätte ja jede Beliebige anrufen können.«

»Meine Güte, die Sprechstundenhilfe kennt mich doch. Wir spielen zusammen Tennis.«

Lemberg wusste zwar, dass Maggie gelegentlich Tennis spielte, aber dass sie das mit der Sprechstundenhilfe von Dr. Bach tat, war ihm neu. Vielleicht hatte sie es ihm aber auch erzählt, und er hatte es vergessen. Jedenfalls war es ihm alles andere als recht, dass die Frauen miteinander vertraut waren. Es war wohl an der Zeit, den Hausarzt zu wechseln.

»Das Ergebnis ist katastrophal.«

»Welcher Wert?«

»Alle. Harnsäure, Cholesterin, Leberwerte, Blutzucker.«

»Dabei trinke ich schon weniger.«

»Das scheint sich aber noch nicht bis zu deinen Organen rumgesprochen zu haben. Daher habe ich Folgendes beschlossen: Ich werde dir jeden Sonntag fünf Menüs für die Woche mitgeben. Eingefroren. Die packst du in die zentrale Kühltruhe des Campingplatzes. Morgens nimmst du eine Portion heraus, die ist abends aufgetaut, und du brauchst sie nur noch warm zu machen. Somit hast du wenigstens einmal am Tag etwas Gescheites auf dem Teller. Außerdem habe ich einen Trainingsplan ausgearbeitet, der so harmlos ist, dass sogar du ihn schaffen kannst. Ohne Muskelkater zu bekommen. Und ich habe eine sogenannte Vermeidungsliste zusammengestellt.«

»Sonst noch etwas? Hast du auch meine Vormundschaft beantragt?«

Maggie hakte sich bei Lemberg unter. »Das mache ich alles nur aus Liebe.«

Wenn das die Auswüchse von Liebe waren, wollte Lemberg nicht wissen, was das Gegenteil für ihn parat hielt.

»Ich habe neulich gelesen, dass Vegetarier das Klima stärker belasten als Fleischesser«, sagte Lemberg. »Sie gasen nämlich mehr CO_2 und Methan aus. Das Verhältnis ist so ähnlich wie zwischen Kühen und Löwen.«

»Und weißt du, was ich neulich gelesen habe? Dass man Kühen Knoblauch ins Futter mischt, um den Methanausstoß zu reduzieren. Mach dich also auf was gefasst.«

Sie kamen am Kurfürstlichen Schloss vorbei. In dem rosafarbenen Kasten war schon Mozart aufgetreten.

»Warum hast du mir nicht gesagt, dass es ein Kollege von dir war, der ermordet worden ist?«, fragte Maggie mit auf einmal belegter Stimme.

»Woher hast du das?«

»Das stand in der Zeitung, und in der Landesschau haben sie es auch gebracht.«

»Ich wollte dich nicht beunruhigen.«

»Du weißt, dass ich deinen Job hasse.«

Lemberg hatte eine dumpfe Ahnung, worauf das Gespräch hinauslaufen würde. »Damit verdiene ich nun mal unsere Brötchen.«

Zehn Schritte weiter sagte Maggie: »Am Frankfurter Flughafen wird ein neuer Sicherheitschef gesucht. Ich habe die Anzeige aus der F.A.Z. ausgeschnitten.«

»Seit wann liest du die F.A.Z.?«

»Gar nicht. Aber sie liegt im Büro herum. – Was ist nun?«

»Den ganzen Tag Fluglärm um die Ohren und kontrollieren, ob die Leute zu viel Shampoo oder Sonnenmilch im Gepäck haben, darauf kann ich verzichten.«

»Als Chef musst du doch nicht in den Koffern wühlen.«

»Wer weiß.«

»Du wärst jeden Abend zu Hause und würdest deutlich besser verdienen.«

»Ich würde morgens und abends im Stau stehen.«

»Und ich wäre nicht ewig in Sorge, dass dich ein Verrückter über den Haufen schießt.«

»Das kann auch am Flughafen passieren.«

»Die Bewerbung ist schon fertig. Du brauchst nur noch zu unterschreiben.«

Lemberg blieb stehen. »Das ist nicht dein Ernst.«

»Doch.«

»Seit wann tippst du meine Bewerbungen?«

»Hast du jemals eine geschrieben?«

Maggie hatte recht. Er hatte zeitlebens nie eine schreiben müssen. Alle bisherigen Jobs hatte er so bekommen.

»Wann wird die Stelle frei?«

»Zum 1.4.«

»Bis wann muss ich mich entscheiden?«

»Bis zum nächsten Wochenende.«

Maggies Blick war keine Bitte, mehr eine Herausforderung.

»Lass uns zurückgehen«, sagte Lemberg. »Es gibt gleich Regen.«

12

»Apfel-Räuber-Auflauf«, »Tortellini mit Gurkenpesto«, »Vegetarisches Wiener Schnitzel«, »Karibische Gemüsereispfanne« und »Rote Spaghetti à la Mama« stand auf den Klebeetiketten der Gefrierbeutel, die Lemberg in der Kühlbox im Kofferraum transportierte. Den Auflauf und die Reispfanne kannte er, was er sich jedoch unter einem vegetarischen Schnitzel vorzustellen hatte, war ihm schleierhaft. Und rote Spaghetti nach Art der Mutter – nun ja, es kam halt darauf an, wessen Mutter gemeint war. Hoffentlich nicht seine Schwiegermutter.

Als hätten Noll und er sich telepathisch abgestimmt, trafen sie zeitgleich in Manderscheid ein und fanden auch noch zwei nebeneinanderliegende freie Parkplätze unmittelbar vor Schlecker. Schräg gegenüber lag die Sparkasse, wo sie um zehn Uhr den Termin hatten.

»Wie war Ihr Gespräch mit den Anglern?«, fragte Noll, nachdem sie sich begrüßt hatten.

Lemberg fasste kurz zusammen, was bei dem Treffen herausgekommen war.

»Wir sollten alle überprüfen«, sagte er abschließend. »Sicherheitshalber.«

Der Kassenraum der Sparkassenfiliale Mittelmosel-Eifel war mit unzähligen Luftballons geschmückt, auf denen »Happy Birthday« stand. Lemberg steuerte die Informationstheke an, hinter der eine rotgesichtige Blondierte jenseits der Fünfzig Dienst schob, und stellte Noll und sich vor.

»Wir haben einen Termin bei Herrn Kötter«, sagte er.

»Er hat heute Geburtstag«, sagte die Frau, die ihr Namensschild verkehrt herum angesteckt hatte. Trotzdem entzifferte Lemberg, dass sie Müller hieß.

»Wie alt ist er denn geworden?«

»Neununddreißig.«

»Ist das nicht ein bisschen jung für die Verantwortung?«

Frau Müller lächelte irritiert. »Wie meinen Sie das?«

»Das sollte ein Scherz sein. Melden Sie uns bitte einfach an.«

Frau Müller wählte eine hausinterne Nummer, sagte, wer vor ihr stand, und legte wieder auf. »Herr Kötter kommt sofort.«

Herr Kötter maß locker einen Meter neunzig, war untergewichtig und sah jünger aus, als er war. Das lag an seinem faltenlosen Kindergesicht und seinem Hautproblem; er litt unter starker Akne, womöglich sogar an Papulopustulosa. Das mochte an zu viel Testosteron im Leib oder Chips auf dem Teller liegen. Lemberg tippte auf Ersteres, denn beim Händeschütteln mit ihm zuckte Noll zusammen, als hätte sie an einen elektrischen Weidezaun gelangt. Frauen spüren eben instinktiv, wenn sie einem Zuchthengst gegenüberstehen.

Das Büro, in das Kötter sie führte, war klein, aber fein. Auch hier gab es Luftballons und dazu einen riesigen Fresskorb, aus dem Salami, Sekt und Stangenbrot hervorragten. Neben dem Korb lag ein großformatiges Buch mit dem Titel »Konstantin der Große«. Die schwarzen Sessel vor dem Schreibtisch waren bequem, quietschten aber.

»Darf ich Ihnen etwas anbieten?«, fragte Kötter. »Kaffee, Wasser oder vielleicht ein Gläschen Sekt?«

»Danke«, sagte Lemberg. »Aber wir sind im Dienst.«

»Ich sehe das normalerweise genauso.« Kötter nahm Platz. »Nur heute machen wir eine Ausnahme.«

»Wir haben schon davon gehört. Unseren Glückwunsch.«

Der Sparkassenchef bedankte sich und streichelte liebevoll den kaiserlichen Bildband.

»Ein Geschenk meiner Mitarbeiter. Die Historie ist meine Passion. Aber deswegen sind Sie ja nicht hier.« Er griff nach einem bereitliegenden Stapel Papiere. »Die Unterlagen Schupp, die ich habe heraussuchen lassen. Zunächst einmal möchte ich jedoch sagen, dass sein Ableben mir sehr, sehr leidtut. Wir sind der gleiche Jahrgang. Und dann auf derart brutale Art und Weise.«

Lemberg richtete den Blick nach oben. Die Decke war mit genoppten Kunststoffplatten verkleidet. Die gleichen hatte es in Sebastians Kindergarten gegeben, wo sie ständig runtergefallen waren.

»Tja«, machte Kötter. »Das Haus ist mit einer Hypothek von

hunderttausend belastet. Zusätzlich hat Herr Schupp zwei Privatdarlehen aufgenommen, eines über fünfzehntausend, das andere über zehntausend. Und sein Girokonto ist mit roundabout zweitausend im Soll.«

Er schob ihnen Kopien zu. Lemberg entnahm der Aufstellung, dass Dieter Schupp bisher nur unwesentlich getilgt hatte.

»Gibt es sonstige Vermögenswerte?«, fragte er.

»Ein Sparbuch zugunsten der Kinder mit einem Haben von drei Euro neunundzwanzig.«

»Ich sehe hier, dass die Hypothek bereits im Jahr 2005 aufgenommen wurde«, sagte Noll.

»Noch vom seligen Senior, Herrn Heinrich Schupp.«

»Und von wann datieren die Privatdarlehen?«

»Die fünfzehntausend aus dem Herbst des vergangenen Jahres, die zehntausend vom März des laufenden.« Kötter zerrte am Knoten seiner Krawatte. »Wir sahen uns erst unlängst gezwungen, Herrn Schupp um Ausgleich seines Girokontos zu bitten. Daraufhin beantragte er ein weiteres Darlehen. Dem konnten wir angesichts der Gesamtlage jedoch nicht entsprechen.«

»Und?«, fragte Lemberg.

»Und was?«

»Wie ist die Sache ausgegangen?«

»Herr Schupp muss sich anderweitig Geld besorgt haben, denn wir konnten Zugänge in Höhe von viertausendfünfhundert Euro vor vier Wochen und von weiteren tausendvierhundert Euro vor zwei Wochen verbuchen. Das Konto befindet sich zwar weiterhin im Soll, aber nunmehr im Rahmen des Dispositionskredits. Dabei ...«

»Ja?«

Kötter beugte sich so weit vor, dass sein Oberkörper beinahe auf die Tischplatte zu liegen kam. Jetzt konnte man riechen, dass er nicht nur Sekt getrunken, sondern auch Veilchenpastillen gelutscht hatte.

»Als ich vor Jahren hier angefangen habe, hatte der im vergangenen Jahr verstorbene Heinrich Schupp ein Guthaben von über hunderttausend Euro, und das Haus war hypothekenfrei.«

»Alle Achtung. Wurde das Geld häppchenweise abgehoben oder auf einen Schlag?«

»Sukzessive. In den letzten anderthalb Jahren vor seinem Tod.«

»Hat Heinrich Schupp verlauten lassen, wofür er es verwenden wollte?«

»Nein.« Kötter versicherte sich mit schnellen Seitenblicken, dass da niemand war, der mithörte. »Mein Vorgänger auf diesem Posten hat ihn einmal im Kasino von Bad Neuenahr getroffen.«

»Sie meinen, der alte Schupp hat sein Vermögen verzockt?«

»Das ist lediglich eine Vermutung. Aber von mir haben Sie das nicht.«

Lemberg und Noll verabschiedeten sich. Unausgesprochen blieb die Frage, was eigentlich der Filialleiter einer Sparkasse in einem Spielkasino zu suchen gehabt hatte.

*

Die Hunde kläfften im Zwinger neben der Garage. Aber es klang nicht aggressiv, eher klagend. Auf Lembergs Klingeln öffnete Marlies Schupp persönlich. Sie sah elend aus, hielt sich am Türblatt fest und machte keine Anstalten, die Beamten eintreten zu lassen.

»Wir müssen Sie noch einmal sprechen, Frau Schupp«, sagte Noll. »Es geht um –«

»Ich will zu meinem Mann!«

»Frau Schupp. Ich –«

»Ich will ihn sehen. Sofort! Das haben Sie mir versprochen.«

Noll blickte Hilfe suchend zu Lemberg. Das geschah nicht oft.

»Moment«, sagte Lemberg und nahm das Handy aus der Jacke. »Ich will sehen, was sich tun lässt.«

Er ging ein paar Schritte zur Seite und telefonierte mit dem Institut für Rechtsmedizin in Mainz. Der Leiter war ein guter Bekannter von Albrecht Canisius, was hilfreich war. Umgehend hatte Lemberg die Zusage.

»In Ordnung, Frau Schupp«, sagte er. »Sie können Ihren Mann sehen.«

»Jetzt gleich?«

»Wenn Sie wollen.«

»Ich bin in fünf Minuten fertig«, sagte sie und schloss die Tür.

»Sie oder ich?«, fragte Noll, als sie allein waren.

»Ich«, sagte Lemberg. »Fahren Sie nach Dorsel und lassen Sie mal die Fischer durch den Computer laufen. Ach so – und Schommer soll sich um das Beil kümmern. Vielleicht ist ja irgendwo ein herrenloses aufgetaucht.«

Kaum hatte Noll das Grundstück verlassen, trat Marlies Schupp aus dem Haus. Sie hatte sich umgezogen, frisiert und ein wenig Make-up aufgelegt. Lemberg hielt ihr den Wagenschlag auf, und sie stieg ein. Bis Mainz wechselten sie kein einziges Wort.

*

Das Institut lag Am Pulverturm und hatte auf zwei Etagen Balkone, auf denen sich trotz des miesen Wetters einige Raucher herumdrückten. Nachdem Lemberg seine Begleiterin und sich angemeldet hatte, wurden sie gebeten, im Wartebereich Platz zu nehmen. Zeitvertreib boten ein Getränke- und ein Snackautomat, Zeitschriften mit medizinischen Titeln und ein riesiges Aquarium, in dem Lemberg kein einziges Lebewesen entdecken konnte.

Es vergingen keine zehn Minuten, bis ein Weißkittel mit grauem Backenbart und bürstenborstigen Augenbrauen erschien, begleitet von einer gleichartig gekleideten Frau in den Dreißigern, die aussah wie die Supernanny. Lemberg und Marlies Schupp erhoben sich von ihren Stühlen.

»Hader«, sagte der Backenbart und gab erst Schupp und dann Lemberg die Hand. »Frau Schupp? Kommissar Lemberg? – Mein Beileid, gnädige Frau. Das ist Frau Doktor Rademacher.«

Ein geräuschloser Aufzug brachte sie ins Kellergeschoss. Hader ging voran, Rademacher bildete die Nachhut. Auf Knopfdruck öffnete sich eine Schiebetür am Ende des Gangs. Kühle schlug ihnen entgegen. Der Raum war fensterlos und bis zur Decke weiß gefliest. Ihm haftete keinerlei Geruch an, aber Sauerstoff war auch Mangelware. Alles, was herumstand, war aus Edelstahl und blank poliert. Der Seziertisch, zwei Leichenmulden auf gummibereiften Fahrgestellen, ein Beistelltisch voller Instrumente. In die Decke eingelassene Neonröhren verbreiteten ein kaltes, professionelles Licht. Bis auf den Trittschall, den sie verursachten, herrschte Totenstille. Aber Lemberg hatte auch nichts anderes erwartet.

Hader führte sie in einen zweiten Raum, dessen Ausstattung der des ersten bis auf zwei Schränke mit Leichenkühlzellen entsprach. Drei Fächer übereinander in drei Reihen nebeneinander pro Schrank. Achtzehn Leichen konnten hier liegen. Lemberg fühlte sich an einen italienischen Friedhof erinnert. Es gab in japanischen Großstädten aber auch Billighotels, die ähnlich aufgebaut waren.

Dieter Schupp ruhte links außen in der mittleren Reihe. Rademacher öffnete die Tür und zog die Mulde mit seinem verhüllten Leichnam heraus. Dann bedachte sie Marlies Schupp mit einem »Sind Sie bereit?«-Blick und schlug das Tuch zurück.

Sie hatten Schupp zurechtgemacht; kein Vergleich mit dem Anblick, den er an der Autobahn geboten hatte. Zwar war er wachsweiß und hatte eine schmalere Nase als im Leben, aber es war ihnen irgendwie gelungen, die Schusswunde und die Splitterverletzungen zu kaschieren. Außerdem hatten sie ihm einen Mittelscheitel frisiert, was ihm überraschend gut stand. Die Stille, die er verbreitete, war übermächtig.

»Hallo, Dieter«, sagte Marlies Schupp und streichelte seine rechte Wange mit ihrem Handrücken. Kein Zittern, keine Tränen, kein Zusammenbruch.

Dann begann sie ihm mit leiser, fester Stimme von den Kindern zu erzählen. Wie sie um ihn trauerten, wie sie ihn vermissten, aber auch von ihrer Hoffnung, dass es ihm gut gehe, dort, wo er jetzt sei. Sie berichtete ihm, wie es seiner Mutter ging, was die Hunde und die Katze machten und schließlich, wie es ihr selbst in den vergangenen Tagen ergangen war. Lemberg hatte einen Kloß von der Größe eines Tennisballs im Hals.

Zum Schluss streichelte Marlies ihren Dieter noch einmal und fragte: »Darf ich ihm einen Kuss geben?«

»Auf die Stirn«, sagte Hader.

*

»Danke«, sagte Marlies Schupp, als sie in der Höhe von Bingen waren. »Jetzt geht es mir besser.«

»Das freut mich«, sagte Lemberg.

»Sie waren gekommen, um mir noch ein paar Fragen zu stellen?«

»Ja. Wir haben erfahren, dass Sie und Ihr Mann hoch verschuldet sind.«

»Was hat das mit Dieters Ermordung zu tun?«

»Hat Ihr Mann Ihnen nie berichtet, wie wir zu arbeiten pflegen?«

Drei überholte Lkw später sagte sie: »Mein verstorbener Schwiegervater hat immer behauptet, wenn er einmal von uns ginge, hätten wir so gut wie ausgesorgt. ›Für jeden von euch habe ich ein hübsches Sümmchen zurückgelegt‹ – das waren seine Worte. In dem Glauben hat Dieter das Erbe angenommen. Dann kam das böse Erwachen. Das Haus ist mit einer erheblichen Hypothek belastet, und Geld, meinen Schwager und meine Schwägerin auszuzahlen, war auch nicht vorhanden.«

»Wissen Sie, wo das Geld geblieben ist?«

»Das Geheimnis hat der Alte mit ins Grab genommen. Dieter hat mal versucht herauszufinden, was er damit gemacht hat, aber ohne Erfolg.«

»Was sagt Ihre Schwiegermutter dazu?«

»Sie weiß nichts davon. Und Sie dürfen ihr auch nichts davon erzählen, hören Sie? Das müssen Sie mir versprechen. Maria vergöttert ihren Heinrich. Wenn sie erfährt, dass er das gesamte Vermögen wie auch immer durchgebracht hat, könnte sie das glatt umbringen.«

»Was war Ihr Schwiegervater für ein Typ?«

»Ein harter, selbstgerechter Geizkragen. Geltungsbedürftig, spießig, egoman. Maria hat er immer knappgehalten, dabei war seine Pension mehr als ordentlich. Er war immerhin vierzig Jahre im Schuldienst.«

»Das klingt so, als hätten Sie ihn nicht gemocht.«

»Wie kommen Sie nur darauf?«

»Wie viel älter als Ihre Schwiegermutter war er?«

»Zweiundzwanzig Jahre.« Sie stieß einen kleinen Lacher aus, der wie Gläserklirren klang. »Sie war eine seiner ehemaligen Schülerinnen und schon als Teenager in ihn verknallt. Eine Lovestory wie in einem Groschenroman.«

»Weiß sie, dass Ihr Mann die väterliche Uhrensammlung verkauft hat?«

»Sie glaubt, Dieter bewahre die Sammlung in einem Banktresor auf, weil sie so wertvoll ist.«

»Ihr Mann und sein Bruder hatten wegen der Veräußerung Streit.«

»Rolf – Mamas Liebling. Hat er Ihnen das erzählt?«

»Er sagte, er hätte die Uhren erben sollen.«

»Davon stand nichts im Testament.«

»Haben Sie angesichts Ihrer finanziellen Situation eigentlich nie daran gedacht, das Haus zu verkaufen?«

»Nicht solange meine Schwiegermutter lebt.«

Das Telefon unterbrach ihr Gespräch. Klaes war der Anrufer.

»Die Fischschuppen, die Sie im Kofferraum von Schupps Wagen gefunden haben, stammen von Dorade und Rotbarsch.«

»Warten Sie mal«, sagte Lemberg und fragte Marlies Schupp, ob sie die genannten Fische zuletzt gegessen hätten.

»Wir haben, wenn überhaupt, nur die Forellen gegessen, die Dieter gefangen hat«, sagte sie. »Die Kinder natürlich auch Fischstäbchen.«

»Das könnte bedeuten, dass Schupp sich in seinem Nebenjob mit Meeresfischen beschäftigt hat«, sagte Lemberg zu Klaes. »Das ist vage, und ich wüsste auch nicht, in welcher Form er mit den Viechern zu tun gehabt haben könnte, aber geben Sie das trotzdem an Daeninckx weiter. Vielleicht kann er was damit anfangen.«

Sie hatten den Gesprächsfaden verloren, und keiner versuchte, ihn wieder aufzunehmen. Ab und zu wandte Lemberg den Kopf, um zu sehen, wie es seiner Beifahrerin ging. Zumeist blickte sie aus dem Seitenfenster wie eine Touristin, die eine ihr unbekannte Landschaft in sich aufnimmt. Ihre Hände ruhten auf der Umhängetasche, die auf ihrem Schoß lag. Nur einmal beobachtete Lemberg, dass sie nach dem Ehering tastete und ihn gebetsmühlenartig drehte.

Als sie den Kreisverkehr passiert hatten und die Dauner Straße hinauffuhren, sagte sie: »Lassen Sie mich einfach auf der Straße aussteigen, dann können Sie gleich weiterfahren.«

Lemberg hielt gegenüber dem Haus an, und Marlies Schupp öffnete die Tür. Genau in dem Moment kam ihnen ein Taxi entgegen. Guido Vieth saß am Steuer. Ihre Blicke trafen sich, und umgehend gab Vieth Gas und raste davon. Lemberg erwog kurz, ihn sich zu schnappen, besann sich aber und fuhr nach Dorsel.

13

Lembergs Arbeitsplatzleuchte hatte wieder ihren Wackelkontakt. Das polierte Messingding war ein Weihnachtsgeschenk seines Schwiegervaters, der als Besitzer mehrerer Lampenläden im Rhein-Main-Gebiet zu Reichtum und Hochmut gekommen war, und hatte von Anfang an nicht richtig funktioniert. Eigenmächtig dimmte die Lampe das Licht, um dann plötzlich auf volle Leuchtkraft hochzuschalten. Kurz darauf ging das Spiel von vorne los. Lemberg zog den Stecker, stellte die Lampe auf die Fensterbank und schraubte eine Deutsche-Amtsstuben-Standard-Büroleuchte mit biegsamem Arm an der Tischplatte fest. Die Lichtausbeute war nicht berauschend, da die Lampe nur 60-Watt-Birnen vertrug, aber dafür machte sie ihn nicht verrückt. Kaum saß er wieder, klopfte es an seiner Tür und Klaes kam herein.

»Ich habe mit Daeninckx gesprochen«, sagte er und nahm Lemberg gegenüber Platz.

Er musste soeben noch eine Pfeife geraucht haben, denn seine Worte wurden von einer Duftwolke seines honigaromatisierten Tabaks begleitet. Unwillkürlich griff Lemberg nach seiner Fünfer-Zigarrenpackung, spielte aber nur damit herum.

»In Belgien gibt es einige hundert Maginots, wie auch in nahezu jeder Stadt im wallonischen Teil eine Rue de l'Est existiert, aber nirgendwo in Kombination. Ich habe ihm den Hinweis auf die Fischschuppen gegeben. Der Chef de Corps klang nicht sehr euphorisch.«

»Versuchen müssen wir es wenigstens«, sagte Lemberg. »Mehr haben wir derzeit ja nicht. Was sagen die Stuttgarter zu unserer Tatwaffe?«

»Beim LKA grassiert eine Grippewelle. Die halbe Behörde liegt im Bett. Wir sollen Bescheid geben, wenn wir weitere Erkenntnisse haben.«

»Das ist alles? Ich dachte, die rücken hier mit zehn Mann an.«

»Das bleibt uns wohl erspart.«

»Was ich Sie schon die ganze Zeit fragen wollte, Klaes: Hat Schupp

Ihnen eigentlich nie eine Andeutung bezüglich seiner Herzerkrankung gemacht?«

»Mit keinem Wort. Ich nehme an, er hatte Angst, dass man ihn gesundheitsbedingt dienstunfähig schreiben könnte. Angesichts der desolaten Finanzlage, in der er sich befand, hätte ihm das vermutlich das Genick gebrochen. Dann wäre ihm nur der Verkauf des Hauses geblieben.«

»Marlies Schupp meint, solange ihre Schwiegermutter lebt, sei daran nicht zu denken.«

»Die Familie ist mir ein Rätsel«, sagte Klaes. »Deswegen habe ich Erkundigungen über Dieters Vater Heinrich eingeholt. Der Mann war in Manderscheid höchst angesehen, politisch aktiv, eine feste Größe in der Kirchengemeinde. Und dann hinterlässt er seiner Frau und seinen Kindern nichts als Schulden.«

»Ein Mensch, der verantwortungslos nicht über sein Lebensende hinausgedacht hat.« Lemberg gab ihm Marlies Schupps Charakterisierung wieder. »Mich wundert nur, dass die Familie nach seinem Tod versucht hat, diese Fassade aufrechtzuerhalten. Und welchen Preis sie dafür gezahlt hat.«

»Wahrscheinlich haben sie es der alten Dame zuliebe getan.«

»Wenn sie von dem finanziellen Desaster nichts mitbekommen hat, muss sie verdammt naiv sein. Mich würde wirklich interessieren, ob Heinrich Schupp das Vermögen in Neuenahr verjubelt hat. Überprüfen Sie das doch mal. Falls er dort häufiger gezockt hat, muss sich irgendwer an ihn erinnern können.«

»Reicht Ihnen morgen?«

»Sicher.«

Klaes und Noll gaben sich die Türklinke in die Hand.

»Ich habe sämtliche Mitglieder des Fliegenfischervereins überprüft«, sagte sie, nachdem sie sich gesetzt hatte. »Tillmanns, der Tierarzt, verheiratet, ein Kind, lebt erst seit drei Jahren in Manderscheid. Er ist nie aktenkundig geworden.«

»Andere doch?«

»Dazu komme ich noch. Drages-Dittmer, der Trendforscher, ist vor einem Jahr zugezogen und wohnt in Pantenburg. Er ist kinderlos verheiratet und betreibt ein Institut mit vier Angestellten in Wiesbaden.«

»Was macht so ein Trendforscher eigentlich?«

»Ich dachte, Sie hätten ihn schon mal im Fernsehen gesehen.«

»Aber ohne Ton.«

»Nun, es geht bei der Trendforschung um das Erkennen langfristiger gesellschaftsrelevanter Veränderungstendenzen.«

»Das haben Sie aber schön gesagt.«

»Düsseldorfer Schule. Drages-Dittmer zum Beispiel beschäftigt sich in erster Linie mit dem Sexualverhalten zukünftiger Generationen.«

»Wer kann damit was anfangen?«

»Seine Analysen müssen ihre Abnehmer finden, denn er ist ausgesprochen wohlhabend.«

»Mit welchem Blödsinn man sein Geld verdienen kann. Unglaublich. Meinen Sie, ich hätte noch Chancen umzusatteln?«

Noll bedachte ihn mit einem Blick, als hätte er kundgetan, sich bei den Chippendales bewerben zu wollen.

»Die Hoffnung stirbt zuletzt«, sagte sie in einem Tonfall, der an Gähnen erinnerte. »Kommen wir zu Obermann. Bei der Vernehmung hat er uns doch erzählt, sein Jagdhund sei von einem Serientäter vergiftet worden, der in Manderscheid sein Unwesen treibt. Erinnern Sie sich?«

»Selbstverständlich. Sie tun ja so, als hätte ich gelegentlich Lücken.«

»Ersparen Sie mir die Aufzählung. Tatsächlich hatte Obermann zwei Hunde, den besagten Jagdhund und einen Mischling. Beide Tiere wurden vergiftet. Von einem Serientäter kann allerdings keine Rede sein; weitere Fälle sind nämlich nicht bekannt. Ich habe diesbezüglich mit Tillmanns gesprochen. Er als Tierarzt müsste davon wissen.«

Lemberg flippte mit dem Mittelfinger gegen die Zigarrenpackung, dass diese vor das Telefon schlidderte. »Sie meinen, es hatte jemand gezielt auf Obermanns Hunde abgesehen?«

»Beziehungsweise auf ihn. Dafür spricht die Art und Weise, wie es zu seinem Führerscheinentzug gekommen ist. Obermann wurde nämlich nicht im Rahmen einer Kontrolle erwischt. Er saß bereits zu Hause, als ein anonymer Hinweis bei der Wache in Wittlich einging. Die Kollegen haben ihn aufgesucht und festgestellt, dass die

Motorhaube seines Wagens noch warm war und er eins Komma drei Promille hatte.«

»An seiner Stelle würde mir das zu denken geben.«

Noll blätterte ihren Notizblock um. »Guido Vieth wurde vor zehn Jahren wegen Einbruchdiebstahl zu einer Bewährungsstrafe verurteilt. Seitdem hat er sich nichts mehr zuschulden kommen lassen. Über Rolf Schupp habe ich herausgefunden, dass er ein Patent auf eine sogenannte Rinderklauenbürstenmaschine angemeldet hat. Anscheinend in der Hoffnung, sich damit selbstständig machen zu können.«

»Stimmt, von Selbstständigkeit hat er geredet. Aber was ist das für ein Gerät? So eine Art Schuhputzautomat für Kühe?«

»Das müssen Sie ihn schon selber fragen. Ich bin nicht vom Land.« Noll warf einen verstohlenen Blick auf ihre Armbanduhr. »Kommen wir zum Schluss zu Joe Buchen, dem Meistergriller. Er wurde im Mai zu einer Geldstrafe und einem einmonatigen Fahrverbot verurteilt, weil er den Google-Street-View-Wagen in Frankfurt absichtlich gerammt haben soll.«

»Das ist die Karre mit dem Kameraturm auf dem Dach. Den habe ich schon mal gesehen. Absichtlich, sagen Sie?«

»Buchen hat behauptet, er sei mit dem Fuß von der Kupplung seines Landrovers abgerutscht. Es gab jedoch Zeugen, die ausgesagt haben, es habe sich um einen gezielten Rammstoß gehandelt.«

»Meinen Respekt.«

Noll guckte indigniert, als hätte sie Lemberg beim Pinkeln im Treppenhaus erwischt. »Sie heißen so etwas doch nicht etwa gut?«

»Beruflich natürlich nicht«, sagte Lemberg. »Privat begrüße ich alles, was diese verdammten Schnüffler an ihrem Treiben hindert. Haben Sie nie George Orwell gelesen?«

»Doch. In der Schule.«

»Wir sind auf dem besten Weg nach 1984.«

»Provozierte Verkehrsunfälle werden daran nichts ändern.«

»Sicher nicht. Aber jedes Sandkorn im Getriebe tut gut.«

»Jedem seine Meinung.« Noll erhob sich. »Sie haben doch hoffentlich nichts dagegen, wenn ich Feierabend mache?«

»Nur zu. Viel Vergnügen beim Walking.«

»Sie sollten auch mal darüber nachdenken, bevor Ihnen die Hemdknöpfe wegspringen.«

Wieder gab es einen fliegenden Wechsel. Schommer löste Noll ab. Lemberg fragte sich, ob die gesamte Mannschaft vor der Tür Schlange stand.

»Sagen Sie bloß, Sie haben etwas über das angeblich weggeworfene Beil herausgefunden?«

»Es könnte sein, dass Vieth die Wahrheit gesagt hat«, antwortete Schommer. »Am 13. September ist ein Pilzesammler unter der Kylltalbrücke der A60 beinahe von einem Beil getroffen worden, das jemand von der Brücke geworfen haben muss. Das Ding hat den Mann nur um wenige Meter verfehlt, und er hat Anzeige erstattet.«

»Wie hoch ist die Brücke?«

»Über neunzig Meter.«

»Dieser Vieth ist ein Vollidiot. Wo ist das Beil jetzt?«

»Das liegt auf der Polizeiinspektion in Bitburg.«

»Können Sie es holen?«

»Ich bin mit meiner Mutter zum Essen verabredet.«

»Mütter gehen vor.«

»Ich hole es morgen früh. Dann haben Sie es zu Dienstbeginn auf dem Schreibtisch. Oder wollen Sie Vieth noch heute Abend aufsuchen?«

Lemberg schüttelte den Kopf. »Ich fahr jetzt nach Hause und taue mir was Leckeres auf. Einen schönen Abend noch.«

»Ihnen auch.«

Das Auftauen konnte Lemberg sich sparen, da er vergessen hatte, die Kühlbox an die 12-Volt-Steckdose im Kofferraum anzuschließen. Ein, zwei Tage ließen sich die Gerichte wahrscheinlich aufbewahren, aber durch die Woche würde er damit kaum kommen. Er würfelte, womit er beginnen sollte, und erwischte tatsächlich das vegetarische Schnitzel, das nach mindestens sieben Körnern und Knoblauch schmeckte, nur nicht nach Kalb. Ein paar Frikadellen, die er noch im Kühlschrank hatte, und ein Sixpack Bitburger machten es erträglich.

14

Noll hatte diesmal auf ihr Parfüm verzichtet. Dafür duftete sie nach frischem Brot, was bei Lemberg heftige Hungergefühle auslöste. Eine halbe Portion kalte Karibische Gemüsereispfanne taugte eben nicht als Frühstück. Aber Maggie würde wissen wollen, wie die Gerichte geschmeckt hatten, also musste er sie wenigstens probieren. So oder so.

»Halten Sie bitte kurz bei Marlies Schupp«, sagte Noll, als die ersten Häuser von Manderscheid in Sicht kamen. »Dann kann ich ihr sagen, dass sie die Beisetzung ihres Mannes für nächste Woche vorbereiten kann.«

Auf der Parkfläche neben dem Haus stand nur Schupps Astra Caravan, aber die Hunde kläfften in ihrem Zwinger. Lemberg betätigte den Klingelknopf. Wie beim ersten Mal dauerte es geraume Zeit, bis geöffnet wurde. Maria Schupp trug ein schwarzes, altmodisch geschnittenes Kleid und hatte die Haare zu einem Dutt zusammengesteckt. Ihre Wangen hatten eine frische Röte, als hätte sie gerade einen längeren Spaziergang gemacht oder einen Korb Äpfel gegessen.

»Geht es Ihnen wieder besser, Frau Schupp?«, fragte Noll.

»Wie es einem so geht, wenn man um den eigenen Sohn trauert«, sagte die alte Dame. »Sie wollen sicher zu Marlies. Die ist einkaufen.«

»Dann kommen wir später noch einmal wieder. Entschuldigen Sie die Störung.«

Sie hatten sich bereits abgewandt, als Frau Schupp sagte: »Kommen Sie bitte herein. Ich möchte mit Ihnen sprechen.«

Das Wohnzimmer sah aus wie gewohnt, sah man einmal davon ab, dass das Sofa bezogen war und Bettzeug darauf lag.

»Sie müssen die Unordnung entschuldigen«, sagte Maria Schupp. »Marlies hat hier übernachtet. Sie sagt, im Schlafzimmer rieche alles nach Dieter. Das erträgt sie momentan nicht.«

Sie setzten sich, und Lemberg fragte: »Worum geht es denn?«

Maria Schupp blickte ihm direkt und fest in die Augen. »Rolf war gestern hier und sagte, Sie würden ihn verdächtigen, etwas mit Dieters Tod zu tun zu haben, weil die beiden sich gestritten haben.«

»Wir müssen allen erdenklichen Spuren nachgehen.«

»Ich kann Ihnen versichern, dass Rolf absolut unschuldig ist.«

»Das mag sein, aber seine Verlobte war in der Mordnacht zur Arbeit. Ihr Sohn Rolf war allein zu Hause und hat somit kein Alibi.«

»Doch. Mich.«

»Das ist uns neu.«

Überraschend flink stand Maria Schupp auf und ging zur Tür. »Kommen Sie bitte mit. Ich muss Ihnen etwas demonstrieren.«

Lemberg und Noll folgten ihr die Treppe hinauf ins Obergeschoss. Die hölzernen Stufen glänzten wie frisch geölt. An der Wand hingen mehrere Kohlezeichnungen, die die Manderscheider Burgen aus verschiedenen Perspektiven zeigten. Oben angekommen blieb Maria Schupp stehen.

»Lauschen Sie mal«, sagte sie und deutete treppab.

Lemberg beugte sich vor, vernahm aber nichts.

»Was soll es zu hören geben?«, fragte er.

»Sie müssen ganz genau hinhören.«

»Ich höre das Ticken der Standuhr im Wohnzimmer«, sagte Noll.

Die alte Dame freute sich. »Genau. Von hier aus kann man jedes Wort verstehen, das unten gesprochen wird. Gehen wir wieder hinunter.«

Zurück im Wohnzimmer, sagte sie: »Alle glauben immer, sie könnten gewisse Dinge vor mir geheim halten, aber ich weiß mehr, als ich mir anmerken lasse. So zum Beispiel, dass mein Mann uns nichts als Schulden hinterlassen hat. Er hat all unser Erspartes durchgebracht.«

»Wissen Sie auch, wie?«, fragte Noll.

»Ich fürchte, mit anderen Weibern.«

»Einen solchen Betrag?«

»Er hatte immerhin sechs Jahre Zeit dafür. Aber das ist auch egal, weg ist weg. Auf die Art hat er es mir heimgezahlt.«

»Wovon sprechen Sie?«

Maria Schupp atmete tief durch. »Rolf ist nicht sein Sohn.«

Lemberg und Noll beließen es bei fragenden Blicken.

»Ich glaube, ich muss etwas ausholen, damit Sie die Geschichte verstehen.« Maria Schupp wies mit einer knappen Kopfbewegung zu dem Bild auf der Anrichte. »Mein Mann hatte schon ein Auge auf mich geworfen, als ich noch seine Schülerin war. Ich fühlte mich geschmeichelt, aber eine Beziehung war völlig undenkbar. In jenen Jahren hätte das einen Skandal ohnegleichen zur Folge gehabt. Nach der Schule bin ich nach Koblenz gegangen, wo ich Hauswirtschaft gelernt habe. Der Kontakt zu Heinrich schlief ein, wir sind uns lediglich ein- oder zweimal im Jahr anlässlich irgendwelcher Festlichkeiten hier im Ort begegnet. Und dann trat Jim in mein Leben.«

Sie machte eine Pause, wie um sich sein Bild ins Gedächtnis zu rufen.

»Jim war amerikanischer Soldat. Ich habe mich in ihn verliebt und bin, dumm, wie ich damals war, von ihm schwanger geworden. Wir hatten jedoch keine gemeinsame Zukunft, Jim war in den USA verheiratet. Ich war damals sehr verzweifelt. Wie es der Zufall wollte, sind Heinrich und ich uns genau zu dieser Zeit erneut über den Weg gelaufen, und ich habe schnell gemerkt, dass er noch immer viel für mich empfand. Also habe ich ihm schöne Augen gemacht, und er hat auch prompt um meine Hand angehalten. Keine vier Wochen später haben wir geheiratet. Da war ich im vierten Monat.«

Die Rötung ihrer Wangen hatte sich intensiviert, die Erinnerung an die Dramatik jener Tage sorgte für Aufregung.

»Ich habe dann ein ›Frühchen‹ zur Welt gebracht«, fuhr Maria Schupp fort, wobei man die Gänsefüßchen deutlich heraushören konnte. »Die Hebamme hat natürlich gemerkt, was Sache war, hat aber geschwiegen. Für Heinrich war Rolf sein Sohn, er hat nie daran gezweifelt, obwohl die beiden sich im Laufe der Jahre zunehmend schwerer taten, miteinander auszukommen. Aber Heinrich hatte auch mit Dieter und Annette Probleme, wenn auch nicht so gravierende wie mit Rolf. Mit seiner strengen Art hat er die Kinder immer wieder zur Aufsässigkeit getrieben. Die Jahre waren nicht einfach, aber ich habe mich nie beklagt, das tue ich auch heute nicht. Und ich werde Heinrich auf ewig dankbar dafür sein, dass er mir, wenn auch unwissentlich, das Schicksal erspart hat, ein uneheliches Kind großzuziehen. Was das hier in der Eifel bedeutet hätte, können Sie sich wahrscheinlich vorstellen. In den Städten war das ja schon nicht leicht.«

Lemberg hatte das Gefühl, dass Maria Schupp zunehmend vom Thema abkam. Zumindest fehlte ihm bisher jeder Bezug zu Rolfs Alibi. Aber er gab ihr noch eine Chance, die Kurve zu kriegen.

»Vor sechs Jahren stand aus heiterem Himmel Jim vor der Tür. Ich habe ihn sofort wiedererkannt, obwohl wir uns achtunddreißig Jahre nicht gesehen hatten. Seine Frau war gestorben, und er hatte die fixe Idee, nun könne er mich heiraten.« Maria Schupp schüttelte den Kopf. »Können Sie sich das vorstellen? Steht der Mann nach fast vierzig Jahren hier vor dem Haus und macht mir gleich mit dem zweiten oder dritten Satz einen Heiratsantrag. Dabei war ich verheiratet, und das wusste er, er hatte sich im Ort nach mir erkundigt, wie ich später erfahren habe. Ich weiß gar nicht, wie er sich das vorgestellt hatte. Hätte ich mich seinetwegen scheiden lassen sollen? Nach all den Jahren? Heute glaube ich, er war nicht ganz richtig im Oberstübchen. Jedenfalls habe ich ihn weggeschickt, und das nicht mit den feinsten Worten. Aber er ist wiedergekommen, als ich nicht da war, und hat mit Heinrich gesprochen. Noch heute packt mich die nackte Mordlust, wenn ich daran denke.«

Ihr Blick wanderte zum Fenster.

»Jim hat Heinrich nicht gesagt, dass er mich ihm abspenstig machen wollte, und er hat auch nicht gesagt, dass er Rolfs Vater ist, zumal er Rolfs Namen gar nicht kannte. Aber er hat sich nach dem ältesten Sohn erkundigt und gebeten, ihn sehen zu dürfen, was auch immer er damit bezwecken wollte. Da ist Heinrich stutzig geworden, hat zwei und zwei zusammengezählt und mich zur Rede gestellt. Und ich konnte nicht anders, als ihm nach all den Jahren endlich die Wahrheit zu sagen.«

Mit einem schweren Seufzer wandte sie sich wieder Noll und Lemberg zu.

»Heinrich erklärte unsere Ehe für beendet, wollte mich aber nicht verlassen und hat von mir verlangt, dass wir die Fassade wahren. Sein Ansehen hier im Ort war ihm zeitlebens sehr wichtig. Im Gegenzug habe ich ihm das Versprechen abgenommen, dass er Rolf niemals sagt, wer sein leiblicher Vater ist. Daran hat Heinrich sich gehalten, bis zu seinem Tod.«

»Weiß Ihr Sohn noch immer nicht Bescheid?«, fragte Lemberg, um endlich auf den Punkt zu kommen.

»Ich habe es ihm vergangene Woche Mittwoch gesagt, nachdem Dieter und er sich hier im Haus wegen des Verkaufs der Uhrensammlung gestritten hatten. Nachdem Dieter zur Nachtschicht gefahren war, bin ich rüber zu Rolf. Ich wollte endlich reinen Tisch machen.«

»Wie hat Rolf darauf reagiert?«

»Er hat geweint wie ein Kind«, flüsterte die alte Dame, selbst den Tränen nahe. »Wir haben lange zusammengesessen und geredet. Er hatte so viele Fragen, und ich habe sie ihm alle beantwortet. Erst weit nach Mitternacht sind wir auseinandergegangen. Sie sehen, Herr Kommissar, Rolf kann nicht der Mörder seines Halbbruders sein.«

*

Es hatte zu nieseln begonnen. Feinste Tropfen wie aus einer himmlischen Spraydose. Lemberg schlug den Jackenkragen hoch und ließ Noll ans Steuer. Sie brauchte Fahrpraxis, und hier im Ort konnte nicht viel schiefgehen.

Als sie in den Höhenweg einbogen, kam ihnen mitten auf der Straße eine Frau auf einem Motorroller entgegen. Noll verriss das Lenkrad, dass der Golf gegen den Bordstein knallte.

»Ja, spinnt denn die!«, rief sie. »Und ohne Helm!«

»Das war Annette Vieth«, sagte Lemberg und drehte sich um.

Vieth schoss mit ihrem Scooter ohne anzuhalten auf die Dauner Straße, wo sie um Haaresbreite unter einen weißen Lieferwagen geraten wäre, und raste talwärts.

»Sollen wir ihr nach?«, fragte Noll.

»Fahren Sie zu. Ich will mit ihrem Mann reden.«

Keine hundert Meter weiter tauchte plötzlich ein beigefarbener Mercedes auf und kam in Schlangenlinien frontal auf sie zu. In allerletzter Sekunde gelang es Noll, dem Taxi auszuweichen, trotzdem berührten die Fahrzeuge sich mit den Außenspiegeln. Der des Golfs wurde abgerissen und baumelte nur noch an einem Kabel. Noll machte eine Vollbremsung.

»Sind denn heute alle verrückt?«, fragte sie.

»Das war *er*. Wenden Sie und hinterher.«

Das Rangieren vollbrachte Noll zügig, wenn auch um den Preis zweier weiterer Bordsteinberührungen. Derweil ließ Lemberg das Seitenfenster runter, setzte das Blaulicht aufs Dach und schaltete es ein. Als sie die Dauner Straße hinabfuhren, sahen sie gerade noch, wie der Mercedes aus dem Kreisverkehr nach rechts verschwand. Noll meisterte den gleichen Schwenk mit Bravour. Die Manderscheider Tankstelle flog an ihnen vorbei.

»Links!«, rief Lemberg, aber einen Augenblick zu spät.

Noll trat erneut voll in die Eisen, setzte zurück und bog in die spitz abzweigende Straße Richtung Wittlich ab. Eine schwarz-weiße Katze rannte um eines ihrer sieben Leben über die Fahrbahn.

»Habe ich sie erwischt?«

»Nur den Schwanz.«

»Wirklich?«

»Nein, zum Teufel! Geben Sie Stoff.«

Keine zweihundert Meter weiter war die Verfolgungsjagd bereits zu Ende. Der Roller lag mitten auf einem großen Parkplatz, der zu einer Pizzeria mit dem klangvollen Namen »La Padella di Rame« gehörte. Hörte sich einladend an, auch wenn Lemberg nicht wusste, was das zu bedeuten hatte. Das Taxi war über die Parkfläche hinaus in den Vorgarten gerauscht und hatte dabei den Kasten mitgenommen, in dem die Speisekarte hing. Von Annette Vieth war nichts zu sehen, aber ihr Mann war gerade dabei, mit einem Gewehr in der Hand aus dem Wagen zu klettern. Noll stoppte unmittelbar vor dem umgestürzten Roller.

»Soll ich Verstärkung rufen?«, fragte sie.

»Bleiben Sie im Wagen«, sagte Lemberg und stieg aus. »Ich regle das.«

Vieth torkelte mit der Flinte auf das zweistöckige Gebäude zu und brüllte irgendetwas Unverständliches. Dann riss er die Waffe hoch und gab einen Schuss ab. Lemberg sah, wie die Kugel in die Dachrinne einschlug. Sicherheitshalber zog er die SIG-Sauer aus dem Halfter und entsicherte sie.

»Vieth!«, rief er. »Bleiben Sie stehen und lassen Sie das Gewehr fallen!«

Vieth fuhr herum, wobei er beinahe gestürzt wäre. Keine Frage, er war betrunken, und das nicht zu knapp. Entsprechend lange dauerte es, bis er Lemberg erkannte.

»Verpiss dich, Bulle!«, rief er lallend.

Der Lauf des Gewehrs schwenkte nach oben, und Vieth feuerte in den Himmel über der Vulkaneifel. Dann stolperte er weiter auf den Eingang zu.

»Verdammt!«, brüllte Lemberg und setzte sich ebenfalls in Bewegung. »Bleiben Sie stehen oder ich schieße!«

Unbeirrt, als sei er kugelfest, ging Vieth zur Tür und riss am Griff. Die Tür war abgeschlossen. Also trat er einen Schritt zurück und zielte mit dem Gewehr auf das Türglas. In dem Moment wurde in der ersten Etage ein Fenster aufgerissen, und ein Mann mit kurzen schwarzen Haaren kippte eine Kiste Gemüseabfälle auf den besoffenen Wüterich. Wild um sich schlagend versuchte Vieth, sich von Zwiebelschalen, Selleriegrün und welken Salatblättern zu befreien. Lemberg nutzte die Gelegenheit, sprintete zu ihm und entriss ihm die Flinte. Der kleine Taxifahrer heulte wutentbrannt auf und wollte sich auf Lemberg stürzen, aber Tomatenmatsche trübte seinen Blick. Ohne dass Lemberg ihm groß ausweichen musste, verfehlte Vieth ihn und ging, vom eigenen Schwung mitgerissen, zu Boden. Sofort war Lemberg über ihm, drehte seine Arme auf den Rücken und legte ihm Handschellen an. Als er sich aufrichtete, stand Noll an seiner Seite.

»Die Kollegen aus Wittlich sind unterwegs«, sagte sie. »Bei denen kann er seinen Rausch ausschlafen.«

Zu ihren Füßen keuchte Vieth ins Gras und zappelte wie ein Fisch an Land, schaffte es aber nicht einmal, sich auf den Rücken zu drehen. Annette Vieth kam aus dem Restaurant gerannt und versuchte, nach ihrem Mann zu treten. Lemberg packte sie grob am Oberarm und hielt sie zurück.

»Nun mal schön langsam«, sagte er. »Wir zwei gehen jetzt da rein, trinken einen Espresso, und Sie erzählen mir, was los ist.«

»Wollen Sie ihn hier einfach so liegen lassen?«, fragte Noll.

»Bleiben Sie bei ihm.«

»Es regnet!«

»Im Wagen müsste ein Schirm sein.«

Die Innenausstattung der Pizzeria entsprach jener Bella-Italia-Gemütlichkeit, wie die Deutschen sie seit den Tagen von *»Volare, oho, cantare, ohohoho, nel blu dipinto di blu«* und so weiter lieben. Mit Muscheln und Seesternen bestückte Fischernetze an Rauputzwänden und der Decke, Chiantiflaschen als Kerzenhalter und ein mit Grissini bestücktes Metallkörbchen auf der karierten Tischdecke. Dazu ein Kellner mit weißem Hemd und dunkler Weste und der Stimme eines erkälteten Tenors. Letzterer hieß Enrico und war der Mann, der Vieth das Gemüse auf den Kopf gekippt hatte. Bei ihm bestellte Annette Vieth die Espressi und für sich noch einen Grappa dazu. Lemberg schmachtete bei dem Gedanken an den Tresterbrand, blieb aber standhaft. Während sie auf die Getränke warteten, guckte Lemberg aus dem Fenster. Noll stand mit aufgespanntem Knirps neben dem nach wie vor auf dem Rasen liegenden Vieth und sah auf die Uhr. Lemberg winkte ihr, was sie aber nicht mitbekam.

Die Espressomaschine zischte und dampfte, und endlich brachte Enrico die Bestellung. Annette Vieth kippte ihren Grappa und wollte gleich noch einen bestellen, was Lemberg ihr aber untersagte.

»Was war das für eine Nummer, die Sie und Ihre bessere Hälfte hier abgezogen haben? Scheidung auf Italienisch, oder was sollte das werden?«

»Unsere Ehe ist im Arsch, und das nicht erst seit gestern«, sagte Annette Vieth.

»Also hat der Eindruck nicht getäuscht. Woher stammt die Flinte?«

»Die hat ursprünglich mal seinem Bruder gehört. Aber der ist vor ein paar Jahren im Meerfelder Maar ertrunken. Seitdem haben wir sie.«

»Haben Sie noch mehr Waffen im Haus?«

Sie schüttelte den Kopf und schlürfte ihren Espresso. Dabei zitterten ihre Hände, wenn auch nicht sehr.

»Ich werde noch heute Ihr Haus auf Waffen durchsuchen lassen, Frau Vieth. Überlegen Sie sich Ihre Antwort besser noch mal.«

»Dafür brauchen Sie doch erst eine Genehmigung oder wie das heißt.«

»Ich brauche gar nichts, wenn Gefahr im Verzug ist.«

Sie blickte hinaus zu ihrem Mann, der inzwischen aufgehört hatte zu zappeln. Noll stapfte im Kreis um ihn herum.

»Eine Pistole«, sagte Vieth und schniefte. »Eine kleine schwarze. Wenn man nachts mit dem Taxi unterwegs ist, ist man froh, wenn man so ein Ding dabeihat. Besonders seit dem Mord an dem Kollegen in Schleiden vor drei Jahren.«

»Wo haben Sie die her?«

»Guido hat die irgendwann angeschleppt. Ich weiß nicht, woher er sie hat.«

Der Espresso war gut. Lemberg bestellte sich einen zweiten.

»Und jetzt zu der Verfolgungsjagd, die Sie und Ihr Mann sich geliefert haben«, sagte er.

»Wie ich schon sagte, unsere Ehe ist ... na ja. Wenn ich nachts fahren muss, komm ich gerne hierher, trink 'nen Kaffee und quatsch 'n bisschen. Dabei hab ich Enrico kennengelernt.«

»Und weiter?«

»Was und weiter? Wie das halt so geht. Verknallt, zusammen gepennt, Guido hat's rausgekriegt und mir die Hölle heißgemacht. Das war die Aktion, als er mit dem Beil hinter mir her war.«

»Würden Sie es wiedererkennen?«

»Vermutlich. Das hatte so 'ne komische Kerbe im Griff. Jedenfalls hatte ich ihm nach der Sache mit dem Beil versprochen, mit Enrico Schluss zu machen, was ich auch getan habe. Lenchen zuliebe.«

»Wer ist das?«

»Unsere Tochter. Fünfzehn. Und ausgerechnet die sagt mir vergangene Woche, wenn Enrico deine große Liebe ist, dann nur zu. Ich hab nichts dagegen. So hat das wieder angefangen mit uns beiden.«

Enrico brachte Lembergs Espresso und blieb an Annettes Seite stehen. Er war gut aussehend und höchstens dreißig. Annette legte ihren Arm um seine Hüften, zog ihn dicht zu sich heran und schmiegte ihr gepierctes Näschen an seinen Gürtel, der glänzte, als hätte er ihn mit extra vergine eingerieben.

»Heute in aller Herrgottsfrühe hat Guido das von einem Kollegen gesteckt gekriegt, der Enrico und mich irgendwo zusammen gesehen haben muss. Also hat er sich volllaufen lassen, ist nach Hause gekommen und mir gleich an den Hals gegangen. Da bin ich mit dem Roller getürmt. Den Rest kennen Sie ja.«

Endlich tauchte der Streifenwagen aus Wittlich auf. Vieth wurde auf die Rückbank verfrachtet, das Gewehr in den Laderaum. Anstatt ins Restaurant zu kommen, ging Noll zum Golf und setzte sich auf den Beifahrersitz. Ihren Bewegungen nach zu urteilen, war sie geladen.

»Haben Sie was Leckeres zum Mitnehmen für meine Kollegin?«, fragte Lemberg Enrico. »Vielleicht einen Becher Kaffee mit Milch? Und ein paar Cantuccini?«

»Umesonste?«

»Wo denken Sie hin«, sagte Lemberg. »Sie ist mir was wert.«

Noll bedankte sich nicht, haute ihm den Becher aber auch nicht um die Ohren. Die Cantuccini stippte sie mit Rücksicht auf ihre Plomben ein.

Annette Vieth erkannte das Beil als das ihres Mannes und händigte ihnen die Pistole aus, die unter dem Fahrersitz des Taxis versteckt war. Es handelte sich um eine Makarov.

15

»Er scheint nicht da zu sein«, sagte Lemberg, nachdem Obermann auch nach dem dritten Klingeln nicht erschien.

»Und die schöne Frau vom letzten Mal ist uns auch nicht begegnet«, sagte Noll süffisant. »Wie hieß das Original noch? Die aus dem Film mit Donald Sutherland?«

»Sie haben ein Stück Mandel zwischen den Zähnen.«

Das stimmte nicht, aber so hielt sie wenigstens den Mund.

Als sie wieder in den Wagen steigen wollten, kamen zwei Männer in Regenumhängen und mit Schlapphüten die Straße herauf. Obermann und Buchen als Trapperpärchen.

»Was ist denn mit dem Außenspiegel passiert?«, fragte Buchen.

»Das ist eine lange Geschichte«, sagte Lemberg. »Wir wollten zu Ihnen, Herr Obermann. Wir haben noch ein paar Fragen. Können wir reingehen?«

»Bei mir ist die Heizung ausgefallen«, sagte Obermann.

»Gehen wir zu mir«, sagte Buchen. »Da ist es gemütlicher. Fahren Sie schon mal vor.«

»Wir nehmen Sie gerne mit«, sagte Lemberg.

»Lieber nicht.« Buchen zeigte auf seine schlammverschmierten Stiefel. »In fünf Minuten sind wir da.«

»Gibt es hier einen Sumpf?«

»Wir waren an der Oberburg und haben das Gerüst kontrolliert. Auf dem Rückweg haben wir einen kleinen Umweg durchs Tal gemacht.«

Die fünf Minuten dehnten sich zu einer Viertelstunde. Während die Trapper sich im Flur ihrer Stiefel entledigten, nahmen Lemberg und Noll schon mal im Wohnzimmer Platz. Statt von der Einrichtung des Raums beeindruckt zu sein, holte Noll aus ihrer Schultertasche einen kleinen runden Spiegel und suchte nach dem, was sie im Spiegel der Sonnenblende im Auto nicht gefunden hatte.

»Seit Rüdigers Hunde tot sind, begleite ich ihn immer, wenn ich Zeit habe«, sagte Buchen, als er ins Zimmer kam. »Er ist nicht gerne allein unterwegs. – Kaffee?«

»Gerne«, sagte Lemberg.

»Für mich nicht«, sagte Noll. »Danke.«

Buchen verschwand, und Obermann gesellte sich zu ihnen.

»Hören Sie nicht auf den«, sagte er. »Ich komme auch allein zurecht.«

»Wollen Sie sich keinen neuen Hund anschaffen?«, fragte Lemberg.

»Damit der mir auch vergiftet wird? Nein, danke.«

»Sie haben uns beim letzten Mal nur von einem Hund erzählt, Ihrem Jagdhund. Dabei hatten Sie zwei, und beide wurden vergiftet, sagt Doktor Tillmanns.«

»Jackie und Bella.« Obermann setzte sich und rieb seine Füße, die in derben grünen Wollsocken steckten. »In unserem Gespräch ging es doch nur um Jackie, weil der angeblich Schupps Katze gerissen hatte.«

»Außerdem sagte Tillmanns, ihm sei nichts davon bekannt, dass in Manderscheid ein Hundevergifter umgeht.«

»Wo-worauf wollen Sie hinaus?«

»Sie haben uns auch verschwiegen, dass Ihnen der Führerschein aufgrund einer anonymen Anzeige abgenommen wurde«, sagte Noll. »Nachdem Sie bereits zu Hause waren.«

»Wa-was hat das mit dem Mo-Mord an Dieter zu tun?«

Buchen brachte eine Thermoskanne und drei Becher. »Der Zucker ist alle, die Milch ist sauer. Aber einen Schuss Brandy hätte ich.«

»Nur zu«, sagte Noll. »Zurück kann ich fahren.«

Lemberg ignorierte ihre billige Retourkutsche.

»Man könnte auf den Gedanken kommen, jemand wollte Ihnen gezielt eins auswischen, Herr Obermann. Sie sind Mitglied im Fliegenfischerverein, Schupp war es auch. Hat der Verein mit irgendwem Schwierigkeiten?«

»Wir sind beliebt und angesehen«, sagte Buchen. »Der Bürgermeister und der Pfarrer grüßen jeden von uns. Mit dem Verein kann das nichts zu tun haben. Andererseits ...«

»Lassen Sie Ihren Gedanken freien Lauf«, sagte Lemberg.

»Wenn es einer auf Rüdiger abgesehen hat, dann Behrens.«

»Wer ist das?«

»Mein direkter Nachbar«, sagte Obermann. »Mit dem liege ich seit Langem über Kreuz.«

»Weswegen?«

»Wegen allem Möglichen. Er hat behauptet, meine Hunde hätten vor seine Haustür gekackt, was sie nie getan haben. Beschwert sich, ich würde meinen Garten nicht pflegen, sodass Unkrautsamen vom Wind in seine Beete getragen würden. Unterstellt mir, ich würde über den Palisadenzaun schielen, wenn seine Alte oben ohne im Garten liegt. So ein Schwachsinn! Die Behrens ist zwar fett, hat aber überhaupt nichts in der Bluse. – Verzeihung, Frau Kommissarin.«

»Ich bin Schlimmeres gewöhnt«, sagte Noll.

»Du hast vergessen zu erwähnen, dass er stinksauer auf dich ist, weil an deinem Widerstand das von ihm geplante sogenannte ›Festival des Deutschen Liedguts‹ gescheitert ist«, sagte Buchen. »Das wollte der Spinner auf der Oberburg veranstalten, aber Rüdiger hatte Sorge, dass die Besucher kaputt machen, was der Förderverein in den letzten Jahren aufgebaut hat. Letztendlich hat der Bürgermeister das auch so gesehen und Behrens die Genehmigung verweigert.«

»Me-Mensch!« Obermann zeigte auf wie in der Schule. »Behrens ist Apotheker. Was der an Gift in seinem Laden hat, reicht für tausend Hunde.«

»Hat Tillmanns untersucht, womit Ihre Hunde vergiftet wurden?«, fragte Lemberg.

»Wahrscheinlich Bromadiolon. Ein Rodentizid. Rattengift.«

»Haben Sie seinerzeit Anzeige gegen Unbekannt erstattet?«

»Wozu? Das hätte mir die Hunde auch nicht wiedergebracht.«

Lemberg leerte seinen Becher und erhob sich.

»Hat Ihrer Frau mein Buch gefallen?«, fragte Buchen, als er die Kommissare zur Tür begleitete.

»Sehr. Ich fürchte nur, wir werden demnächst ausschließlich vegetarisch grillen.«

»Wenn Sie mal Hunger auf ein Stück Fleisch haben, Sie wissen ja, wo ich wohne. Ich freue mich immer über Besuch. – Was ich Sie noch fragen wollte: Wissen Sie, wann Dieters Leichnam freigegeben wird? Wir vom Verein wollen mit einigen Jungs von der Feuerwehr die Sargträger stellen.«

»Das ist bereits geschehen«, sagte Noll. »Wir müssen nur noch Frau Schupp darüber informieren.«

»Das kann ich übernehmen, wenn Sie nichts dagegen haben. Ich wollte Marlies ohnehin aufsuchen, um ihr meine Hilfe anzubieten.«

Kaum im Wagen ertönte die Marseillaise, Lembergs Handyklingelton. Er meldete sich brummend, sagte zweimal »Ja« und schloss mit den Worten: »In ungefähr einer Stunde.«

»Canisius?«, fragte Noll.

»Sie haben Ohren wie ein Luchs.«

»Nur einen siebten Sinn.«

»Er will mich sprechen.«

»Bringen Sie mich vorher noch nach Dorsel? Oder muss ich den Bus nehmen?«

»Gerne, aber nicht notwendig. Dorsel liegt auf dem Weg.«

*

Albrecht Canisius öffnete höchstpersönlich, was ungewöhnlich war. Er war mit einem dunklen Anzug bekleidet, unter dessen Jacke ein gelber Pullunder hervorlugte, was ihm einen Hauch von Genscher am Stock verlieh.

»Komm rein, Old Boy«, sagte er. »Edda liegt im Bett. Sie hat die Grippe.«

Das Haus sah auf den ersten Blick aus wie zuletzt. Aber es gab neuerdings einen Treppenlift ins Untergeschoss, den Albrecht Lemberg gleich vorführte. Unten angekommen ging er voran in einen neu errichteten Wintergarten, eine grüne Stahlkonstruktion mit allerlei Zierelementen auf einem Mauersockel, der glatt die Hälfte der ehemaligen Terrasse einnahm und hinter dessen Scheiben Münstereifel im Tal lag. Die Sitzgruppe aus hellen Korbstühlen war von tropischen Pflanzen umzingelt, zwischen denen ein aus Schiefer gefertigter, mülltonnengroßer Zimmerbrunnen stand, über dessen Kaskadenplatten es munter plätscherte.

»Feng-Shui«, sagte Canisius. »Edda hat extra einen Meister kommen lassen.«

Der Meister mochte an vieles gedacht haben, aber nicht an die Belüftung. Es roch wie im Affenhaus eines Zoos.

»Ein Bier?«

»Wenn es kalt ist.«

»Zweite Tür rechts.« Canisius wies mit seinem Stock in die Tiefe des Hauses. »Und bring den Sherry mit, der steht im Schrank. Gläser hab ich hier.«

Das Bier war ein Newcastle Brown Ale – Albrecht hatte einen Tick für alles, was britisch war – und hatte Rotweintemperatur, aber Lemberg entdeckte im Gefrierfach Eiswürfel, die er in eine herumstehende Plastikschüssel füllte und mitnahm. Sie prosteten sich zu, und Lemberg nahm einen Schluck. Der Geschmack von gegrillter Seife lief ihm über die Zunge.

»Wie ist der Ermittlungsstand im Fall unseres armen Schupp?«, fragte Canisius.

Lemberg gab ihm eine Zusammenfassung dessen, was an Fakten und Vermutungen vorlag. Albrecht unterbrach ihn nicht und fragte auch nicht nach, tatsächlich schien er mit seinen Gedanken ganz woanders zu sein. Immer wieder blickte er nach links und rechts wie ein Gast in einem Café, der auf seine verspätete Verabredung wartet.

»Schön, schön«, sagte er, als Lemberg seine Ausführungen abgeschlossen hatte. »Dann geht es ja voran.«

Die Einschätzung teilte Lemberg nun überhaupt nicht. Seiner Meinung nach traten sie ziemlich auf der Stelle.

»Was ist los, Albrecht?«, fragte er deshalb. »Irgendetwas quält dich doch.«

»Wie kommst du darauf?«

»Weil ich dich kenne.«

Canisius fuhr mit dem Finger an der Tischkante entlang, wie um zu prüfen, ob sie Macken hatte.

»In der Tat«, sagte er. »Es gibt unangenehme Neuigkeiten.«

»Hoffentlich nicht deine Gesundheit betreffend?«

Unwirsch winkte er ab. »Ich bin gusseisern. Nein, ich habe heute Vormittag einen Anruf bekommen. Wir stehen auf der Liste.«

Das konnte alles Mögliche bedeuten, aber Lemberg hatte so eine Ahnung, welche Liste Canisius meinte. Die Liste, auf der sie schon mehrfach gestanden hatten, von der sie aber immer wieder in letzter Minute gestrichen worden waren. Zumeist dank Canisius' Reputation und seiner Verbindungen. Aber inzwischen war er krank, müde und alt, und viele seiner Kontakte befanden sich bereits im Ruhestand. Das Netzwerk war löchrig geworden.

»Wer hat dich angerufen?«

»Berlin.« Das war typisch für ihn, Namen gab er ungern preis. »Aber eigentlich stecken Düsseldorf und Mainz dahinter. Dort ist man nicht länger bereit, die sogenannte ›Schnapsidee‹ eines ehemaligen Bundesinnenministers zu finanzieren. Angeblich gibt es in diesen Zeiten Wichtigeres, wofür das Geld gebraucht wird.«

»Das war doch schon öfter so.«

»Ja, aber diesmal ist es mehr als ernst. Wir stehen an zweiter oder dritter Stelle der Streichliste.«

»Also ist unser Aus beschlossene Sache?«

»Ich fürchte, ja.«

»Für wann?«

»Sobald ich in Pension gehe.«

»Das ist in zwei Jahren.« Der zweite Schluck schmeckte weniger seifig. »Bis dahin kann sich viel ändern.«

Albrechts Wangenmuskulatur arbeitete. Begleitend klopfte er mit den Fingerkuppen einen nervigen Rhythmus auf die Tischplatte.

»Man hat die Absicht, mich vorzeitig in den Ruhestand zu versetzen«, knurrte er schließlich. »Aus gesundheitlichen Gründen. Jeder verdammte Quacksalber wird das angesichts meiner Krankenakte befürworten.«

»Vorzeitig ist dehnbar. Was vermutest du?«

»Zum Jahresende.«

Das war in drei Monaten und ein paar Tagen. Maggie würde jubeln.

»Verdammt noch mal!« Canisius schlug mit der flachen Hand auf den Tisch, dass die Gläser einen Satz machten. »Dieser Beruf ist mein Leben! Man kann mich doch nicht einfach abservieren wie einen alten Ackergaul, dem man das Gnadenbrot gibt! Die Dienststelle ist mein Kind, zumal ich keine leiblichen habe. Wie ein Vater seine Kinder und ein Großvater seine Enkelkinder aufwachsen sehen will, so wollte ich beobachten, wie die SOKO sich entwickelt, blüht und gedeiht. Dazu habe ich dich als meinen Nachfolger aufgebaut.«

Lemberg dachte weniger an die Vater- und Großvaterfreuden, die Albrecht entgehen würden, als vielmehr daran, was aus den Mitarbeitern werden sollte. Die Ermittler waren allesamt hoch qualifiziert und würden problemlos anderweitig unterkommen. Aber wo? In Köln, Frankfurt oder Aachen? Die meisten hatten sich in der Eifel eingelebt, schickten ihre Kinder hier zur Schule, nicht zuletzt Noll, die zudem den Bäcker ihres Lebens gefunden zu haben schien. Und für die, die in der Verwaltung arbeiteten, die Schreibkräfte und die Leute aus der Telefonzentrale, zumeist Leute aus der Region, sah es besonders düster aus. Lange Anfahrten zu Jobs weit entfernt würden sie in Kauf nehmen müssen, sofern sie überhaupt etwas fanden.

»Ich hol mir noch ein Bier.«

»Bring mir einen Whisky mit.«

Als Lemberg zurück war, fragte er: »Was sagt Edda dazu?«

»Ihr habe ich noch gar nichts davon gesagt, sonst würde sie auf der Stelle fürs nächste Jahr eine Kreuzfahrt buchen.« Canisius schnupperte an seinem Single Malt. »Ich hasse Kreuzfahrten. Dieses ganze blöde Getue mit Captain's Dinner und dem anderen Tamtam.«

Eine Weile saßen sie schweigend beieinander, tranken und beobachteten, wie in Münstereifel die ersten Lichter angingen. Lemberg warf einen Blick auf seine Uhr. Viertel vor fünf.

»Ich muss los«, sagte er.

»Willst du nicht zum Essen bleiben?«

»Ich denke, Edda ist krank.«

»Ich könnte uns was machen.«

Gott bewahre!, wäre es Lemberg um Haaresbreite entfahren. Albrechts Kochkünste kannte er zur Genüge. Corned Beef mit Kidney Beans und Spiegelei auf Toast war noch das Raffinierteste. Laut sagte er: »Ich hab mir schon was aufgetaut.«

Als sie sich voneinander verabschiedeten, bat Canisius: »Sagst du es ihnen? Ich bringe es nicht übers Herz.«

»Wir warten damit«, sagte Lemberg. »Wir warten damit, bis wir es schriftlich haben.«

16

Sämtliche Städte und Gemeinden rund um den Frankfurter Flughafen wurden evakuiert, der Airport selbst war bereits menschenleer. Nur ein einzelner Mann befand sich auf dem zwanzig Quadratkilometer großen Areal – Lemberg.

Gekleidet wie Town Marshall Will Kane in »High Noon« schritt er auf Ebene 0 durch den Bereich B des Terminal 1. Aus den Durchsagelautsprechern erklang »Do not forsake me, oh, my darlin' – on this, our weddin' day …«, akzentuiert vom Rasseln der Sporen an seinen Stiefeln. Mit einer ungemein lässigen Bewegung stieß er die Saloontüren auf, die den Eingang zum Fundbüro markierten. Der Raum, den er betrat, hatte die Ausmaße einer Turnhalle und war hell erleuchtet. Mitten im gedachten Anstoßkreis stand hochkant ein schwarzer Schrankkoffer. Ohne das geringste Zögern ging Lemberg darauf zu, zog seinen Colt und zerlegte das Schloss mit einem einzigen Schuss in Stücke. Von allein schwang der Deckel zur Seite.

Der Koffer beherbergte eine tickende, blinkende Maschine mit unzähligen Schaltern, Knöpfen und Kabeln. Obenauf thronte ein kleiner Kasten mit einer digitalen Anzeige, die die verbleibende Zeit runterzählte. Das Ganze sah aus wie eine Atombombe aus einem James-Bond-Film. Lemberg war verwirrt. Er war ein Mann des 19. Jahrhunderts, kannte weder Elektrizität noch Kernspaltung und hatte auch noch nie von 007 gehört. Aber er hatte ein untrügliches Gespür dafür, wenn etwas schiefzugehen drohte, und das war hier zweifellos der Fall. Sie hatten ihn verarscht, als sie ihm gesagt hatten, er sei der richtige Mann für den Job. Und schlimmer noch, er hatte es ihnen geglaubt.

Mit einem verächtlichen Schnauben wandte er sich ab und ging in Richtung Ausgang. Er würde zurückkehren, wie er es Amy – oder hatte sie Maggie geheißen? – versprochen hatte. Zurück nach Hadleyville in der Eifel.

Da passierte es …

*

»Lemberg?«

»Dröger, SOKO Eifel«, sagte eine Männerstimme. »Sorry, Sie stören zu müssen, Herr Hauptkommissar, aber …«

»Stopp!«, sagte Lemberg. »Ich bin weder in St. Vith noch habe ich Bereitschaft. Klaes ist dran.«

»Ich kann doch auch nichts dafür, dass jedes Mal, wenn ich Nachtschicht habe, nach Ihnen verlangt wird«, jammerte Dröger. »Ich habe eine Dame in der Leitung, die Sie unbedingt sofort sprechen möchte.«

»Wie spät ist es?«

»Genau Mitternacht. Die Dame …«

»Wer ist die Frau?«

»Ich weiß es nicht, das konnte ich nicht verstehen. Sie scheint erkältet zu sein.«

»Aber Sie haben verstanden, dass sie mich sprechen will?«

»So gerade mal.«

Lemberg setzte sich im Heckbett des Wohnanhängers auf und tastete nach dem Lichtschalter. Die funzelige Deckenleuchte beschien das übliche Chaos. Er war im Hier und Jetzt und der Anruf kein Teil des Albtraums.

»Kommissar Lemberg? Sind Sie noch dran?«

»Verbinden Sie uns.«

Während es klackerte und klickerte, räusperte Lemberg sich gründlich. Dann schien die Verbindung zu stehen. Er nannte erneut seinen Namen. Ein heiseres Flüstern an der Grenze der Hörbarkeit war die Entgegnung.

»… erst jetzt anrufen … ins Bett gegangen ist.«

»Sagen Sie mit bitte zuerst Ihren Namen«, sagte Lemberg und presste das Handy so fest ans Ohr, wie er konnte.

»… nicht lauter sprechen. Sonst hört sie …«

»Frau Schupp? Sind Sie das?«

»Ja. Maria, die Mutter.«

»Was kann ich für Sie tun, Frau Schupp?«, fragte er und zweifelte auf einmal doch, ob der Anruf real war.

»Ich habe Ihnen doch den Treppenabsatz gezeigt, von dem aus man alles hören kann, was unten gesprochen wird. Erinnern Sie sich?«

»Natürlich. Was ist damit?«

»Gestern Nachmittag habe ich gehört, wie Marlies im Erdgeschoss eine Pistole entsichert und den Abzug betätigt hat.«

Lemberg war auf einmal hellwach. »Sie hat geschossen? Worauf?«

»Nicht geschossen. Die Waffe war nicht geladen. Erst danach hat sie das Magazin eingesetzt.«

»Sind Sie sich sicher, dass Sie sich nicht verhört haben? Dass diese Geräusche nicht eine andere Ursache hatten?«

»Halten Sie mich für verkalkt?«, fragte sie plötzlich laut und deutlich, senkte aber sofort wieder die Stimme. »Mein Jim hatte auch so ein Ding. Ich weiß, wie das klingt.«

»Wieso ist Ihre Schwiegertochter im Besitz einer Waffe?«

»Das weiß ich nicht. Wir hatten so etwas bisher nie im Haus. Ich fürchte nur, dass Marlies eine Dummheit begehen könnte. Dass sie womöglich weiß oder zumindest vermutet, wer Dieter umgebracht hat, und sich an demjenigen rächen will. Verstehen Sie?«

Es bot sich noch eine zweite Vermutung an, aber die behielt Lemberg für sich.

»Hat sie irgendeine Andeutung in dieser Hinsicht gemacht?«

»Nein.« Die alte Dame klang zunehmend verzweifelter. »Ich bin so in Sorge wegen der Kinder. Erst verlieren sie den Vater, und wenn jetzt auch noch die Mutter ... Ich darf gar nicht daran denken. Können Sie schnellstens kommen?«

»Ich weiß nicht ... so ohne Weiteres ... War Ihre Schwiegertochter nach dem Hantieren mit der Waffe noch einmal aus dem Haus?«

»Nein.«

»Und jetzt schläft sie?«

»Ja.«

»Dann kann ja im Augenblick nichts passieren, Frau Schupp. Ich werde mich gleich morgen früh um die Angelegenheit kümmern.«

»Bestimmt?«

»Ganz bestimmt. Als Erstes.«

»Ich verlasse mich auf Sie.«

»Das können Sie. Versuchen Sie jetzt zu schlafen.«

Sie ließ ihn einen Moment hängen. Dann sagte sie: »Gute Nacht, Herr Kommissar.«

»Gute Nacht, Frau Schupp.«

Vom Anpressen des Handys tat Lembergs linkes Ohr weh. Also legte er sich auf die rechte Seite. Gerade als er wegzudämmern begann, merkte er, dass er pinkeln musste.

17

Nachts hatte ein Sturm einen Großteil des Laubs von den Bäumen gerissen, sodass der Indian Summer erheblich an Farbenpracht und Leuchtkraft eingebüßt hatte. Nieselregen trübte das Bild zusätzlich. Nicht nur, dass er wie ein Grauschleier über dem Land hing, er verwandelte die laubbedeckten Straßen auch in seifige Pisten.

Klaes und Lemberg fuhren vorneweg, van de Sande und Wagner folgten im zweiten Wagen. Auf halber Strecke erreichte sie ein Anruf. Lemberg hörte eine Weile zu, dann fragte er:

»Ist er vernehmungsfähig?«

Die Antwort schien unbefriedigend zu sein, denn er zog einen Flunsch und beendete die Verbindung ohne ein weiteres Wort.

»Vieth?«, fragte Klaes.

»Er ist in der Arrestzelle dreimal mit dem Kopf gegen die Wand gelaufen«, sagte Lemberg. »Schneller, als die Kollegen die Tür aufschließen konnten. Jetzt liegt er mit einer Gehirnerschütterung und angeknackstem Nackenwirbel in der Marienhausklinik in Bitburg.«

»Und was ist mit seiner Vernehmungsfähigkeit?«

»Eingeschränkt, haben sie gesagt. Was auch immer das heißen soll.«

Einen Überholvorgang später sagte Klaes: »Früher auf der Polizeischule haben wir gesagt, ein Selbstmordversuch ist ein kleines Geständnis.«

»Vieth hat einen Haufen Mist gebaut, aber ich glaube nicht, dass er etwas mit dem Mord an seinem Schwager zu tun hat.«

»Er hat kein Alibi – in der Tatnacht war er mit dem Taxi unterwegs, und er ist gewalttätig. Erst bedroht er seine Frau mit einem Beil, dann mit einem Gewehr.«

»Weder das Gewehr noch die Makarov kommen als Tatwaffe in Frage. Trotzdem werde ich ihn mir vorknöpfen.« Lemberg gähnte. »Wieso ging das mit dem Durchsuchungsbeschluss so schnell?«

»Man muss nur die richtigen Leute kennen.«

»Und wieso kenn ich die nicht?«

Klaes ersparte sich die Antwort. Manderscheid kam in Sicht.

»Ich mag noch immer nicht recht glauben, dass die alte Dame die Geräusche einer Pistole erkennen kann«, sagte Klaes und reduzierte die Geschwindigkeit.

»Ich habe da auch meine Zweifel. Aber wir würden uns in den Hintern beißen, wenn wir dem Hinweis nicht nachgingen.«

»Marlies Schupp und eine Waffe – das passt nicht zu der Frau.«

»In diesem Fall sind schon so viele Waffen aufgetaucht, die es eigentlich gar nicht hätte geben dürfen, dass mich nichts mehr wundert.«

Klaes lenkte den Golf auf das Grundstück der Schupps. Der Corsa stand an seinem Platz, also war Marlies Schupp wahrscheinlich anwesend. Tatsächlich öffnete sie die Tür, bevor Lemberg klingeln konnte. Sie trug Schwarz und war blass und ungeschminkt, wirkte aber ausgeschlafener und weniger verweint als zuletzt.

»Ich habe Sie kommen sehen«, sagte sie. »Gleich zu viert?«

Lemberg stellte die Kolleginnen vor, die sie noch nicht kannte.

»Wir haben ein Problem, Frau Schupp. Wir stecken mit unseren Ermittlungen in einer Sackgasse. Daher müssen wir Sie bitten, uns Ihr Haus durchsuchen zu lassen. Dabei geht es insbesondere um die Sachen Ihres Mannes. Seine Garderobe, seine privaten Unterlagen und so weiter.« Er wies mit dem Daumen über die Schulter. »Wir werden auch seinen Wagen abholen und eingehend auf Spuren untersuchen lassen.«

»Entschuldigen Sie, aber den Zusammenhang verstehe ich nicht.«

»In Verbindung mit dem Projektil, das Ihren Mann getötet hat, sind DNA-Spuren einer unbekannten Person sichergestellt worden, ein sogenannter genetischer Fingerabdruck. Wir müssen davon ausgehen, dass Ihr Mann und der Täter sich gekannt haben, und hoffen, weitere Spuren zu finden. So ließe sich eventuell eingrenzen, wo sie einander begegnet sind.«

Lemberg fand haarsträubend, was er da von sich gab, aber er wollte nicht gleich mit dem Durchsuchungsbeschluss winken. Wenn sie kooperierte, war das auf jeden Fall besser. Aber Marlies Schupp machte keinerlei Anstalten, sie hereinzubitten.

»Was ist mit meinem Schwager?«, fragte sie. »Mit Guido, meine ich. Sie haben ihn doch verhaftet. Annette hat mir das gesagt.«

»Herrn Vieth haben wir einkassiert wegen dem, was er gestern angestellt hat. Die DNA-Spuren stammen nicht von ihm.«

Plötzlich entstand Bewegung in Marlies Schupps Rücken. Maria Schupp drängte sich in Hut und Mantel an ihr vorbei und nickte den Beamten zu.

»Ich muss zum Friseur«, sagte die alte Dame. »Willst du die Herrschaften nicht hereinbitten, mein Kind?«

Die Seniorin ging strammen Schrittes die Straße hinunter; Marlies Schupp zögerte weiter.

»Wir werden so behutsam wie möglich vorgehen«, sagte Lemberg.

»Ihr Besuch kommt sehr überraschend, sogar unpassend. Ich erwarte gleich den Bestattungsunternehmer. Ich muss ja noch alles vorbereiten.«

Okay, sagte Lemberg sich, wenn es denn sein muss, und steckte die Hand in die Innentasche seines Sakkos, um den richterlichen Beschluss herauszuholen.

»Aber wenn es zur Wahrheitsfindung beiträgt«, sagte Marlies Schupp quasi in letzter Sekunde und trat zur Seite. »Bitte – tun Sie Ihre Arbeit.«

Lemberg teilte die Mannschaft ein. Van de Sande übernahm Dachboden und Dachgeschoss, Wagner das Obergeschoss, Klaes das Erdgeschoss und er selbst Keller und Garage.

Den Weg nach unten kannte er ja bereits, ebenso die Stellfläche unter der Treppe, wo Obermanns Gewehr gestanden hatte. Dort stapelten sich Getränkekisten. Bier, Mineralwasser, Apfelschorle und Limonade. Daneben lehnten zwei abgefahrene Sommerreifen auf Vierlochfelgen an der Wand. Die restliche Fläche beanspruchten mehrere zum Teil ineinandergestapelte Eimer, überwiegend aus Kunststoff, verschiedene Besen, ein Handfeger nebst Kehrblech, zwei Schrubber, ein Stapel Aufnehmer, ein Dampfreiniger, ein Handstaubsauger sowie eine erschreckende Putzmittelsammlung. Lemberg zog alle Eimer auseinander, tastete alle Lappen ab und öffnete die Reinigungsgeräte, fand aber von einer Schusswaffe keine Spur.

Der erste Raum zur Linken beherbergte die Ölheizung. Der Tank war riesig, der Brenner alt und gewiss nicht den neuesten

Emissionsvorschriften entsprechend. Mit der Taschenlampe leuchtete Lemberg in alle Ecken, scheuchte aber nur ein paar Silberfische und Zitterspinnen auf.

Der nächste Raum diente als Waschküche. Waschmaschine und Trockner, verschiedenfarbige Plastikwannen voller Schmutzwäsche und in Gurgelhöhe gespannte Wäscheleinen nebst Klammern war alles, was sich darin befand. In und hinter den Maschinen war nichts versteckt, und die Wäscheberge bestanden tatsächlich nur aus Wäsche.

Die Tür zu Raum Nummer drei ließ sich nur teilweise und mit Mühe öffnen, da sich irgendetwas unter dem Türblatt verkeilt hatte. Lemberg zwängte sich hinein. »Tschitti Tschitti Bäng Bäng«, ein Kinderbuch über ein Wunderauto, war von einem Stapel Bücher hinter der Tür gerutscht. Lemberg zerrte es hervor, legte es zurück und blies die Backen auf. Hier sah es nach richtiger Arbeit aus. Tatsächlich benötigte er mehr als eine halbe Stunde, um sich durch das Sammelsurium zu wühlen.

Skier und Stöcke in verschiedenen Längen, ein Kindertretroller mit Klingel und Ballhupe, eine Campingausrüstung bestehend aus einem Familienzelt, fünf Schlafsäcken und einem Gaskocher, Unmengen von in Pappkartons verpacktem Kinderspielzeug, darunter Berge von Lego und Playmobil, eine Mappe mit Kleinkinderzeichnungen, eine komplette Märklin-Anlage, eine Kiste Faller-Häuschen inklusive einer Wassermühle, wie Lemberg sie selbst früher besessen hatte, zahlreiche Puzzles, Gesellschaftsspiele, alte Keksdosen und Schuhkartons voller Krims, ein Stoffkleiderschrank mit muffiger Garderobe und Gummistiefeln in sämtlichen Größen, eine Holztruhe gefüllt mit Plüschtieren, ein Stapel Plastikstühle mit dazu passendem Klapptisch für den Garten, ein aufblasbares Planschbecken mit einem langen Riss im Boden, stapelweise Astrid Lindgren, Ali Mitgutsch und andere Lektüre machten nur einen Bruchteil dessen aus, was er durchzusehen hatte. Eine Schinderei, die ihm außer Rückenschmerzen nichts eintrug.

Während Lemberg sich streckte, was wegen der Gewölbedecke nicht ganz einfach war, fragte er sich, wie man nur so viel Krempel horten konnte. Bis er an zu Hause dachte. Da sah es im Keller auch nicht besser aus. Maggie konnte sich nur schwer von alten Dingen trennen. Erst vor wenigen Wochen war er über den Fernseher gestolpert, der vor über zwei Jahren den Geist aufgegeben hatte und den Maggie offenbar in Hoffnung auf Selbstheilung in den Keller verfrachtet hatte.

Zu guter Letzt kam die Werkstatt. Hier entdeckte Lemberg alles, was man erwarten durfte. Eine Werkbank mit Schraubstock, Werkzeug für alle Fälle, Dutzende von Plastikbehältnissen gefüllt mit Schrauben, Muttern, Unterlegscheiben, Nägeln und Fischer-Dübeln, die klassische Heimwerker-Elektrogerätegrundausstattung mit Bohrmaschine, Akkuschrauber, Schwingschleifer und Stichsäge, Lötkolben und -zinn. Aber nirgendwo das, wonach er suchte.

Lemberg löschte das Licht, verließ Keller und Haus und knöpfte sich die Garage vor. Links standen die Mülltonnen, daneben waren alte Zeitungen und Zeitschriften gestapelt. Es folgten zwei Sätze Winterreifen, fünf Fahrräder, ein Dachgepäckträger plus Koffer und was man im Winter so brauchte: Schneeschaufel, Besen, ein Sack Streusalz und ein zweiter mit Split. Ein Elektromäher und eine Gartenschubkarre parkten vor der Rückwand. Die gegenüberliegende Seite war mit Blechregalen vollgestellt und Gartengeräten vorbehalten. Außerdem lagerten dort säckeweise Blumenerde, Pflanztöpfe verschiedener Durchmesser, ein Karton Rasensamen, ein anderer voller Blumensamentütchen, eine Packung Dünger und ein Plastikeimer mit einem gelben Deckel. Der Inhalt bestand aus einer körnigen Substanz. Lemberg studierte das Etikett, das vor Warnhinweisen nur so strotzte: Bromadiolon – Rattengift. Das war das Zeug, mit dem Obermanns Hunde vergiftet worden waren. Das mochte etwas bedeuten, musste es aber nicht.

Der Abschleppwagen tauchte auf. Klaes hatte ihn kommen hören und wies die Männer ein. Während der Astra Caravan auf die Ladefläche gezogen wurde, sagte Lemberg:

»Nichts. Und bei Ihnen?«

»Dasselbe. Auch van de Sande und Wagner sind nicht fündig geworden.«

»Bleiben der Corsa und die Hundehütte. Knobeln wir?«

Klaes musterte ihn schräg. »Die Kollegin Noll behauptet, Sie würden dabei betrügen.«

»Eine Unverschämtheit. Aber Sie können eine Münze werfen.«

Klaes warf und hatte Pech. Marlies Schupp wurde gebeten, die Hunde aus dem Zwinger zu holen, was sie auch tat. Nachdem sie sie ins Haus gesperrt hatte, blieb sie auf der obersten Stufe der Eingangstreppe stehen und verschränkte die Arme vor der Brust. Dass sie ungehalten war, versuchte sie gar nicht erst zu verbergen.

»Was geht hier eigentlich vor sich?«, fragte sie. »Sie wollen mir doch nicht erzählen, dass Sie in der Hundehütte nach DNA-Spuren einer fremden Person suchen.«

»Wo wir schon mal dabei sind, machen wir es auch gründlich«, sagte Lemberg. »Dürfte ich Sie um die Wagenschlüssel für den Corsa bitten?«

»Der Wagen ist nicht abgeschlossen.«

In dem Moment tauchte der Bestatter auf, ein kleiner, dicker Mann mit bluthochdruckgerötetem Gesicht, und lenkte die Hausherrin ab. Beide verschwanden im Haus. Die Durchsuchung des Corsa erwies sich als ebenso unergiebig wie die der Hundehütte. Fünf Minuten später verließen die SOKO-Beamten das Grundstück. Klaes fuhr mit den Kolleginnen zurück nach Dorsel, während Lemberg sich auf den Weg nach Bitburg machte.

*

Vieth lag allein in einem Zweibettzimmer. So allein, dass nicht einmal das zweite Bett darin stand. Die übrige Einrichtung bestand aus einem Tisch mit drei Stühlen, und statt der üblichen Nachttische aus Blech gab es solche in Holzoptik. Farblich dominierte Beige; Bodenbelag, Wandanstrich, Mobiliar. Die Fenster waren auf das Peinlichste geputzt, sodass man den Regen besser sehen konnte.

Eine hühnereigroße blaue Beule zierte die Stirn des gescheiterten Selbstmörders, und um den Hals trug er eine fleischfarbene Krause, mit der er wie eine Padaung-Frau aussah. Als er Lemberg sah, loderte Panik in seinen Augen auf.

»Hallo, Herr Vieth«, sagte Lemberg munter. »Wie geht es Ihnen?«

»Ich bin krank«, presste Vieth mühsam heraus. »Sie dürfen mich nicht verhören.«

»Was haben Sie gesagt? Sie müssen deutlicher sprechen.«

»Ich bin krank. Ich –«

Lemberg machte die Geste für Nichtverstehen. Hektisch tastete Vieth nach der Klingel. Lemberg nahm sie ihm weg und hängte sie außer Reichweite.

»Jetzt hören Sie mir mal gut zu, Freundchen: Ihnen drohen Anzeigen wegen des Beilwurfs von der Brücke, weil Sie besoffen Auto gefahren sind, weil Sie im Besitz illegaler Waffen waren und damit herumgeballert haben, wegen Widerstands gegen die Staatsgewalt, und weil Sie Ihre Frau mehrfach bedroht haben. Haben Sie eine Ahnung, wie viel das zusammen ergibt?«

»Ich –«

»Nur einen Bruchteil dessen, was Sie für den Mord an Ihrem Schwager kriegen werden.«

»Ich habe Dieter nicht –«

»Was sollten dann diese albernen Kopfeinrennversuche?«

Umgehend schmierten Vieths Gesichtszüge ins Weinerliche ab wie die eines Schuljungen, der soeben erfahren hat, dass zwei blaue Briefe unterwegs sind.

»Mein Leben hat keinen Sinn mehr. Alles ist aus. Meine Ehe, wir haben Schulden, und meinen Taxischein werde ich auch verlieren.«

Lembergs Mitleid hielt sich in Grenzen. »Sie können aber nicht belegen, wo Sie in der Tatnacht waren.«

»Doch.«

Vieth versuchte, die Konsolenschublade aufzuziehen, die jedoch klemmte. Optik ist eben nicht alles. Lemberg war ihm behilflich.

»Ich hab's auf die Serviette geschrieben«, sagte Vieth. »Fünf Fahrten hatte ich in der Nacht. Wenn Sie nachfragen, werden die Leute sich bestimmt an mich erinnern.«

Lemberg nahm die Papierserviette heraus, die Vieth mit den Daten seiner nächtlichen Fahrten vollgekritzelt hatte. In Druckbuchstaben, die mal nach links, mal nach rechts kippten, hatte er die Adressen notiert, wo er die Fahrgäste aufgenommen beziehungsweise abgesetzt hatte, sowie ihre Namen, wobei er hinter zwei davon Fragezeichen gesetzt hatte. Lediglich die Uhrzeiten fehlten, aber die mochten sich ermitteln lassen.

»Das hätte Ihnen aber auch früher einfallen können«, sagte Lemberg und steckte die Serviette ein. »Ich lasse das überprüfen.«

»Das müssen Sie auch.«

»Wie?«

»Sie sind verpflichtet, nach Beweisen für meine Unschuld zu suchen.«

»Woher haben Sie denn diese Weisheit?«

»Aus dem letzten ›Tatort‹.« Vieth guckte triumphierend. »Und jetzt geben Sie mir die Klingel. Ich muss auf die Pfanne.«

»Nur wenn Sie versprechen, keinen weiteren Blödsinn zu treiben. Kein Fluchtversuch, kein Selbstmordversuch, nichts dergleichen.«

»Natürlich nicht. Nun machen Sie schon. Die haben mir irgendetwas gegeben. Ich hab Durchfall.«

Lemberg reichte ihm den Notruf und sagte zusätzlich einer Schwester Bescheid, die ihm auf dem Flur begegnete. Als er die Station verließ, stieß er im Treppenhaus mit einer Frau zusammen, die in jeder Hand eine Plastiktüte trug. Eine der Tüten riss, und Äpfel und Birnen kullerten über den Boden.

»Was machen Sie denn hier, Herr Kommissar?«, fragte Gudrun Hesse.

»Und Sie?« Lemberg bückte sich, um das Obst aufzusammeln. »Wollen Sie Ihren Schwager besuchen?«

»Meinen Schwager?«

»Herrn Vieth.« Lemberg erklärte ihr, weswegen Guido Vieth im Krankenhaus lag.

»Dieser Spinner! Der soll sehen, wie er allein zurechtkommt.«

Gudrun Hesse steckte die Früchte zurück in die Tüte, aber der Boden war gerissen; es war zwecklos. »Nein, ich bin auf dem Weg zur unserer Frau Nideggen. Sie hat sich den Oberschenkelhals gebrochen.«

»Eine Verwandte?«

»Sagen Sie bloß, Sie sind scharf darauf, noch mehr Leute unserer Familie kennenzulernen? – Nein, Frau Nideggen lebt in dem Heim, in dem ich arbeite. Im Marienhof in Speicher. Sie hat keine Angehörigen mehr. Deshalb versuche ich, ein-, zweimal die Woche vorbeizuschauen. Obwohl ich mir nicht sicher bin, ob sie das überhaupt realisiert. Sie ist dement.«

Die Plastiktüte war nicht mehr zu gebrauchen. Lemberg steckte so viele Äpfel und Birnen in seine Jackentaschen, wie hineinpassten, die restlichen türmte Frau Hesse auf seinen Handflächen auf.

»Es ist gleich um die Ecke«, sagte sie. »Wären Sie so nett?«

Selbstverständlich war Lemberg so nett. Frau Nideggens Zimmer war das Gegenstück zu Vieths, nur spiegelverkehrt. Auch sie lag einzeln, aber ein zweites durch eine Plastikfolie geschütztes Bett wartete schon auf Zugang. Während Gudrun Hesse die alte Dame begrüßte, ließ diese Lemberg nicht aus den Augen. Schließlich zog sie Gudrun Hesses Kopf zu sich herunter und flüsterte ihr etwas ins Ohr.

»Aber nicht doch, Frau Nideggen«, sagte Gudrun Hesse und tätschelte den Arm der Kranken. »Der Mann ist nicht Ihr Paul. Paul ist doch schon lange tot.«

»Ich weiß, dass er tot ist«, sagte die Alte. »Aber was macht er dann hier?«

Den Gedanken an Wiedergeburt hatte Lemberg schon früh verworfen, und er war auch jetzt nicht bereit, sich bekehren zu lassen. Gudrun Hesse begann die Mitbringsel in den Nachttisch zu sortieren. Dabei fiel Lemberg ein obenauf stehendes Foto auf. Die Aufnahme zeigte eine junge Frau, deren Züge ihm vertraut vorkamen, auch wenn er nicht wusste, woher. Nachdem Frau Hesse ihn vom letzten Apfel befreit hatte, nahm er den Rahmen in die Hand.

»Das ist Frau Nideggens Tochter«, sagte Gudrun Hesse. »Rita. Sie ist vor Jahren bei einem Autounfall ums Leben gekommen. Eine Tragödie. Sie war erst Anfang dreißig.«

»Rita Nideggen«, murmelte Lemberg, und schlagartig fiel ihm ein, wo er die Frau schon einmal gesehen hatte. »Sind Sie sicher, dass sie tot ist?«

»Jetzt fangen Sie nicht auch noch an.«

Paul hin oder her, bei der Frau auf dem Foto war die Sachlage eine andere. Lemberg war ihr erst vergangenen Freitag begegnet, da war er sich absolut sicher. Die Aufnahme zeigte nämlich keine andere als jenen Kate-Nelligan-Verschnitt, der ihn auf dem Weg zu Obermanns Haus angelächelt hatte.

18

Weil Lemberg das ständige Geflacker einer der Röhren an der Decke auf den Geist gegangen war, hatte er sie ausgeschaltet. Nun hing er im schummerigen Schein seiner Amtsstuben-Standard-Büroleuchte bei entriegelter Rückenlehne halb liegend in seinem Bürosessel, die Füße zwischen Telefon und Laptop auf dem Schreibtisch. Im provisorischen Aschenbecher, einer Porzellanuntertasse aus der Kaffeeküche, qualmte eine Zigarre. Die Luft war zum Schneiden.

Bereits seit einer halben Stunde grübelte er, ob er das Recht hatte, den Kollegen vorzuenthalten, dass die SOKO Eifel möglicherweise zum Jahresende aufgelöst werden würde. Sicher stand das noch nicht fest, und dieses Damoklesschwert hatte immer mal wieder über der Dienststelle geschwebt, seit er seinen Posten in Dorsel angetreten hatte, aber diesmal hatte er ein ausgesprochen ungutes Gefühl dabei. Albrecht war nicht mehr in Kämpferlaune wie einst, und nur er wäre letztendlich in der Lage, das Aus zu verhindern. War es angesichts dieser Umstände nicht Lembergs Pflicht, den Kollegen reinen Wein einzuschenken, damit sie sich schnellstmöglich nach neuen Jobs umsehen konnten?

Andererseits, wenn seine Befürchtung nicht einträfe, hätte er alle umsonst verrückt gemacht und gleichzeitig unnötiges Misstrauen über die Zukunft der Dienststelle gesät. Mit wie viel Eifer die Truppe dann noch bei der Sache wäre, war leicht auszurechnen. Was er sich jedoch überhaupt nicht vorstellen konnte, war, sich jetzt am Frankfurter Flughafen um den Posten des Sicherheitschefs zu bewerben. Sicher war die Idee an ihn herangetragen worden, bevor Albrecht ihn informiert hatte, aber er würde sich mies dabei vorkommen, seinen Absprung vorzubereiten, solange die anderen nicht einmal wussten, was ihnen drohte. Er hatte ja schon jetzt ein schlechtes Gewissen.

Lemberg griff nach der Zigarre, zog daran und verdickte den Nebel im Raum weiter.

Aber was würde Maggie dazu sagen, wenn er aus diesem Grund von seiner Bewerbung Abstand nähme? Hundert zu eins, dass sie dafür kein Verständnis hätte. Im Gegenteil, angesichts des drohenden SOKO-Endes würde sie erst recht darauf drängen, dass er versuchen sollte, den Fraport-Job zu kriegen. Und was wollte er selbst? SOKO oder Airport? Wohnanhänger oder trautes Heim? Weiter einsam und allein oder im Kreis der Familie? Auch darauf hatte er keine endgültige Antwort. Ein »Ojemine!« entrang sich seiner Kehle. Egal von welcher Seite er das Problem auch betrachtete, es war ein verflucht hässliches Ding.

Das Klingeln des Telefons riss ihn aus seinen Überlegungen. Wegen seines Bauches stöhnend beugte er sich vor und hob ab.

»Hallo, alter Freund, wie geht es Ihnen?«, kam Daeninckx' Stimme aus der Muschel.

»Solange ich nicht darüber nachdenke, geht es«, sagte Lemberg.

»Muss ich das verstehen?«

»Nur wenn Sie eine philosophische Ader haben.«

»Zwangsläufig. Mein Urgroßvater aus der Genter Linie war einer der bedeutendsten Philosophen Belgiens.«

»Belgien und Philosophie – ist das nicht ein Widerspruch in sich? Ihr seid doch für die Franzosen, was die Ostfriesen für die Deutschen sind.«

»Sie haben schon mal französisches Bier getrunken, nehme ich an?«

»Oh ja. Bier mit Kirschsaft. Ein unvergessliches Erlebnis.« Lemberg zog an seinem Stumpen. »Sie argumentieren sehr geschickt, Henry.«

»Das ist das Erbe von Urgroßvater Biervliet. Er hat unter anderem eine wunderbare Studie mit dem Titel ›Über den Einfluss der Geschwindigkeit des Pulses auf die Zeitdauer bei Schalleindrücken‹ geschrieben. Ich habe das Werk zu Hause. Wenn Sie möchten, leihe ich es Ihnen einmal.«

»Das hört sich spannend an. Wenn ich das Buch zu Ende habe, an dem ich gerade lese, melde ich mich. – Was kann ich für Sie tun, Henry?«

»Falsch, ich kann etwas für Sie tun. Ich habe eine Einladung für Sie.«

»Feiern Sie Geburtstag?«

»Nein, nein. Ich möchte Sie zu einer Razzia einladen.«

Lemberg zuckte mit den Achseln, obwohl Daeninckx das nicht sehen konnte. »Warum nicht? Ich habe schon ewig an keiner mehr teilgenommen. Wen oder was wollen wir uns denn vorknöpfen?«

»Sie und ich werden nur Zuschauer sein, wenn unsere Leute von der Steuerfahndung die Räumlichkeiten bei Maginot in der Rue de l'Est in Verviers durchsuchen werden.«

Lembergs Oberkörper schoss umgehend in die Senkrechte, wodurch er beinahe aus dem Sessel gerutscht wäre. Das konnte er gerade noch vermeiden, aber nur um den Preis, dass die brennende Zigarre auf dem Teppichboden landete.

»Roger? – Sind Sie noch da?«

»Sicher«, sagte Lemberg und blickte vergeblich unter den Tisch. Der Stumpen musste sonst wohin gerollt sein. »Sagen Sie bloß, Sie haben den Ort gefunden?«

»Zugegeben, ich musste ein bisschen herumtelefonieren«, sagte Daeninckx. »Es handelt sich um eine alte Fabrikhalle, in der früher eine Weberei namens Maginot tätig war. Der Name steht noch immer, wenn auch verblasst, an der Fassade. Möglich, dass Ihr ermordeter Kollege ihn sich deswegen zur Orientierung notiert hatte.«

»Wer benutzt die Halle heute?«

»Unter anderen ein Fischgroßhändler. Ein gewisser Cornelius van Pliest, ein Niederländer.«

Von hinter dem Papierkorb quoll ein elender Gestank hervor, als verbrenne jemand Pferdehaare. Lemberg versuchte, den Korb mit den Füßen zur Seite zu schieben, aber der kippte lediglich um.

»Ist der Mann schon mal auffällig geworden?«

»Van Pliest ist mehrfach vorbestraft, wenn auch nicht in Belgien, sondern in seiner Heimat. Unter anderem wegen Hehlerei und Waffenhandels. Hier bei uns wird schon länger gegen ihn wegen des Verdachts auf Geldwäsche ermittelt. Morgen in aller Herrgottsfrühe – wie der Vermieter meiner Ferienwohnung in Bayern immer zu sagen pflegt – werden nun die Geschäftsräume durchsucht.«

»Was verstehen Sie unter Herrgottsfrühe?«

»Um neun.«

Das hatte Lemberg vermutet. In Belgien krähten die Hähne erst nach dem Frühstück. Der Gestank unter seinem Tisch wurde intensiver. Da musste ein kompletter Pferdeschweif kokeln. Mit der Schuhspitze stieß Lemberg den Papierhaufen auseinander, aus dem der Qualm aufstieg.

»Was ist nun, Roger? Haben Sie Interesse.«

»Unbedingt. Wann treffen wir uns?«

»Seien Sie um acht Uhr dreißig auf dem Revier an der Aachener Straße in St. Vith. Das ist die, die nach Amel führt. Ich nehme Sie dann mit.«

»Ist das nicht ein bisschen knapp kalkuliert, wenn die Razzia um neun starten soll?«

»Lieber Freund, was glauben Sie, wozu der belgische Staat mir einen Porsche zur Verfügung gestellt hat? Von hier bis Verviers brauche ich höchstens zwanzig Minuten. Außerdem sind die Kollegen von der Steuerfahndung nie pünktlich.«

Plötzlich züngelte mitten durch das Dekolleté von Yoko Ono, die auf dem Titelbild einer Zeitschrift abgebildet war, eine kleine Flamme. Fraß sich langsam voran und brachte ihr Kinn zum Schmelzen. Lemberg saß wie erstarrt auf seinem Sessel. Weniger wegen des Feuers, sondern weil er sich fragte, wer zum Teufel sein Büro dazu benutzte, die EMMA zu lesen. Spontan fiel ihm nur Noll ein. Mit einem gezielten Tritt ins Gesicht der fünfundsiebzigjährigen Lennon-Witwe versuchte er, der sich anbahnenden Katastrophe Herr zu werden. Vergebens, nur Funken stoben.

»Noch etwas«, sagte Daeninckx.

»Was?«

»Keine Waffe.«

»Natürlich nicht«, sagte Lemberg hastig. »Sorry, ich muss auflegen. Hier brennt 'ne alte Dame. Bis morgen.«

Gott sei Dank war die Thermoskanne noch so gut wie voll. Knapp anderthalb Liter Kaffee machten dem flammenden Inferno den Garaus. Gleichzeitig verloschen die Schreibtischlampe und der Laptop, weil der Kaffee auch in die Verteilerdose geraten war. Lemberg saß im Dunkeln.

Es klopfte, und vor dem Hintergrund des hell erleuchteten Flurs kam Noll herein.

»Was ist denn hier los?«, fragte sie. »Machen Sie ein Nickerchen? Meine Güte, und wie es hier stinkt.«

»Die Sicherung ist gerade rausgeflogen«, sagte Lemberg. »Ich mach das Fenster auf.«

Während er den Flügel aufriss, betätigte Noll den Schalter der Deckenbeleuchtung. Zuckend nahm die ihren Betrieb auf.

»An der Sicherung kann es nicht liegen.«

»Die Röhren hängen an der Sicherung vom Flur. Was gibt es denn?«

»Was ist denn unter Ihrem Schreibtisch passiert?«

»Sein Sie nicht so neugierig, verdammt. Sie sind ja schlimmer als meine Mutter. Was wollen Sie?«

»Hier.« Noll ließ ein einzelnes Blatt auf Lembergs Schreibtisch segeln. Dann trat sie ans Fenster und fächelte sich Luft zu. »Helena Wagner hat mich gebeten, an ihrer Stelle den Postillon d'Amour zu spielen.«

Lemberg setzte sich wieder an den Schreibtisch, allerdings ohne die Füße darauf zu legen, nahm das Papier zur Hand und überflog es. Die Identitätsüberprüfung enthielt alle relevanten Daten. Dazu war ein Bild der Person ausgedruckt worden. Ursprünglich ein Ausweisfoto, das sie in recht jungen Jahren zeigte.

»Lesen Sie zufällig die EMMA?«, fragte er.

»Wie kommen Sie jetzt darauf?«

»Ja oder nein?«

»Nein. Warum fragen Sie danach?«

»Kennen Sie jemanden im Haus, der das Blatt liest?«

»Der Kollege Schommer, soweit ich weiß.«

»Schommer ist erstens ein Mann und zweitens schwul.«

»Ja und? Sie habe ich schon mit einem Asterix-Heft gesehen.«

»Haben Sie heute Ihren schlechten Tag, oder was ist mit Ihnen los?«

Noll stützte sich mit beiden Händen auf die Fensterbank und starrte hinaus in die Dämmerung. »Ich würde gerne Feierabend machen. Spricht etwas dagegen?«

»Wieso hat Wagner Sie darum gebeten?«

»Weil sie auf dem Weg nach Bad Neuenahr ist.«

»Was will sie da?«

»Sie waren es doch, der wissen wollte, ob der Senior der Schupps sein Geld im Casino verspielt hat.«

»Als ob das jetzt wichtig wäre.«

»Das hätten Sie sich überlegen müssen, bevor Sie die Anweisung rausgegeben haben.«

»Außerdem hatte ich Klaes darum gebeten.«

»Wagner kennt aber einen der Angestellten des Casinos. Deswegen ist sie gefahren.«

Lemberg studierte das Blatt erneut. Rita Nideggen war tatsächlich verstorben, umgekommen bei einem Autounfall im Herbst 2004 in der Nähe von Kaiserslautern. Ihr Leichnam war bis zur Unkenntlichkeit verbrannt.

»Können Sie mir erklären, wozu Sie die Identität dieser Frau haben überprüfen lassen?«, fragte Noll.

»Sie ist tot, aber wir haben sie in Manderscheid gesehen.«

»Die Frau, die uns begegnet ist, muss demnach eine andere gewesen sein.«

»Dann müsste es sich aber um eine Zwillingsschwester handeln.«

»Es kommt häufiger vor, dass zwei Menschen einander ähnlich sehen, ohne dass sie gleich miteinander verwandt sind.«

»Sie meinen wie Otto Waalkes und Wolfgang Kleff?«

Noll verzog ihr Gesicht, als erleide sie gerade eine Gallenkolik. »Der zweite Name sagt mir bedauerlicherweise nichts.«

»Ein ehemaliger Torwart von Borussia Mönchengladbach. Vom Niederrhein, wie Sie.«

»Was ist nun? Brauchen Sie mich noch?«

»Brauchte ich Sie je?«

Als Noll die Tür hinter sich ins Schloss geworfen hatte, fiel Lemberg ein, dass er vergessen hatte, sie über die morgige Razzia zu informieren.

19

Das Wetter war ideal, die Autobahn nahezu verkehrsfrei, aber Daeninckx' Porsche hatte Zündaussetzer und lief dem Motorgeräusch nach nicht auf allen sechs Zylindern. Der Chef de Corps reagierte sich mit Faustschlägen auf den Lenkradkranz ab, und Lemberg lernte ein paar neue belgische Flüche kennen, die selbst eine Puffmutter zum Erröten gebracht hätten. In der Folge waren sie erst um halb zehn in Verviers. Da war die Razzia bereits in vollem Gange.

Das Fabrikgebäude in der Rue de l'Est, in dem van Pliests Fischgroßhandel residierte, war aus Backsteinen errichtet worden und sah aus, als hätte es mindestens hundert Jahre auf dem Buckel. Über dem Tor war bogenförmig und in einer Schriftart, die an die Belle Époque erinnerte, »Maginot & Fils« auf das Mauerwerk gemalt. Allerdings musste man genau hinsehen, um die ausgewaschenen Buchstaben entziffern zu können. So etwas wie Jagdfieber kam in Lemberg auf.

Die belgische Steuerfahndung war mit mehreren neutralen Kleinbussen und zwei Limousinen angerückt. Im Fond einer der Personenwagen saß ein allem Anschein nach kleinwüchsiger Mann mit Weitsichtbrille und grauem Schnurrbart. Er rauchte eine Zigarette, die er wie Michel Houellebecq zwischen Mittel- und Ringfinger hielt, und tat so, als ginge ihn die ganze Angelegenheit nichts an.

Innen war das Gebäude trotz der ins Dach eingelassenen Fenster düster und verbreitete ein Flair von frühkapitalistischem Malocherelend. Lemberg mochte sich gar nicht vorstellen, welcher Radau hier geherrscht haben musste, als die Halle noch voller Webstühle gestanden hatte. In dieser Umgebung nahmen sich die aus hellen Kunststoffelementen bestehenden, containerartig wirkenden Büro- und Lagereinheiten, die die unterschiedlichsten Betriebe beherbergten, seltsam deplatziert aus. Vier dieser Elemente, ganz am Ende des Gebäudes gelegen, gehörten van Pliest. Dort stießen sie auch auf den Leiter der Fahndungsgruppe, einen riesigen, bauernschädeligen Flamen namens Jan Broed, den Daeninckx wie einen alten Kumpel begrüßte und dem er Lemberg vorstellte.

Broed verriet ihnen – wobei die Unterredung auf Französisch

geführt wurde –, dass seine Leute zentnerweise Unterlagen sichergestellt hatten, deren Auswertung natürlich nicht vor Ort, sondern in der Dienststelle vorgenommen werden würde. Ob der Verdacht der Geldwäsche, den man gegen van Pliest hegte, sich bestätigen würde, war also noch völlig offen.

Auf Daeninckx' Bitte erlaubte Broed ihnen, einen Blick in die zum Abtransport bereitstehenden Personalunterlagen zu werfen. Sechs Festangestellte waren in der Kartei aufgeführt, zuzüglich einem knappen Dutzend aushilfsweise Beschäftigter. Schupp war nicht dabei.

»Hast du etwas dagegen, wenn wir van Pliest kurz vernehmen?«, fragte Daeninckx den Flamen. »Lemberg muss wissen, ob sein ermordeter Kollege für ihn gearbeitet hat.«

Broed blies die Backen auf wie ein Tubaspieler. Es dauerte eine ganze Weile, bis er die Luft entweichen ließ. Dann nickte er schwerfällig.

»Versuch dein Glück, Henry. Solange du nicht erwähnst, weswegen wir eigentlich hier sind, habe ich nichts dagegen. Allerdings ist der Kerl nicht sehr gesprächig. Ohne seinen Anwalt will er das Maul nicht aufmachen.«

Es kam, wie Broed prophezeit hatte. Van Pliest war höflich, hörte sich an, was sie von ihm wollten, bestand aber darauf, Fragen nur im Beisein seines Rechtsberaters zu beantworten. Das Foto von Schupp betrachtete er kurz, wobei er nicht die leiseste Regung zeigte und sich auch nicht dazu äußerte. Lemberg war überrascht, dass Daeninckx sich damit zufrieden gab und dem Mann nicht die Hölle heißmachte.

Als sie sich einige Schritte von der Limousine entfernt hatten, in der van Pliest nach wie vor saß, sagte Daeninckx:

»Haben Sie bemerkt, wie ruhig und gelassen der Kerl ist? Der fühlt sich vollkommen sicher. Ich glaube nicht, dass Broed hier irgendetwas finden wird.«

»Sondern?«, fragte Lemberg.

»Zwei Möglichkeiten. Entweder hat van Pliest einen Tipp gekriegt, dass seine Firma durchsucht wird, und hat alles belastende Material rechtzeitig weggeschafft, oder er hat den Kram nie hier aufbewahrt.«

»Was ist mit Privatwohnung oder Haus?«

»Die Villa wird zurzeit von einer zweiten Gruppe Fahnder durchsucht.« Daeninckx kratzte sich am Kinn. Da er schlecht rasiert war, klang das wie Schleifpapier am Fensterrahmen. »Hören Sie, Roger, ich fürchte, wir können hier derzeit nichts ausrichten. Ich schlage vor, wir fahren zurück, und ich bleibe mit Broed in engem Kontakt. Er wird mit Sicherheit die Angestellten von van Pliest vernehmen. Die können dabei ganz beiläufig nach Schupp gefragt werden. Ein Foto von Ihrem Kollegen habe ich ja. Einer von den Brüdern wird weich werden und plappern. Das ist immer so.«

»Hoffen wir das Beste.«

»Außerdem muss der Porsche in die Werkstatt. Ohne den Wagen bin ich nur ein halber Mensch.«

Ach so, dachte Lemberg, daher weht der Wind.

*

Wagner klopfte kurz gegen die offen stehende Tür von Lembergs Büro und fragte:

»Haben Sie einen Moment Zeit?«

»Für Sie immer«, sagte Lemberg.

Die junge Kollegin trug eng sitzende Jeans, einen schwarzen Rolli und wie immer Pumps, mit denen sie schneller rennen konnte als Lemberg in seinen Joggingschuhen. Herausgestellt hatte sich das vor zwei Jahren, als sie in Gerolstein einem Fahrraddieb hinterhergelaufen waren. Lemberg hatte nach hundert Metern schlappgemacht, aber sie hatte den Kerl gekriegt. Und dabei hatte Lemberg damals noch etliche Kilo weniger auf die Waage gebracht. Bei dem Berliner Stöckelschuh-Sprint im Vorjahr hätte Wagner beste Chancen auf die zehntausend Euro Siegprämie gehabt.

»Gut amüsiert in Neuenahr?«, fragte er, nachdem sie sich gesetzt hatte.

»Wenn ich mich vergnügen will, gehe ich nicht ins Casino, sondern gönne mir einen Wellnesstag mit allem Drum und Dran«, sagte sie und strich sich eine vorwitzige Haarsträhne aus dem Gesicht. »Erst eine Aromamassage, dann ein bisschen Peeling und zum Schluss unendlich lange im Whirlpool abhängen.«

»Dann frage ich anders: War Ihre Mission von Erfolg gekrönt?«

»Ich denke schon. Ich habe einen Bekannten aufgesucht, der im Casino beschäftigt ist.«

»Einer der Croupiers?«

»Nein, er ist der Mensch, der für die Sicherheit des Ladens zuständig ist. Ein alter Freund, mit dem ich mal einige Zeit in einer WG zusammengewohnt habe.« Sie lächelte. »Das war bevor ich meinen Mann kennengelernt habe.«

»Ihr Privatleben geht mich nichts an. Konnte der Ex-WGler sich denn an Heinrich Schupp erinnern?«

»Oh ja. Und an seine Begleitung. Deutlich jünger als Schupp, wahrscheinlich in den Dreißigern, brünett, gut aussehend. Ein ausgesprochen auffälliges Pärchen.«

»Waren die beiden oft dort?«

»Vielleicht zehnmal, zwischen Dezember 2005 und März letzten Jahres. Im Sommer ist Schupp ja verstorben.«

»Hat er viel verloren?«

»Eher wenig. Die beiden haben ein bisschen Roulette gespielt, hin und wieder auch mal Black Jack, aber nie um hohe Einsätze. Mein Bekannter hatte den Eindruck, dass es dem alten Herrn mehr um die Atmosphäre im Casino gegangen ist, als dass er den Nervenkitzel beim Spiel gesucht hätte.« Sie lächelte erneut. »Aber ich muss noch einmal auf seine Begleiterin zu sprechen kommen. Die Beschreibung, die mein Bekannter mir gegeben hat, war so präzise, dass ich einer spontanen Eingebung folgend hier angerufen und mir vom Kollegen Dröger das Foto habe mailen lassen, das uns im Rahmen der Identitätsabfragung übermittelt wurde, um die Sie mich gebeten hatten.«

Sie machte eine kunstvolle Pause. Netterweise nicht zu lange, denn Lemberg hielt währenddessen die Luft an.

»Kurt hat die Frau eindeutig wiedererkannt. Nicht zuletzt aufgrund des Leberflecks am Kinn.« Wagner tippte mit dem Finger auf die Stelle in ihrem Gesicht, wo bei Rita Nideggen der Fleck saß. »An Ihrem Verdacht, dass die Frau gar nicht tot ist, scheint also etwas dran zu sein.«

»Irrtum ausgeschlossen?«

»Ich denke, ja. Mein Bekannter hat aufgrund seines Jobs ein exzellentes Gedächtnis für Gesichter.«

»Das ist ja ein Hammer!«

Lemberg massierte seine Stirn mit Daumen und zwei Fingern. Eine Marotte, die gelegentlich beim Denken half. So auch jetzt.

»Sie sagten, zwischen Dezember 2005 und März 2007. Setzen Sie sich doch bitte mit diesem Kötter von der Sparkasse in Manderscheid in Verbindung. Das ist der Filialleiter. Wir brauchen die genauen Daten und Beträge von Heinrich Schupps Abhebungen. Am besten noch heute.«

»Das liegt Jahre zurück.«

»Kein Problem. Der Mann interessiert sich für Geschichte.«

Während Lemberg der Kollegin nachblickte, die den Raum verließ, begann sein Telefon zu klingeln. Mit jenem nervtötenden elektronischen Singsang, der so gar nicht zu dem Anblick passte, den Wagner ihm bot. Am anderen Ende war ein gewisser POM Teuber von der Wittlicher Inspektion.

»Eine Leiche?«, fragte Lemberg. »Wo genau?«

Er notierte die Angaben, dann fragte er: »Wissen Sie schon, wer der Mann ist?«

Mit jedem Wort, dass aus der Leitung kam, wurden Lembergs Gesichtszüge starrer.

»Das darf nicht wahr sein!«, sagte er kopfschüttelnd. »Okay, wir machen uns sofort auf den Weg.«

20

Sie fuhren mit dem Golf, dem Noll den Außenspiegel abgefahren hatte. Das Malheur war behoben, aber die Dorfwerkstatt, die sich um die Fahrzeuge der SOKO kümmerte, hatte auf die Schnelle nur einen roten Spiegel auftreiben können, der an dem ansonsten nachtblau lackierten Wagen auffiel wie ein Knutschfleck. Keine vierzig Minuten nachdem der Anruf in Dorsel eingegangen war, bogen sie gegenüber der Manderscheider Niederburg in den Mühlenweg ein. Nach knapp hundert Metern mussten sie den VW stehen lassen und ihren Weg zu Fuß fortsetzen.

Der Lieserpfad war hier breit und stolperfrei zu begehen, aber da es in den letzten Tagen heftig geregnet hatte, entsprechend rutschig. Bereits nach wenigen Metern musste Lemberg Noll am Arm greifen, damit sie sich nicht hinlegte. Dort, wo der kleine Fluss eine Windung nach Westen beschrieb, weitete sich das Tal, und der Wald trat zurück. Vor ihnen erstreckte sich eine Weide von der Größe eines halben Fußballfeldes, an deren Rand, unweit des Flussufers, eine Holzhütte stand. Die Hütte mochte in der Grundfläche vier mal fünf Meter messen, hatte links wie rechts ein Schleppdach, wie auch die kleine Terrasse vor dem Eingang überdacht war, die zudem von einem nahezu blickdichten Zaun eingefasst war. Das gleiche Modell hatte ein Bekannter Lembergs, bei dem der Haussegen häufig schief hing, in Mainz im Garten stehen. Jedes Mal, wenn die Fetzen flogen, übernachtete er darin.

Das Terrain um den kleinen Holzbau war weiträumig abgesperrt. Lemberg zählte vier uniformierte sowie drei weitere Kollegen vom Erkennungsdienst, die an ihren weißen Schutzanzügen zu erkennen waren. Nummer acht war ein Mann in einer blauen Latzhose und mit einer rot-schwarz karierten Jacke, wie kanadische Holzfäller sie tragen – Joe Buchen. Auf seinem Kopf saß eine hochgerollte Pudelmütze ohne Bommel. Die unvermeidliche Kippe hing im Mundwinkel. Lemberg und Noll wiesen sich Teuber gegenüber aus.

»Der Tote sitzt unter dem Vordach«, sagte der POM, der in Lembergs Alter sein mochte und ausgesprochen abgeklärt wirkte. »Dass da jemand ist, sieht man wegen des Zauns erst, wenn man unmittelbar davor steht.«

»Wer hat ihn gefunden?«

»Eine Schulklasse auf dem Wandertag, vor knapp zwei Stunden. Überwiegend Zwölfjährige in Begleitung von zwei Lehrern. Die werden gerade von Notfallseelsorgern betreut, die ich angefordert habe. Wobei die Kinder das ganz gut weggesteckt haben, die sehen den Mist ja andauernd im Fernsehen. Aber die Lehrer haben einen Schock.« Er wies auf Buchen. »Das ist Herr Buchen. Er ist der Vorsitzende des Angelvereins, dem die Hütte gehört.«

»Wir kennen uns bereits.« Lemberg reichte Buchen die Hand. »Wie haben Sie von dem Mord erfahren?«

»Ihr Kollege hier hat die Bürgermeisterin angerufen, und die hat mich informiert. Da bin ich sofort hergekommen. Schöne Scheiße!«

Lemberg trat an die küchenmöbelhohe Verandaeinfassung heran. Drages-Dittmer saß mit ausgestreckten Beinen gleich neben der Tür. An der Wand hinter ihm zog sich eine Blutspur herunter. Bekleidet war er mit einem hellen Trenchcoat; ein schwarzer Hut mit breiter Krempe lag neben ihm auf dem Boden. Die schwarz geränderte Einschusswunde mitten in der Stirn war gut zu erkennen. Die Szene wirkte, als hätte der Trendforscher beim Betteln Pech gehabt. Neben ihm hockte der Doc, ein noch verdammt jung aussehender Bursche mit dem müden Gesicht eines frischgebackenen Vaters, der nachts nicht durchschlafen kann. Lemberg sprach ihn an.

»Ein aufgesetzter Schuss«, sagte der Arzt. »Er muss sofort tot gewesen sein.«

»Haben Sie schon eine Vorstellung entwickelt, wann –«

»Hey!« Der Arzt schnipste mit den Fingern, was wegen der Latexhandschuhe geräuschlos blieb. »Wieso habe ich geahnt, dass Sie die Frage stellen würden?«

»Vielleicht sehen Sie regelmäßig fern.«

»Das wird's sein.« Ein kurzes Grinsen vertrieb die Müdigkeit aus seinen Zügen. »Schwer zu sagen. Ab elf soll es stark geregnet haben, und der Tote ist nass bis auf die Haut. Aber keinesfalls später als drei Uhr früh.«

»Wo ist seine Brille?«

»Wir haben keine gefunden.«

»Die hat Drages nur aus Modegründen getragen«, sagte Buchen. »Die hat nur Fenstergläser.«

»Was ist in der Hütte drin?«

»Wathosen, Stiefel, andere Klamotten, Kescher, ein Fischkasten, Zubehör fürs Ausnehmen, was man halt so braucht. Außerdem ein kleiner Ofen zum Aufwärmen und eine Pritsche für den Notfall.«

»Hat jedes Mitglied einen Schlüssel? Oder zwei, wie ich sehe.«

»Selbst zwei Vorhängeschlösser verhindern nicht, dass hier ab und zu eingebrochen wird. Zumeist sind das irgendwelche Vandalen aus dem Ort, die sich hier besaufen oder eine Nummer schieben wollen. Ja, um Ihre Frage zu beantworten, jedes Vereinsmitglied hat eigene Schlüssel.«

»Hatte der Tote seine bei sich?«, fragte Lemberg Teuber.

»Nur Autoschlüssel und einen zweiten Bund, von denen aber keiner zu den Vorhängeschlössern passt.«

Noll wies Lemberg auf Drages-Dittmers Schuhe hin. »Straßenschuhe mit glatten Sohlen. Auch die übrige Bekleidung macht nicht den Eindruck, als sei er zum Angeln hergekommen.«

»Fischen«, korrigierte Buchen. »Nachts fängt man sowieso nichts.«

»Hatte er wenigstens eine Taschenlampe dabei?«, fragte Lemberg.

Teuber verneinte. »Nur seine Brieftasche, ein Portemonnaie, die erwähnten Schlüssel, ein Taschentuch, Zigarillos und ein Feuerzeug. Raubmord können wir übrigens ausschließen. Im Portemonnaie sind über fünfhundert Euro.«

»Was ist mit Fußspuren?«

»Oh – jede Menge. Fünfundzwanzig Kinder und die Lehrer sind hier herumgetrampelt. Da ist nichts Verwertbares mehr zu finden.« Teuber drehte sich um. »Ganz schön abseits hier. Mehr als fraglich, ob jemand einen Schuss gehört hat.«

»Letzte Nacht hatten wir außerdem ein Gewitter«, sagte Buchen.

»Na großartig«, sagte Lemberg.

»Soll ich meine Leute trotzdem mal zu den nächsten Häusern schicken?«, fragte Teuber.

»Schaden kann es nichts. Vielleicht hat doch einer etwas mitgekriegt. Was ist überhaupt mit Drages Wagen? Haben Sie den gefunden?«

»Der steht beim Burg-Café.«

»Stellen Sie ihn sicher. Ich will von jedem Krümel, der sich darin befindet, wissen, woher er stammt.« Dann wandte Lemberg sich wieder an Buchen. »Ist es richtig, dass Drages in Pantenburg gewohnt hat?«

Buchen nickte. »In der Bahnhofstraße. Wenn Sie von oben kommen, ist es das sechste oder siebte Haus auf der rechten Seite. Sie können es gar nicht verfehlen. Im Vorgarten steht ein kupfernes Pferd.«

*

Das kupferne Pferd maß vielleicht sechzig Zentimeter in der Höhe und war wegen des Zauns vom Wagen aus nicht zu erkennen. Nachdem sie zweimal an dem Haus vorbeigefahren waren, meinte Noll, dass es das sein müsste, weil es trendig aussah. Lemberg gab ihr insofern recht, da wie lackiert wirkende Dachpfannen, bonbonfarbene Kunststoffklinker und vorgetäuschte Sprossenfenster für den Möchtegernlandhausstil des beginnenden 21. Jahrhunderts standen. Das Tor der Doppelgarage stand offen und gab den Blick auf ein Smart Cabrio sowie einen Aufsitzrasenmäher und allerlei Gerümpel frei. Eine weiße Parkbank neben der Haustür machte das Idyll perfekt.

Lemberg hatte die Hand bereits zum Klingelknopf ausgestreckt, als er merkte, dass die Tür nur angelehnt war. Langsam schob er sie auf und rief nach Frau Drages-Dittmer. Niemand antwortete. Sie traten ein.

Innen hatte man den Landhausstil nicht fortgesetzt, sondern sich eher spießig eingerichtet. Cremefarbene Bodenfliesen, nussbaumfurnierte Türen und abwaschbare Glasfasertapete mit pastellfarbenen Anstrichen fanden sich sowohl in der Diele wie auch im angrenzenden Wohnzimmer. Möbliert war der Raum mit deutscher Eiche, wobei die Polster der Sitzmöbel geblümte Bezüge trugen. Der dazugehörige Tisch war mit Fliesen belegt. Die richtige Umgebung, um den Abend der Volksmusik zu genießen. Fehlte nur ein Fläschchen Kellergeister. Der einzige Lichtblick war ein gemauerter Kamin, der aber so sauber wirkte, als sei er noch nie benutzt worden. Überall konnte man vom Boden essen, und ein Hauch von Meister Proper hing in der Luft. Lemberg fragte sich, ob hier überhaupt jemand wohnte, oder ob es sich vielleicht um das Musterhaus eines Serienhausherstellers handelte.

Durch zwei jeweils doppelflügelige Terrassentüren konnte man einen Blick in den Garten werfen. Eine vorzüglich getrimmte Rasenfläche erstreckte sich über das gesamte Grundstück, nur stellenweise aufgelockert durch einzelne Büsche, deren Platzierung völlig willkürlich wirkte. Am Zaun zog sich eine Reihe junger Nadelbäume entlang, die bei ihrer Größe bestenfalls Kindern Sichtschutz boten. Und dann entdeckte Lemberg noch etwas. Einen kleinen Teich, an dessen Ufer ein Schwein und ein Frosch – beide gleich groß und anscheinend aus Plastik – ein Picknick veranstalteten. Dass der überkandidelte Trendforscher in diesem Bau zu Hause gewesen sein und hier an seinen Sexualverhaltensprognosen gearbeitet haben sollte, konnte Lemberg sich beim besten Willen nicht vorstellen.

»Frau Drages-Dittmer?«, rief er erneut.

Wie zur Antwort erbrach sich jemand irgendwo. Dann rauschte eine Spülung, eine Tür knallte, und schließlich kam eine Frau in einem dunkelblauen Kostüm die geschwungene Metalltreppe herunter, die die dem Kamin gegenüberliegende Wand einnahm. Sie mochte Mitte fünfzig sein, also locker zehn Jahre älter als der Ermordete, hatte ein aschfahles Gesicht, und ihr blondiertes Haar war toupiert. Mit ihrem professionellen Lächeln wirkte sie wie eine pensionierte Stewardess.

»Wer sind Sie?«, fragte sie abgehackt wie ein Automat. »Wie sind Sie hereingekommen?«

»Die Haustür stand offen.« Lemberg zog seinen Ausweis und stellte Noll und sich vor. »Sind Sie Frau Drages-Dittmer?«

»Das bin ich. Nehmen Sie doch Platz.« Ein Roboter hätte es nicht schöner sagen können.

Diesmal übernahm Noll den Part, die unvermeidliche Mitteilung zu machen. Ruhig und in knappen Worten informierte sie Frau

Drages-Dittmer über das, was ihrem Gatten zugestoßen war, und sprach ihr ihr Beileid aus. Die Witwe zuckte mit keiner Wimper, saß nur kerzengerade und mit übereinandergelegten Händen da, als posiere sie für ein Porträt. So eine Reaktion hatte Lemberg noch nie erlebt. Wenn die Frau nicht zugedröhnt bis in die Haarspitzen war, würde er beim nächstbesten Marathon mitmachen.

»Tot?«, fragte sie nur und lächelte weiter.

»Er wurde erschossen«, sagte Noll.

»Warum?«

»Das versuchen wir herauszufinden. Wann haben Sie Ihren Mann zuletzt gesehen, Frau Drages-Dittmer?«

»Am Montagmorgen.«

»Kommt Ihr Mann nicht regelmäßig nach Hause?«

»Er ist nur am Wochenende in Pantenburg. Unter der Woche bewohnt er ein Appartement in Wiesbaden.« Sie machte eine Geste wie der Papst, wenn der seine Schäfchen segnet. »Dies hier ist unser Refugium.«

Noll warf Lemberg einen Hilfe suchenden Blick zu, den er aber ignorierte. Das war ihre Nummer.

»Wie lange wohnen Sie schon hier?«

»Seit ...« Frau Drages-Dittmers Blick glich einem Vakuum.

»Das Haus sieht noch recht neu aus.«

»Ja.« Das Lächeln wurde noch intensiver, erreichte beinahe das eines Politikers in einer Talkshow. »Henning ist tot. Dann kann ich mir ja jetzt einen Hund kaufen.«

»Wie?«

»Henning ist allergisch gegen Hundehaare.«

Noll seufzte. Nicht sehr laut, aber Lemberg vernahm es trotzdem.

»Frau Drages-Dittmer, wir benötigen die Anschrift Ihres Mannes in Wiesbaden.«

»Da muss ich nachschauen«, sagte sie, rührte sich aber nicht von der Stelle.

»Wo müssen Sie nachschauen? Im Adressbuch?«

Ihre Antwort war ihr Dauerlächeln.

»Frau Drages-Dittmer, bitte!«

Plötzlich begannen ihre Augenlider zu flattern.

»Ach nein! Henning war gestern Abend hier. Überraschend.«

Alles im gehabten Stakkatostil. »Ich hatte nicht einmal etwas zu essen im Haus. Wir mussten uns etwas bestellen. Pizza.«

»Wie ist der Abend verlaufen?«, hakte Noll nach. »Ist Ihr Mann noch einmal weggegangen?«

»Wie haben gelesen, wie immer. Dann wurde mein Mann angerufen und musste noch einmal weg.«

»Wissen Sie, wer ihn angerufen hat?«

»Woher sollte ich?«

»Hat er Ihnen nichts gesagt? Ihr Mann, meine ich.«

Frau Drages-Dittmer wandte wie in Zeitlupe den Kopf ab und starrte aus dem Fenster. Der Himmel war so grau wie ein grauer Herbsthimmel nur sein kann. Dank der Höhenrückenlage des Hauses sah man viel davon.

»Können wir jemanden benachrichtigen, der sich um Sie kümmert?«

Da Frau Drages-Dittmer überhaupt nicht reagierte, suchte Noll erneut Blickkontakt mit Lemberg. Diesmal reagierte er, erhob sich und ging in die Diele. Die Visitenkarte von Pütz-Jendryssik steckte noch in seiner Brieftasche. Über den Umweg Sprechstundenhilfe hatte er den Arzt nach einer Weile am Apparat und schilderte ihm die Situation.

»Da haben Sie aber Glück«, sagte Pütz-Jendryssik. »Frau Drages-Dittmer ist meine Patientin. Ich komme, so schnell ich kann. Bleiben Sie bitte solange bei ihr.«

»Woran leidet sie?«

»Sie tickt nicht richtig.«

Also hatte Lemberg mit seiner laienhaften Diagnose richtig gelegen. Da ihn das Haus und seine Bewohnerin deprimierten, verließ er es, setzte sich auf die Bank neben der Haustür und zündete sich eine Zigarre an. Der Wind kam aus Südwesten und trug den Rauch in Richtung Steineberg, wo er aufgewachsen war. Höchstens zehn Kilometer Luftlinie waren es bis dort.

Exakt um fünfzehn Uhr fünfundfünfzig fuhr Pütz-Jendryssik mit seinem Volvo am Haus der Drages-Dittmers vor. Fünf Minuten darauf verließen Lemberg und Noll Pantenburg.

21

Lemberg saß an seinem Schreibtisch und kaute auf einer Frikadelle herum, die er auf der Rückfahrt an einer Tankstelle gekauft hatte. Der Fleischklops war bretthart und voller Knorpelstücke, die dazugehörige Scheibe Weißbrot labberig, und der Tütchensenf roch nach Klebstoff und schmeckte auch so. Noll hatte ihn noch gewarnt, sich diesen Mist anzutun, aber er hatte nicht widerstehen können. Zwei Euro neunzig dafür, dass einem schlecht wurde, war eine Menge Geld. Lemberg stopfte alles zurück in die Tüte und warf den Fraß in den Papierkorb. Den mächtigen Rülpser, der ihm danach entfuhr, musste Noll als »Herein!« gedeutet haben, denn sie trat umgehend ein.

»Ich dachte, Sie wären schon gegangen.« Lemberg unterdrückte ein weiteres Aufstoßen. »Hatten Sie nicht einen Arzttermin?«

»Am Donnerstagnachmittag? Sie meinen unseren wöchentlichen Walkingtreff.«

»Was auch immer.«

»Bis dahin habe ich noch Zeit.« Sie setzte sich ihm gegenüber. »Ich habe nachgedacht.«

Lemberg machte dicke Backen, um den nächsten Rülpser zu bändigen, was Noll gründlich missverstand.

»Ich sehe förmlich, dass Ihnen eine ironische Bemerkung auf der Zunge liegt«, zischte sie. »Aber ich wäre Ihnen dankbar, wenn Sie sie für sich behielten.«

»Nichts dergleichen. Mein Magen spielt heute ein bisschen verrückt.«

»Die Frikadelle? Ich hatte Sie gewarnt.«

»Die Frikadelle war ausgezeichnet.«

»Möchten Sie ein Rennie?«

»Sind das diese Dinger gegen Mundgeruch, die Sie immer lutschen?«

Nolls Augen weiteten sich unnatürlich, aber sie blieb beherrscht. »Rennie ist ein Mittel gegen Völlegefühl, Sodbrennen und so weiter. Sagen Sie bloß, Sie kennen das nicht?«

»Her damit.«

Sie reichte ihm eine in Folie verpackte Tablette über den Tisch. Lemberg drückte sie aus der Verpackung und ließ sie in das halb volle Glas Mineralwasser fallen, das neben dem Telefon auf einem Untersetzer stand.

»Die sprudelt ja gar nicht«, sagte er.

»Das ist eine Kautablette.«

»Das hätten Sie mir auch vorher sagen können.« Lemberg schwenkte das Glas, dass die Tablette im Wasser ins Taumeln geriet. Dann stellte er das Glas wieder ab. »Vielleicht löst sie sich trotzdem auf.«

Noll räusperte sich. »Ich habe den Tathergang noch einmal durchgespielt. Der Mörder muss unmittelbar vor Drages-Dittmer gestanden haben, hat ihm die Waffe an die Stirn gesetzt und abgedrückt. Nach was sieht das aus?«

»Sie meinen, nach einer Hinrichtung?«

»So könnte man das doch interpretieren, finden Sie nicht? Daraufhin habe ich mit seiner Assistentin in der Wiesbadener Agentur telefoniert und sie gefragt, ob Drages-Dittmer ihr einen Grund genannt hat, warum er quasi außer der Reihe in die Eifel gefahren ist. Das hat er nicht, er hat ihr überhaupt nicht gesagt, wohin er wollte. Aber sie erinnerte sich, dass er kurz zuvor einen Anruf erhalten hatte, in dessen Folge er hypernervös gewesen sei. Wer ihn angerufen hatte, wusste sie allerdings nicht.«

»Hm.« Lemberg beobachtete mit einem Auge, was sich in dem Glas tat. Nichts tat sich. Die Tablette blieb von der sie umgebenden Flüssigkeit völlig unbeeindruckt. Vielleicht sollte man sie zerstampfen.

»Kaum hatte ich aufgelegt, kam ein Anruf von der KTU«, berichtete Noll weiter. »Drages-Dittmers Jaguar wurde noch nicht eingehend untersucht, aber im Kofferraum hat man einen Aktenkoffer gefunden, in dem sich unter anderem ein Adressbuch befand. Ein Adressbuch der etwas anderen Art.«

Lemberg fragte nicht, welcher Art, da Noll diese Pausen nicht machte, um gefragt zu werden. Sie entstanden einfach aufgrund ihrer falschen Atemtechnik. Anstatt zwischendurch immer mal wieder Luft zu holen, redete sie ohne Unterbrechung, bis sie nicht mehr konnte. Ein Problem, das sich möglicherweise löste, wenn sie weiter Nordic Walking betrieb. Denn wenn sie so ging, wie sie redete, waren mehr als fünfzig Meter am Stück nicht drin.

»In dem Buch sind ausschließlich die Anschriften von Bordellen und Hostessen notiert, überwiegend aus dem Frankfurter Raum. Das hat mich dazu animiert, ein wenig im Internet zu stöbern. Und siehe da, ich bin fündig geworden. In einem Interview, dass Drages-Dittmer erst kürzlich der Frankfurter Rundschau gegeben hat, sagte er, dass Prostituierte am ehesten wüssten, wohin der Trend in Sachen Sexualverhalten gehe.«

»So was nennt man Feldforschung.«

Dabei dachte Lemberg, es könnte natürlich auch sein, dass die Magentablette ihre Wirkstoffe unsichtbar an das Wasser abgab und diese dann mit der aufsteigenden Kohlensäure auf Nimmerwiedersehen verschwanden. Kurz entschlossen griff er zu und leerte das Glas, wobei er versuchte, die Tablette im Mund zu halten, um darauf zu beißen. Die aber rutschte durch, klemmte kurz am Zäpfchen, dann war sie unten.

»Ein Milieu, in dem man sich schnell Feinde machen kann.«

»Damit bekämen wir einen unendlich großen Kreis von Verdächtigen«, sagte Lemberg und horchte gleichzeitig in sich hinein. »Wollen wir hoffen, dass da nichts dran ist. Ich sehe da eher einen Zusammenhang mit dem Fliegenfischerverein. Erst Schupp, jetzt Drages-Dittmer. Das kann doch kein Zufall sein. Wir werden uns die Brüder morgen noch mal vorknöpfen.«

»Ganz wie Sie meinen.«

»Trotzdem danke für die Tablette.«

»Warten Sie lieber erst die Wirkung ab.«

Noll verschwand, und Helena Wagner trat durch den Türrahmen. Die Abgänge und Auftritte klappten wie im Ohnsorg-Theater.

»Ich habe mit Filialleiter Kötter von der Sparkasse in Manderscheid gesprochen.« Sie schob Lemberg ein Blatt zu, auf dem handschriftlich Daten und Beträge notiert waren. »Er hat natürlich fürchterlich gejammert, welchen Aufwand das für ihn bedeuten würde und so weiter, aber ich konnte ihn überreden.«

Wenn er dich hätte sehen können, Mädchen, hätte er sich das

Jammern verkniffen, dachte Lemberg, sagte aber lieber: »Meine Güte, was für Beträge.«

»Beachten Sie die Daten. Heinrich Schupp hat im Zeitraum von 2001 bis Ende 2005 insgesamt siebentausendfünfhundert Euro abgehoben. Immer nur kleinere Beträge. Dann wurden die Summen schlagartig größer, zehntausend Euro und mehr pro Abhebung. Allein im Frühjahr 2006 hat er innerhalb von nur vier Wochen nahezu hunderttausend Euro abgehoben, weitere fünfzigtausend im Laufe des Jahres. Im März 2007 noch einmal zwanzigtausend, damit waren seine Barmittel erschöpft. Wahrscheinlich deshalb hat er zusätzlich eine Hypothek auf sein Haus aufgenommen, die er sich – aufgepasst – in bar hat auszahlen lassen. Danach war Schluss.«

»Das deckt sich mit dem Zeitraum, in dem er mit Rita Nideggen in Neuenahr gesehen wurde.«

»So ist es. Allem Anschein nach hat die Frau den alten Herrn nach Strich und Faden ausgenommen.«

»Dabei machte sie einen so sympathischen Eindruck.«

»Passen Sie auf sich auf, sollte sie Ihnen noch einmal über den Weg laufen.«

»Ich habe glücklicherweise nichts auf dem Konto.« Lemberg legte das Blatt zur Seite. »Geben Sie eine Fahndung nach der Frau raus. Gleichzeitig müssen die sterblichen Überreste des Unfallopfers von Kaiserslautern exhumiert werden. Wir brauchen eine DNA-Analyse. Vielleicht kommen wir so darauf, wer sie wirklich war.«

»Hat das Zeit bis morgen früh?«

»Sagen Sie bloß, Sie gehen auch zum Walkingtreff?«

»Nein, ich will mit meinem Mann ins Kino«, sagte Wagner mit einem Lächeln, das Lembergs Magen Frieden schenkte. »›Emmas Glück‹ mit Jördis Triebel und Jürgen Vogel. Soll ein guter Film sein. War letztes Jahr sogar für den Filmpreis nominiert. Haben Sie ihn schon gesehen?«

»Ich glaube, ich war Anfang der Neunziger zum letzten Mal im Kino«, sagte Lemberg. »In irgendeinem Kaurismäki-Streifen, den Titel hab ich vergessen.«

»Aber Sie sind nicht wegen dieses Films nicht mehr ins Kino gegangen?«

»Im Gegenteil, der Film war klasse. Es ist einfach in all den Jahren immer etwas dazwischengekommen.«

»Dann wird es höchste Zeit, das zu ändern.«

»Ja – da könnten Sie recht haben. Viel Vergnügen.«

»Danke.«

Allein mit sich dachte Lemberg darüber nach, welches Genre eigentlich sein liebstes war. Zweifellos Roadmovies. Und das schon immer. »Asphaltrennen«, »Fluchtpunkt San Francisco«, »Getaway« – aber nur das Original. Fahren, fahren, ohne jemals irgendwo anzukommen. Was wohl ein Psychologe dazu sagen würde?

Das Telefon riss ihn aus seinen Gedanken.

»Henry hier«, vernahm er die vertraute Stimme. Im Hintergrund dröhnte ein Automotor.

»Läuft der Porsche wieder?«

»Hören Sie mir bloß auf. Das kann Tage dauern, bis der repariert ist. Im Augenblick muss ich einen schäbigen Renault benutzen.«

»Mein Bedauern ist Ihnen gewiss.«

»Deswegen rufe ich aber nicht an. Broed hat mich gerade kontaktiert.«

Lemberg nahm den Hörer etwas dichter ans Ohr. »Und?«

»Van Pliest hat auch nach Deutschland geliefert, hauptsächlich in den Raum Düsseldorf und ins Ruhrgebiet. Es gibt aber auch zwei Kunden bei euch da unten.« Getriebekrachen drang durch die Leitung. »Ein Delikatessengeschäft namens Durlach in Wittlich steht im Kundenverzeichnis und ein Laden in Trier, der sich Feinkost Papst nennt.« Er wiederholte beide Namen im britischen Buchstabieralphabet. »Broed hat aber keine entsprechenden Lieferscheine gefunden. Die Ware muss also anderweitig in die Eifel gelangt sein. Frischer Fisch, das muss schnell gehen. Ich dachte mir, das könnte Sie interessieren.«

Lemberg kombinierte. »Sie meinen, Schupp könnte die Ware für Durlach und diesen Papst in Verviers abgeholt haben?«

»Wäre doch denkbar, oder?«

Das klang in der Tat plausibel.

»Hat Broed die Angestellten von van Pliest schon vernommen?«

»Broed ist nicht die Feuerwehr. Mehr habe ich Ihnen momentan nicht zu bieten.«

»Danke fürs Erste.«

»Sobald ich etwas Neues erfahre, melde ich mich wieder.«

Lemberg klickte sich durchs Internet. Der Heilige Vater der Feinkost aus Trier hatte das World Wide Web noch nicht für sich entdeckt, war aber in den Gelben Seiten verzeichnet. Lemberg notierte die Anschrift. Durlach hingegen verfügte über eine eigene Webseite. Nach dem, was da stand, war er vielseitig tätig. Einzelhandel – spezialisiert auf Naturfleisch, Fisch und Käse –, Catering sowie Versand. Auch Weinverkostung und Kochkurse wurden in schöner Regelmäßigkeit veranstaltet. Lemberg druckte das Impressum aus, dann verließ er die Dienststelle, stieg in den Golf und fuhr nach Manderscheid.

Es war bereits spät, aber so war die Chance größer, dass alle zu Hause waren.

*

Rita Nideggen war Noll und Lemberg zwischen den Zugängen der Häuser drei und vier begegnet. Also klammerte Lemberg zunächst einmal die ersten drei aus und klingelte bei Nummer vier. »Hier leben und lieben sich Mechthild und Malte Putt« stand auf einem an der Haustür befestigten ovalen Keramikschild, das mit Blümchen in naiver Malerei verziert war. Das Licht in der Diele flammte auf, und Malte öffnete die Tür.

»Ja?«

Er war schätzungsweise Ende dreißig, mittelgroß, schlank, hatte kurze dunkle Haare und trug eine dieser schmalen schwarzen Brillen, die zurzeit in Mode waren. Seine Stirn lag in Falten und fügte seinem misstrauischen Blick eine kritische Note hinzu. Ein Mann, dem man kein X für ein U vormachen konnte.

Lemberg zückte seinen Ausweis, nannte seinen Namen und hielt ihm das Bild von Rita Nideggen hin.

»Ist Ihnen diese Frau bekannt, Herr Putt?«

Putt warf nur einen ganz kurzen Blick darauf. »Warum wollen Sie das wissen?«

»Weil ich nach ihr suche.«

»Das habe ich mir schon gedacht. Ich wüsste nur gerne, warum.«

»Das werde ich Ihnen nicht sagen. Also kennen Sie sie oder nicht?«

Die Falten vertieften sich noch. »Das möchte ich weder bejahen noch verneinen, solange ich nicht –«

»Ziehen Sie Ihre Jacke an«, sagte Lemberg. »Sie fahren mit aufs Revier.«

»Moment mal! So geht das aber nicht.«

»Sie haben die Wahl, Herr Putt. Es liegt ganz bei Ihnen.«

»Ich könnte mich ja irren und würde der gesuchten Person unter Umständen –«

»Was ist denn los, Malte?«

Aus dem Hintergrund tauchte eine Frau mit einem Kleinkind auf dem Arm auf. Sie war mehr oder weniger gebaut wie er, hatte den gleichen Haarschnitt und trug ein ähnliches Brillenmodell. Außerdem waren beide im Partnerlook gekleidet. Schade, dass kein Buchmacher zugegen war. Lemberg hätte Haus und Hof darauf verwettet, dass es sich bei den Putts um ein Lehrerehepaar handelte.

»Der Herr ist von der Kripo«, sagte Malte. »Er sucht nach einer bestimmten Person, und ich habe ihn lediglich gebeten, mir die Hintergründe zu erläutern, die –«

»Ist das die Person?«, fragte Mechthild.

Lemberg überließ ihr das Foto.

»Das ist ja eine Frau«, sagte Mechthild. »Die kennen wir nicht. Warum sagst du dem Herrn nicht, dass wir sie nicht kennen?«

»Ich wollte doch nur vermeiden, jemanden mir Unbekanntes –«

»Oder kennst du sie doch?«

»Natürlich nicht!«

»Dann hättest du das doch sagen können.« Mechthild musterte ihren Malte mit der vollen Wucht weiblichen Argwohns. »Ich verstehe dich nicht, Malte. Was haben dich die Beweggründe der Polizei zu interessieren, sofern dir diese Frau unbekannt ist?«

»Ich wollte nur nicht, dass wir aufgrund einer unbedachten voreiligen Äußerung in etwas hineingezogen werden, was uns letztendlich schaden könnte.«

»Eben ging es dir doch noch um das Wohlergehen dieser Frau, die du angeblich nicht kennst. Jetzt versuchst du die Situation so darzustellen, als hättest du in erster Linie an uns gedacht.«

»Mechthild, wieso sagst du ›angeblich‹? Habe ich dir jemals –«

Lemberg nahm Frau Putt das Foto aus der Hand und steckte es wieder ein.

»Einen schönen Abend noch«, sagte er und ging nach nebenan.

Dort verkündete ein Messingschild, dass hinter der Fassade K. und S. Behrens wohnten. Eine der beiden Initialen war die Frau, die Obermann angeblich beim Sonnenbaden begafft hatte. An der Tür erschien jedoch ein blasser Mann mit ausgeprägter Adipositas und schütteren Haaren. Zur Kompensation hatte er sich einen Schnäuzer stehen lassen, der jedoch so dünn war, dass es aussah, als hätte er gerade seinen Kakaopott abgesetzt. Bekleidet war er mit einem sandfarbenen Kaftan. Lemberg erklärte ihm, worum es ging.

»Das Bild ist nicht sehr scharf«, sagte Behrens.

»Dann sehen Sie genauer hin.«

Behrens kniff die Augen zusammen und hielt das Foto auf Armeslänge von sich. Dann rief er über die Schulter: »Liebling, bringst du mir bitte mal meine Lesebrille?«

Es dauerte eine geraume Weile, bis Liebling erschien. Frau Behrens stand ihrem Gatten im Umfang in nichts nach, litt ebenso an Haarausfall und hatte einen Damenbart, der es locker mit seinem Schnurrbärtchen aufnehmen konnte. Auch sie war wie eine Tochter der Wüste gekleidet. Hätten beide gleichzeitig durch die Tür gewollt, hätte einer von ihnen Luft ablassen müssen.

Lemberg fragte sich, wo er gelandet war. Ob in allen Häusern der Siedlung nur Paare lebten, die einander ähnlich sahen? Und falls ja, warum? Handelte es sich eventuell um ein besonderes Asyl, von dem er nur noch nie gehört hatte?

Behrens setzte die Brille nicht auf, sondern hielt sie am Rahmen und sah hindurch.

»Nee«, sagte er. »Die habe ich noch nie gesehen.«

»Wer ist das?«, fragte seine Frau.

»Das weiß ich doch nicht.«

»Lass mich mal gucken.«

Foto wie Brille wechselten zu ihr. Aber auch sie verneinte.

»Nein, so etwas läuft hier nicht rum.«

»Was meinen Sie mit ›so etwas‹?«, fragte Lemberg.

»Ich finde, sie sieht richtig nuttig aus.«

»Wirklich?«, fragte Behrens. »Gib noch mal her.«
Diesmal studierte er die Aufnahme noch eingehender.
»Finde ich nicht. Nur ein bisschen gewöhnlich.«
»Dürfte ich das Foto zurückhaben?«, fragte Lemberg.
Behrens überließ es ihm nur zögernd, als hätte er es lieb gewonnen.
»Waren Sie schon bei Obermann?«, fragte seine Frau.
»Noch nicht.«
»Vor dem müssen Sie sich in Acht nehmen.«
»Ja«, sagte ihr Mann. »Der ist gemeingefährlich.«
»Ich werde es ihm ausrichten. Vielen Dank.«
Daraus wurde nichts, da Obermann nicht zu Hause war.

22

Es war beinahe zwanzig Uhr, als Lemberg vor dem Hofladen in Strohn hielt. Da hatte das Geschäft bereits seit zwei Stunden geschlossen. Notgedrungen klingelte er den Inhaber aus dem Haus und jammerte ihm die Ohren voll. Der ließ sich netterweise breitschlagen, und so konnte Lemberg noch vier Rib-Eye-Steaks vom Limousin-Rind erstehen. Eine Viertelstunde später stellte er den Wagen an der Manderscheider Kirche ab. Aus irgendeiner Ecke kam der Hund mit dem Hyänenfell und nahm gemeinsam mit ihm Aufstellung vor Buchens Haustür. Der Hausherr öffnete in seiner üblichen Montur.

»Darf ich Sie zum Essen einladen?«, fragte Lemberg und hielt ihm das Paket hin.

»Das klingt nicht nach dienstlichem Besuch.« Buchen nahm das Fleisch entgegen und wog es in der Hand. »Kommen Sie rein. Ich habe mir gerade ein Bier aufgemacht.«

Im Wohnzimmer war der aus einem Wagenrad gefertigte Leuchter eingeschaltet. Zusätzliches Licht produzierte ein kleines Feuer im Kamin.

»Woher haben Sie das Fleisch?«

»Von Otten in Strohn.«

»Hmm. Hervorragendes Fleisch. Kennen Sie auch den Schinken?«

»Ich war zum ersten Mal überhaupt da. Ein Tipp von einem Bekannten.«

»Ich hab noch welchen im Kühlschrank, davon schneide ich uns ein paar Scheiben als Vorspeise runter. Möchten Sie auch ein Bier?«

»Gerne.«

Buchen verschwand, und Lemberg setzte sich so, dass er ins Feuer blicken konnte. Der Hund sprang aufs andere Sofa, rollte sich zusammen und beobachtete ihn. Das Bier, das Buchen in einem Krug mit Deckel brachte, war ein Leffe. Genau richtig temperiert. Sie prosteten sich zu.

»Zum Grillen muss ich den Kamin stärker anfachen«, sagte Buchen, wischte sich den Schaum von den Lippen und stellte seinen Krug ab. Dann machte er sich an die Arbeit. »Erzählen Sie: Was treibt Sie zu mir? Nur der Hunger?«

»Hunger, Langeweile – so genau weiß ich es gar nicht.«

»Haben Sie schon eine Spur im Fall Drages?«

»Schön wäre es. Das Einzige, was wir herausgefunden haben, ist, dass er sich anscheinend häufiger in Bordellen rumgetrieben hat. Hat er Ihnen mal was davon erzählt?«

»Drages ist seit einem halben Jahr Mitglied bei uns. Wenn ich in der Zeit fünf Sätze mit dem Kerl geredet habe, waren das viel. Tut mir leid, das sagen zu müssen, jetzt, wo er tot ist, aber so war es. Wir konnten nichts miteinander anfangen.« Buchen legte zwei weitere Scheite nach. »Meistens hat er Klugscheißerkram gequatscht, wusste immer alles besser.«

Lemberg nahm einen zweiten Schluck.

»Obwohl ...«, sagte Buchen. »Ich hab ihn einmal mit Tillmanns über Bordelle reden hören, jetzt fällt es mir wieder ein. Da ging es um irgendwelche sexuellen Perversionen. Ob sich das allerdings darauf bezog, dass Drages diese Neigungen hatte oder nur im Allgemeinen darüber referiert hat, kann ich Ihnen nicht sagen.«

Buchen hatte Birkenholz nachgelegt. Der Geruch war unverwechselbar.

»Drages ist beziehungsweise war ja auch mit einer komischen Frau verheiratet. Ich nehme an, Sie haben sie kennengelernt. Sie leidet an irgendeiner seltenen psychischen Krankheit, ich habe den Namen vergessen. Tillmanns hat sie mal im Nachthemd auf der Straße aufgelesen und nach Hause bringen müssen. Sie muss wohl dauernd irgendwelche Hemmer schlucken, damit sie überhaupt zurechtkommt.«

»Haben Sie was dagegen, wenn ich mir eine Zigarre anstecke?«

»Nur zu. Aufgenommen haben wir Drages ja sowieso nur, weil wir jedes Mitglied brauchen. – Was ist mit Ihnen, hätten Sie Interesse?«

»Vielleicht im nächsten Leben.«

»Sie müssen ja nicht fischen. Tue ich schließlich nicht.«

»Das wäre ja, als ob ich in die Oper ginge, um mir in der Loge Ohropax in die Löffel zu stopfen.«

Buchen grinste. »Apropos Musik – was hören Sie gerne?«

Die Zigarre zog. Lemberg wedelte das Streichholz aus und warf es in den Aschenbecher auf dem Tisch. »Haben Sie zufällig Calvin Russell im Angebot?«

»Nicht nur zufällig.« Buchen bediente den CD-Player, der auf der Anrichte stand. »Er lebt jetzt in Frankreich.«

»Wie schön für ihn. Würde ich auch gerne.«

»In Paris?«

»Ich mache mir nichts aus Städten«, sagte Lemberg. »Irgendwo auf dem Land. Normandie oder Bretagne.«

Der erste Song von Russells Live-CD »Crossroad« ertönte aus unsichtbaren Boxen. Buchen drehte die Lautstärke ein wenig höher.

»Gut so?«

»Perfekt.«

»Ich kümmere mich mal um den Schinken. Bewachen Sie das Feuer.«

Lemberg wachte, lauschte, trank und rauchte. Und fühlte sich sauwohl. Beim fünften Song tauchte Buchen wieder auf und stellte einen großen Teller mit Schinken, Bauernbrot und Oliven mitten auf den Tisch. Sie aßen mit den Fingern. Nur für die Oliven gab es Zahnstocher. Der Schinken war eine Wucht.

»Sind Sie eigentlich verheiratet?«, fragte Buchen. »Sie tragen keinen Ring.«

»Auf so etwas achten normalerweise nur Frauen«, sagte Lemberg. »In meinem Job ist es riskant, einen Ring zu tragen. Man bleibt damit schnell irgendwo hängen, und der Finger ist ab.«

»Kinder?«

»Zwei. Und Sie?«

»Zwei Ex-Frauen, zwei Kinder. Von jeder eins.«

»Aller guten Dinge sind drei.«

»Wenn man es sich leisten kann, vielleicht. Beide Kinder studieren, das kostet. Und das Haus würde ich nur ungern verkaufen.«

»Ich dachte, Sie schwärmen für Marlies Schupp.«

»Das wäre jetzt wohl kaum der richtige Zeitpunkt, ihr einen Antrag zu machen. Außerdem bin ich ja, wie gesagt, finanziell nicht in der Lage, weitere Verpflichtungen einzugehen. – Wie wäre es mit einem Marillenschnaps, bevor ich das Fleisch auflege?«

»Warum nicht?«

Der Schnaps stand dem Schinken in nichts nach, hatte österreichische Qualität, war aber von irgendwo an der Mosel. Schlaraffenland Eifel.

»One road leads to paradise
One road leads to pain
One roads leads to freedom
But they all look the same«

»Gibt es einen bestimmten Grund, warum Sie zur Polizei gegangen sind?«, fragte Buchen.

»Weil ich es hasse, wenn Menschen in Angst leben müssen«, sagte Lemberg und nahm die Zigarre aus dem Ascher. »Weil ich es hasse, wenn Wehrlosen Gewalt angetan wird. Da das immer wieder geschieht, verstehe ich mich als Korrektiv.«

»Das kann man auch sein, ohne gleich Bulle zu werden.«

»Sie meinen Ihre Rammaktion in Frankfurt.«

»Sie haben sich über mich erkundigt?«

»Wundert Sie das?«

Buchen schob einen Rost in den Kamin. Gut zwanzig Steaks hätten darauf Platz gehabt.

»Nein. Das bringt Ihr Job wohl mit sich.«

»Was haben Sie ursprünglich gelernt? Sie sind doch nicht als Grillmeister auf die Welt gekommen.«

»Ich habe gelernt zu überleben.« Buchen richtete sich auf, machte einen Sidestep und drehte sich einmal im Kreis. Das sah ausgesprochen flüssig aus. »Ich hatte mal eine Tanzschule, zusammen mit meiner ersten Frau. Als sie mich verlassen hat, ging ich pleite. Ab da habe ich mich mit allem durchgeschlagen, was mir so eingefallen ist.«

»Das hätte ich nicht gedacht, das mit der Tanzschule.«

»Das ginge jetzt sowieso nicht mehr. Meine Venen sind im Eimer. Aber ich bin noch immer besser dran als Obermann, das arme Schwein.«

»Der war eben nicht zu Hause. Ich dachte, er wäre eventuell bei Ihnen.«

»Ich habe ihn heute noch nicht gesehen. Vielleicht hat er aber auch geschlafen. Rüdiger schläft völlig unregelmäßig. Das liegt an den Tabletten, die er nehmen muss. Er stellt dann immer die Klingel ab.« Buchen legte zwei der Steaks auf. Sie begannen umgehend zu brutzeln. »Wollten Sie ihn noch einmal vernehmen?«

Lemberg griff in seine Jacke, die neben ihm auf dem Sofa lag, und nahm das Foto von Rita Nideggen heraus. »Ich wollte ihn fragen, ob er diese Frau kennt. Haben Sie sie zufällig schon mal gesehen?«

Buchen kam an den Tisch und betrachtete die Aufnahme eingehend. »Leider nicht. Sie sieht ganz nett aus. Ich kann mir auch nicht vorstellen, dass ausgerechnet Rüdiger so eine Braut kennt. Der hat nur Pech mit Frauen.«

Während er das Fleisch wendete, sagte er über die Schulter: »Seine ist ihm weggelaufen, als er pensioniert wurde. Sie lebt jetzt mit einem Förster zusammen, der nicht zittert. Holen Sie uns noch zwei Bier? Stehen im Kühlschrank.«

Als Lemberg mit den Leffes zurückkam, sagte Buchen: »Eine Zeit lang hat Rüdiger nebenbei noch gejobbt, um seine Rente aufzubessern. Es ist eine Schande, wie wenig die ihm zahlen. Aber seit er seinen Lappen los ist, ist es damit auch Essig.«

Das Fleisch war fertig. Schon der Duft war betörend. Sie aßen langsam. Ein Genuss, wie Lemberg ihn schon lange nicht mehr auf der Zunge gehabt hatte.

»Sie tragen Ihren Titel zu Recht«, sagte er.

»Qualität setzt sich immer durch.«

»Sie kommen als Griller doch viel herum. Kennen Sie Feinkost Durlach in Wittlich und Papst in Trier?«

Buchen klappte den Deckel seines Bierkrugs mit dem Daumen hoch und nahm einen satten Schluck. »Papst sagt mir nichts. Von dem anderen Laden habe ich schon gehört, war aber noch nie da. Ich weiß nur, dass Durlach früher mal Friseur war.«

»Vom Haarspray zum Heringssalat«, sagte Lemberg. »Auch eine Karriere.«

Eine Stunde und zwei weitere Bier später sowie nach »Rebel Radio« verabschiedete er sich. Auf halber Strecke nach Dorsel begann es zu regnen.

23

Feinkost Papst hatte sein Geschäft sinnigerweise in der Fleischstraße. Da Lemberg den Trierer Parkhäusern aufgrund früherer Erfahrungen misstraute und um sich unnötige Lauferei zu ersparen, setzte er das Blaulicht – allerdings ohne es einzuschalten – aufs Dach und fuhr in die Fußgängerzone bis zur notierten Anschrift. Der Laden lag unmittelbar neben einer Apotheke, die in ihrer Auslage für ein Mittel gegen Völlegefühl warb.

Das Delikatessengeschäft selbst machte den Eindruck, als würden die Räumlichkeiten gerade renoviert. Beide Schaufenster waren mit Papier verklebt, ebenso die dazwischen liegende Tür, die sich als abgeschlossen erwies. Ein Hinweisschild in der Art von »Geschlossen von … bis … wegen …« fehlte; eine Klingel war nirgendwo zu entdecken. Lemberg spähte zwischen zwei Papierbahnen, die nicht auf Stoß geklebt waren, ins Innere. Der Laden war leer geräumt. Gerade als er aufgeben wollte, tauchten ein Paar Schuhe nebst Hosenbeinen in seinem Blickfeld auf. Also war doch jemand anwesend. Lemberg klopfte gegen die Scheibe.

Es dauerte einen Moment, dann wurde die Tür förmlich aufgerissen. Vor ihm stand ein Mann in einer Latzhose, der ihn glatt um Haupteslänge überragte und zwei Gewichtsklassen über ihm lag. Exkanzler Kohl hätte sich locker hinter dem Kerl verstecken können.

»Könnt ihr es nicht abwarten?«, schnauzte der Riese und blies Lemberg sauren Bieratem ins Gesicht. »Mittag war ausgemacht, nicht neun Uhr früh.«

»Kann es sein, dass Sie mich verwechseln?« Lemberg hielt ihm seinen Ausweis hin. »SOKO Eifel. Sind Sie Herr Papst? Ich würde Sie gerne kurz sprechen.«

»'tschuldigung«, sagte Papst. »Ich dachte, Sie wären einer von der Gangsterbande.«

»Gangster?«

»Das Pack, das mich in den Ruin getrieben und mir das Geschäft weggenommen hat.«

Da Papst in einer Lautstärke gesprochen hatte, die seinem Format entsprach, blieben einige Fußgänger – zumeist ältere Leute, die vermutlich auf dem Weg zum Arzt waren – stehen und steckten die Köpfe zusammen.

»Kommen Sie rein«, sagte Papst. »Braucht ja nicht jeder zu hören.«

Lemberg trat sich auf der bereitliegenden Matte die Schuhe ab, was er sich aber auch hätte schenken können. Das Ladenlokal war bis auf zwei herumstehende Umzugskartons ausgeräumt. Dunkle Streifen auf dem Boden verrieten, wo einst Theken und Regale gestanden hatten. Und dann war da noch ein Seil, das an einen massiven Schraubhaken geknotet war. Geschlängelt und garniert mit Putzbrocken lag es auf dem Boden. In der Decke unmittelbar darüber befand sich ein Loch.

»Setzen Sie sich.« Papst wies auf die Kartons. »Die sind stabil genug. Auch ein Bier? Zwei habe ich noch.«

Versteckt hinter dem Karton, auf dem er sich niederließ, stand eine Kiste Stubbis.

»Nicht um die Zeit«, sagte Lemberg und nahm auf dem anderen Pappsitzmöbel Platz. »Was ist denn hier los?«

»Meinen Sie den Strick?« Papst stieß ein kurzes Lachen aus, das nahtlos in einen Rülpser überging. »Ich wollte mich aufhängen. Vorher habe ich einen Belastungstest gemacht, aber der Haken hat nicht gehalten. Wäre sowieso schiefgegangen. Ich weiß nämlich nicht, wie man den Knoten macht. Kennen Sie sich damit aus?«

»Keine Ahnung. Aber im Internet gibt es bestimmt ein paar entsprechende Tipps.«

»Internet! Sehen Sie hier irgendwo einen Computer? Ich bin froh, dass das Licht noch brennt. Saubande, verdammte!«

»Erzählen Sie schon, mit wem Sie im Clinch liegen. Sie haben mich neugierig gemacht.« Lemberg nahm eine Zigarre aus der Packung. »Haben Sie was dagegen?«

»Nur zu! Qualmen Sie den Brüdern die Hütte ruhig richtig voll.« Papst beugte sich vor und stützte sich mit den Unterarmen auf den Knien ab. »Schon mal den Namen Pesch gehört?«

Lemberg verneinte kopfschüttelnd, während er ein Streichholz anriss.

»Backpulverkonzern«, sagte Papst. »Einer der größten Deutschlands. Die wissen nicht, wohin mit ihrem Geld, und sind auf die

Idee gekommen, eine Feinkostkette aufzuziehen. Picken sich in jeder Stadt den bestgehenden Laden heraus und machen dem Inhaber ein Übernahmeangebot. Was die geboten haben, war allerdings ein Witz, also habe ich abgelehnt. Zwei Wochen später hat mir meine Bank die Kreditlinie gekündigt.«

»Den Zusammenhang erkenne ich nicht.«

»Dann passen Sie mal auf: Die Pesch-Leute sind zu meiner Bank gegangen und haben gesagt, sie wären daran interessiert, dort mehrere Geschäftskonten zu eröffnen. Bedingung wäre allerdings, dass die Bank mir meinen Kontokorrentkredit streicht. Fünf Minuten hat der Filialleiter gebraucht, um sich zu entscheiden, keine Minute länger.«

»Können Sie das beweisen?«

»Selbstverständlich nicht.« Papst war durch den Rauch nur noch undeutlich zu erkennen. »Ein guter Bekannter von mir arbeitet in der Bank. Er hat mir das gesteckt. Aber verwerten kann ich das nicht. Die würden ihn auf der Stelle feuern und ihm zusätzlich noch einen Prozess anhängen.«

»Haben Sie es bei einem anderen Kreditinstitut versucht?«

»Bei allen.« Papst winkte kraftlos ab. »Keine Chance. Ich habe nur meinen guten Namen, keinerlei Sicherheiten. Die wollten mir bestenfalls einen derart mickrigen Kredit zugestehen, dass ich damit nicht einmal durch den halben Monat gekommen wäre. Also aus, perdu, vorbei. Fünfundzwanzig Jahre meines Lebens habe ich hier verbracht, und so geht das Ganze nun zu Ende. Heute Mittag ist Schlüsselübergabe.«

»Tut mir leid«, sagte Lemberg. »Ich wusste nicht, dass im Einzelhandel mit derart schmutzigen Tricks gekämpft wird. Haben Sie keine andere Perspektive?«

»Ich habe mal Koch gelernt. War ein ganz passabler Saucier.«

»Immerhin.«

Papst setzte sich wieder aufrecht. »Aber deswegen sind Sie nicht gekommen.«

»Stimmt.« Lemberg nahm Schupps Foto aus der Jackentasche, zeigte es Papst aber noch nicht. »Nach meinen Informationen haben Sie Ware von van Pliest in Verviers bezogen. Ist das richtig?«

»Das ist aber schon eine ganze Zeit her.«

»Gab es Schwierigkeiten?«

Papst machte eine unbestimmte Geste. »Van Pliest war einfach zu teuer. Das hat sich nicht mehr gerechnet. Und dann hatte ich auch noch Stress mit einem seiner Fahrer.«

»Inwiefern?«

»Eine komische Geschichte war das. Der Lieferfahrer brachte mir eines Tages meine Bestellung mitten im dicksten Trubel. Ich habe nur schnell quittiert und die Ware nicht geprüft. Bei van Pliest war das auch nicht nötig. Die Qualität war immer einwandfrei. Als ich kurz darauf die Kartons auspacken wollte, stürzte der Fahrer erneut ins Geschäft, knallte mir einen anderen Karton auf die Theke und riss mir den, den ich gerade öffnen wollte, aus der Hand. Dabei hat er irgendetwas von einer Verwechslung gemurmelt. Als ich darauf bestanden habe, die Etiketten zu prüfen, wurde er richtig pampig und hat mir sogar gedroht. So etwas hatte ich noch nie erlebt. Da in dem Moment Kunden ins Geschäft kamen, habe ich ihn ziehen lassen, habe mich aber anschließend bei van Pliest beschwert. Der hat sich brieflich entschuldigt und mir ein Döschen Kaviar als Wiedergutmachung geschickt. Den Vorfall habe ich dann zum Anlass genommen, die Geschäftsbeziehung zu beenden, was ich aber ohnehin vorgehabt hatte.«

Lemberg reichte ihm die Aufnahme von Schupp. »War der Fahrer zufällig dieser Mann?«

Papst prüfte das Foto eingehend. »Nein, den kenne ich nicht. Der pampige Bursche war jünger und hatte eine Adlernase.«

Lemberg nahm das Foto wieder an sich. »Konnten Sie erkennen, an wen der irrtümlich an Sie ausgelieferte Karton adressiert war?«

»Darauf habe ich nicht geachtet. Tut mir leid. Das Ganze ist auch schon länger als ein Jahr her.«

Lemberg stand auf. »Kann ich Sie bedenkenlos mit dem Strick allein lassen?«

»Klar doch«, sagte Papst. »War nur eine Schnapsidee.«

»Dann alles Gute.«

»Danke.«

*

Lemberg stellte den Wagen gegen Gebühr auf einem unbefestigten Parkplatz an der Wittlicher Karrstraße ab und ging das restliche Stück an der Markuskirche vorbei zu Fuß. Das Gebäude, in dem Feinkost Durlach residierte, lag in der Burgstraße. Lemberg meinte sich zu erinnern, dass dort früher eine Buchhandlung gewesen war, Riesling oder so ähnlich. Jetzt sahen die Auslagen leckerer aus, aber die Eingangstür war noch abgesperrt.

Um Punkt zehn Uhr tauchte aus dem Hintergrund des Ladens ein schätzungsweise vierzigjähriger Kahlkopf in einem weißen Kittel auf, hantierte umständlich mit einem Schlüsselbund und entriegelte die zweiteilige Schiebetür. Als er Lemberg entdeckte, setzte er ein breites Grinsen auf, das zwei Goldzähne freilegte, während seine Augen gleichzeitig abzuschätzen versuchten, für wie viel der frühe Kunde wohl gut war. Um ihm keine falschen Hoffnungen zu machen, wies Lemberg sich gleich beim Eintreten aus. Das Grinsen blieb, bekam aber eine maskenhafte Starre.

»Herr Durlach?«, fragte Lemberg. »Klaus Durlach?«

»Der bin ich. Habe ich etwas angestellt?«

»Das wird sich gleich herausstellen. Ich habe ein paar Fragen an Sie.«

Durlach schritt voran und suchte Zuflucht hinter der Käsetheke wie ein Soldat im Schützengraben. Dort strich er sich mit beiden Händen über die Glatze, als gäbe es da irgendetwas zu glätten. Offenbar war das Nichts auf seinem Kopf noch neu und ungewohnt. Lemberg reichte ihm ein Foto von Schupp über die Theke.

»Kennen Sie den Mann?«

Durlach beugte sich vor, griff aber nicht danach. »Ein Kunde?«

»Was auch immer. Es geht nur darum, ob Sie ihn kennen.«

»Nein. Den Herrn habe ich noch nie gesehen. Wird nach ihm gefahndet?«

»Er ist tot. Sein Bild war in allen Zeitungen.«

»Oh, jetzt erinnere ich mich.« Erneut blitzten die goldenen Zähne auf. »Der Polizeibeamte, der bei Winterspelt erschossen wurde. Schreckliche Geschichte. Nur – wie kommen Sie darauf, dass ich ihn kennen könnte?«

»Berufsgeheimnis. Beziehen Sie auch Ware von van Pliest in Verviers?«

Im Hinterzimmer begann ein Telefon zu läuten.

»Wenn Sie mich einen Augenblick entschuldigen würden«, sagte Durlach und war schon unterwegs. »Ich erwarte den Anruf eines Stammkunden.«

Lemberg signalisierte mit stummem Nicken sein Einverständnis und nutzte die Zeit, während Durlach dem Vernehmen nach eine Bestellung entgegennahm, einen Blick auf das Angebot zu werfen.

Die Palette an Schafs- und Ziegenkäse, die sich vor ihm ausbreitete, war beeindruckend. Fleur de Corse, Ossau-Iraty Reserve speciale, Delice d'Aveyron, Carré d'Albi, Sainte-Maure de Touraine und wie sie alle hießen, regten seinen Speichelfluss an. Und dann gab es auch noch einen Blue Stilton au Porto, einen Edelpilzkäse, der angeblich aus England stammte. Dabei hatte Lemberg immer gedacht, außer Cheddar hätten die Briten nichts zu bieten.

Gleich im ersten Weinregal wurde er fündig. Neben allerlei anderen Tröpfchen stand dort ein Chardonnay Laforet aus der Bourgogne, Maggies absoluter Lieblingswein. Ein Regal weiter entdeckte er den Dessertwein, den sie gerne trank, wenn sie Cantuccini knabberte: einen Lungarotti Dulcis aus Umbrien, der vor über zehn Jahren in die Flasche geraten war. Lemberg erwog kurz, sie damit zu beglücken, entdeckte aber noch rechtzeitig das Preisschild. In Lire wäre der Betrag okay gewesen.

Jenseits der Bardolinos, Barolos und Bordeaux' drängten sich Nuss- und Trüffelöle sowie unzählige Essigsorten im Regal. Dann kamen Pasta, Pestos und Sugos in allen Variationen, und auf die Teigwaren folgten die Jahrgangssardinen. Zum zehnfachen Preis, den die Viecher bei ALDI ohne Altersangabe kosteten. Vielleicht hatten sie ja Kunststückchen beherrscht, bevor sie in die Dose gekommen waren. Gleiches galt für die Sardellen in verschiedenen Ölen und sogar in Weißwein, wie auch für den Thunfisch, den man in großen Stücken und nicht zerfasert in Gläser gestopft hatte. Steinpilze, Pfifferlinge und Spitzmorcheln rundeten die Konservenabteilung ab.

Hinter der Fischtheke, die klein, aber fein war, stand eine jüngere Frau, deren Erscheinen Lemberg entgangen war, wetzte ein gewaltiges Messer und lächelte ihn wölfisch an. Er zwinkerte ihr zu und betrachtete, was einst im Wasser gelebt hatte und nunmehr tot auf Eis lag: Doraden, Wolfsbarsche, Calamares, frisches Jakobsmuschelfleisch, Seeteufel und Steinbutt. Zu guter Letzt ein Häufchen Kaviar aus dem von Abwässern verdreckten Assowschen Meer zum Portionspreis eines Flachbildfernsehers. Dann doch lieber Kölscher Kaviar.

Vor der gegenüberliegenden Wand befand sich noch eine derartige Theke. Sie beherbergte Teile von Hereford-Rindern, Ibérico-Schweinen, Bresse-Hühnern und anderen Schlachtopfern. Wurst von Woll- und Eichelschweinen, Edelsalamis aus ganz Südeuropa und ein Schinken, der aussah, als sei er unter einer spanischen Kneipendecke getrocknet, rundeten das Angebot ab. Oben auf der Theke stand ein Tellerchen mit dünn geschnittenen Salamischeiben, daneben ein Schiefertäfelchen mit der Aufschrift »Probieren Sie und lassen Sie sich verführen«.

»Das ist Jauntaler Bauernsalami«, sagte Durlach, der in diesem Moment wieder auftauchte. »Bedienen Sie sich ruhig. Tut mir leid, dass es so lange gedauert hat, aber die Dame ist eine unserer treuesten Kundinnen. Wo waren wir stehen geblieben?«

»Van Pliest«, sagte Lemberg mit vollem Mund. Die Salami ging so.

»Richtig! Natürlich beziehen wir einen Teil unserer Meeresfrüchte von van Pliest. Frisch wie auch Konserven.«

»Wie kommt die Ware von Verviers nach Wittlich?«

»Ich verstehe nicht«, sagte Durlach und guckte auch so.

»Wird sie geliefert oder holen Sie sie ab?«

»Ach so. Sie wird geliefert. Selber nach Verviers zu fahren, wäre zu zeitaufwendig. Mutter und ich haben so schon genug zu tun.«

»Ihre Mutter arbeitet mit im Geschäft?«

»Jein. Mutter organisiert den Versand und besorgt das Catering. Unsere Geschäftsbereiche zwei und drei.«

»Und wo finden zwei und drei statt? Im Hinterstübchen?«

»In unserem Schlösschen. Drüben in Altrich.« Durlachs Kopf ruckte nach links. »Ach, da kommt sie ja gerade.«

Mutter mochte Mitte sechzig sein und war noch gut in Schuss, als triebe sie regelmäßig Sport und ernährte sich eher von Möhrchen und Kohlrabi als von Schinken. Die einzige Extravaganz, die Lemberg an ihr ausmachen konnte, war ein Anhänger am linken Ohr in Form eines Cannabisblattes. Mutter und Sohn begrüßten sich mit Wangenküsschen.

»Der Herr ist von der Kripo«, sagte Durlach zu ihr. Und dann zu Lemberg: »Das ist Mutter.«

»Helga Durlach«, sagte Mutter.

»Lemberg, angenehm.« Lemberg zog erneut Schupps Bild aus der Jacke. »Dürfte ich Sie bitten, sich dieses Foto anzusehen? Kennen Sie den Mann?«

Sie nahm es zur Hand, betrachtete es, drehte es auch um, um zu sehen, ob auf der Rückseite etwas stand.

»Bedaure. Mir laufen Tag für Tag so viele neue Leute über den Weg, und mein Personengedächtnis war noch nie das beste.«

»So hat jeder sein Päckchen zu tragen«, sagte Lemberg. »Könnte es sein, dass dieser Mann für van Pliest gefahren ist und Sie beliefert hat?«

»Zu den Transporteuren habe ich keinen Kontakt.« Helga Durlach reichte Lemberg das Foto zurück. »Um die gesamte Lieferantenseite kümmert sich unsere Frau Voss.«

»Wo kann ich die Dame erreichen?«

»Sie ist derzeit in Paris auf dem Großmarkt, um neue Produkte zu testen. Man muss schließlich auf dem Laufenden bleiben.«

»Wann erwarten Sie sie zurück?«

Helga Durlach blickte fragend zu ihrem Sohn.

»Heute Abend«, sagte der. »Allerdings spät.«

»Dann möchte sie sich bitte morgen mit uns in Verbindung setzen. Hier ist meine Karte.«

»Ich werde es ausrichten.«

*

Gregor Tillmanns wohnte in Pantenburg zwei Häuser neben Drages-Dittmer und praktizierte dort auch. Im Wartezimmer warteten eine Katze im Tragekorb, zwei Wellensittiche im Käfig und ein vor Angst zitternder Pudel, der gewiss den Schwanz eingekniffen hätte, hätte er einen gehabt, nebst ihrer jeweiligen Begleitung darauf, dass sie drankamen. Lemberg bat die junge Frau, die die Namen der Neuankömmlinge aufschrieb, kurz den Doktor sprechen zu dürfen. Sie reagierte beinahe schon unwirsch, tat aber, worum er gebeten hatte. Es dauerte keine fünf Minuten, bis eine weinende Frau mit einem bis zur Unkenntlichkeit verbundenen Tier aus dem Behandlungszimmer kam und Tillmanns ihn zu sich winkte. Der Veterinär war blutverschmiert, als hätte er gerade eine Sau geschlachtet.

»Lotte«, sagte Tillmanns, als Lemberg an ihm vorbeiging. »Sie wurde angefahren. Die Chancen stehen bestenfalls fifty-fifty.«

Dann schloss er die Tür und sagte: »Ihre Kollegin Berrenrath-Noll war bereits hier. Stimmen Sie sich nicht ab?«

In der Praxis stank es fürchterlich nach Desinfektionsmittel. Lemberg atmete durch den Mund.

»Mal klappt es besser, mal weniger gut. Mir ist zu Ohren gekommen, dass Sie sich irgendwann einmal mit Drages-Dittmer über Bordelle unterhalten haben. Trifft das zu?«

»Das alte Ferkel. Entschuldigung, so etwas sollte man über Tote nicht sagen. Ja, er hat mir mal davon erzählt. Er dachte wohl, ich sei an dem Thema interessiert. Wie auch immer er darauf gekommen sein mag.«

»Worum ging es dabei genau?«

»Um sexuelle Perversionen aller Art – wie und wo man sie ausleben könnte. Ich habe nicht ganz begriffen, ob ihn das nur beruflich interessiert hat oder ob er selber solche Neigungen verspürte. Womöglich beides.« Tillmanns gähnte und hielt sich den Handrücken vor den Mund. »Ich bin seit vier Uhr auf den Beinen. Musste Zwillingskälber auf die Welt holen.«

»Dann verarzten Sie nicht nur Kuscheltiere?«

»Ich habe dieses Haus und die Praxis abzuzahlen. Da reicht es nicht, Hunde und Katzen zu impfen. Wir sind hier nicht in der Großstadt. Ich kümmere mich um alles, was kreucht und fleucht. Sofern man mich nicht davon abhält.«

»Um noch einmal auf den Ermordeten zu sprechen zu kommen. Hat er Ihnen im Rahmen des Gesprächs die Namen irgendwelcher Etablissements genannt?«

»Mag sein«, sagte Tillmanns und gähnte schon wieder. Diesmal entging er nur knapp einer Maulsperre. »Falls ja, habe ich sie mir jedenfalls nicht gemerkt. Ich bin glücklich verheiratet, habe ein Kind, und meine Frau erwartet ein zweites. War es das?«

»Zumindest für den Augenblick«, sagte Lemberg.

24

Sie saßen zu viert am sogenannten SOKO-Stammtisch in der Gaststätte Breuer. Wagner, van de Sande, Schommer und Lemberg. Letzterer ließ das automatisch für ihn gebrachte Bitburger zurückgehen und bestellte stattdessen eine Apfelschorle. Alle starrten ihn an, sogar der Hund der Wirtsleute hob den Kopf.

»Eine Apfelschorle«, wiederholte er. »Gerne mit Eiswürfeln.«

»Und was mache ich mit dem Bier?«, fragte Frau Breuer.

»Ich spendiere es, wer auch immer es will.«

Mindestens fünf Arme reckten sich gleichzeitig.

»Bringen Sie denen allen eins auf meine Rechnung«, sagte Lemberg.

»Haben Sie heute Geburtstag?«

»Ich hatte heute Morgen dreihundert Gramm weniger auf der Waage als gestern.«

»Dann wollen Sie sicher nur einen gemischten Salat?«

»Aber mit Bratkartoffeln und einer Frikadelle.«

Die Frikadellen bei Breuer waren noch handgemacht und bestanden zum überwiegenden Teil aus Fleisch. Kein Vergleich zu dem Knorpelklops, den Lemberg am Vortag gegessen hatte.

»Frau Schupp hat eben angerufen«, sagte Wagner, nachdem die Getränke gekommen waren. »Ihr Mann wird am Dienstag beigesetzt. Sollen wir uns mit einem Kranz beteiligen?«

»Sicher«, sagte Lemberg und zog das Portemonnaie aus der Gesäßtasche. »Wie viel?«

»Ich dachte an Chrysanthemen, Nelken und Gerbera. Gelb war Schupps Lieblingsfarbe, sagt unsere Frau Sauer. Unter hundert Euro wird nichts gehen.«

»Geben wir halt jeder einen Zehner«, sagte Schommer. »Sollte etwas übrig bleiben, stecken wir es in die Dienststellenkasse.«

»Wir haben eine Dienststellenkasse?«, fragte Lemberg, während er den Schein aus seiner Börse zog.

»Wussten Sie das nicht?«, fragte van de Sande. »Da sind mindestens tausend Euro drin. Das meiste ist Überschuss aus der Kaffeekasse. Damit machen wir im Frühjahr einen Betriebsausflug. Natürlich nur, wenn Sie den genehmigen.«

Lembergs Magen zog sich zusammen. Die Mannschaft plante fürs nächste Jahr einen Ausflug. Unter Umständen war die SOKO dann bereits Geschichte. Wieder plagte ihn sein Gewissen, ob er es ihnen nun sagen sollte oder nicht. Noll half ihm aus der Patsche. Sie betrat unerwartet die Gaststube und setzte sich zu ihnen. Wie immer orderte sie einen Salat und ein Wasser.

Als jeder seinen Teller vor sich hatte, sagte sie zu Lemberg: »Sie werden auch nicht schlauer.«

»Verderben Sie mir nicht den Appetit«, sagte er. »Ich kommentiere ja auch nicht Ihre ewige Grünfutterfresserei.«

»Falls Sie wieder eine Magentablette brauchen sollten, wissen Sie ja, von wem Sie die bekommen können.«

»Danke. Und jetzt möchte ich in Ruhe essen.«

Die anderen drei warfen sich amüsierte Blicke zu.

Zwischen zwei Gurkenscheiben sagte Noll: »Ich hab heute Vormittag die Alibis sämtlicher Vereinsmitglieder überprüft. Tillmanns war zu Hause. Das hat seine Frau bestätigt. Obermann hat in der fraglichen Nacht bei Buchen übernachtet. Somit geben die beiden sich gegenseitig Alibis, was sie in meinen Augen nicht gerade stichhaltiger macht.«

»Es sei denn, sie hätten im gleichen Bett geschlafen«, sagte Wagner.

Die Silberzwiebel, die Noll auf der Gabel hatte, rutschte ab und fiel zurück auf den Teller. »Was soll denn diese unqualifizierte Bemerkung?«

»Es soll Männer geben, die das Lager teilen«, sagte Schommer und grinste. »Haben Sie sie nicht danach gefragt?«

In ihrer Wut wollte Noll das Zwiebelchen aufspießen, erwischte es aber nicht richtig, sondern katapultierte es lediglich von ihrem auf Lembergs Teller. Mitten zwischen die Bratkartoffeln.

»Darf ich es essen?«, fragte Lemberg.

»Ersticken Sie daran!« Dann schüttelte sie kurz und wild ihren Kopf und machte »Brrr!« wie ein Pferd.

Lemberg wusste, dass Noll im vergangenen Sommer an einem Wochenendseminar zur Selbstbewusstseinsstärkung unter dem Motto »Lösen Sie Ihre innere Handbremse« teilgenommen hatte.

Ob ihr das was gebracht hatte, konnte er nicht beurteilen, aber seitdem hatte sie einige schrullige Marotten im Programm wie dieses Pferdeverhalten. Erst neulich hatte sie geäußert, auch das Fortgeschrittenenseminar besuchen zu wollen. Lemberg sah dem mit gemischten Gefühlen entgegen.

Um wieder Ruhe in die Runde zu kriegen, fragte er: »Und was hat Rolf Schupp gesagt?«

»Er war in der fraglichen Zeit ebenfalls zu Hause«, sagte Noll mit zusammengepressten Lippen. »Persönlich habe ich ihn zwar nicht angetroffen, weil er zur Arbeit war, aber Gudrun Hesse hat das bezeugt. Und Guido Vieth liegt nach wie vor im Krankenhaus.«

»Wir sollten uns auf den oder die Anrufer konzentrieren«, sagte Schommer.

»Sie wollten deswegen doch bei der Telekom anfragen«, sagte Lemberg zu van de Sande.

»Habe ich auch. Man will mich noch heute zurückrufen.«

»Um noch einmal auf die Beerdigung zurückzukommen«, sagte Wagner. »Sagen Sie dem Kriminaloberrat Bescheid, oder soll ich das machen?«

»Steht die Uhrzeit denn schon fest?«, fragte Lemberg.

»Um elf.«

»Ich rufe ihn an. Aber Sie können die Polizeiinspektionen in unserem Gebiet informieren. Da wird sicher der eine oder andere kommen wollen.«

»Und wer benachrichtigt die Innenministerien der beiden Länder?«, fragte Schommer.

»Das wird Canisius auf dem normalen Dienstweg machen, denke ich. Es reicht ja, wenn Mainz und Düsseldorf Gestecke oder Kränze schicken. Die Brüder brauchen wir nicht unbedingt vor Ort, zumal der Friedhof in Manderscheid nicht sehr groß ist. Das wird ohnehin ein Gedränge werden.«

»Sollen wir dabei filmen?«

»Sie meinen, der Täter lässt sich dort blicken? Das entscheiden wir am Tag vorher. Mal sehen, wie weit wir dann sind.«

Die Tür wurde aufgedrückt, und ein kräftiger Bronchialhusten kündete Klaes' Erscheinen an. Die drei jungen Beamten rückten zusammen, damit auch er noch Platz fand.

»Nur ein Bier!«, rief er der Wirtin zu. »Ich habe soeben die Nachricht erhalten, dass in Schupps Wagen ein Haar mit der DNA des Phantoms gefunden wurde. Im Kofferraum, an der Unterseite der Wendematte, da wo auch die Fischschuppen und die Styroporkügelchen waren.«

»Also doch«, sagte Lemberg. »Ich denke, wir kommen nicht umhin, DNA-Proben von allen Frauen zu nehmen, die in den Fall verwickelt sind.«

»Aber nicht von Maria Schupp.«

»Nein, aber von Marlies schon.«

»Sie wird sich bedanken.«

»Nicht wenn wir ihr erklären, dass wir die Probe wegen eines Ausschlussverfahrens benötigen.«

»Glauben Sie wirklich, dass nimmt sie uns ab? Sie war doch bei der Hausdurchsuchung schon misstrauisch. Ich denke eher, dass sie sich weigern wird.«

»Dann müssen wir uns die Probe eben ohne ihr Einverständnis besorgen.«

»Das hätte vor Gericht aber keinen Bestand«, sagte Noll.

»Das ist erst einmal egal«, sagte Lemberg. »Wir müssen sehen, dass wir vorankommen. Und mit Maria Schupp habe ich auch noch etwas vor. Klaes, seien Sie doch so gut und nehmen fünf bis zehn Geräusche auf, die dem Entsichern und Durchladen einer Pistole ähnlich klingen. Und dazu natürlich das Originalgeräusch. Ich will wissen, ob die alte Dame das zweifelsfrei heraushört.«

»Was für Geräusche sollen das sein?«

»Lassen Sie sich was einfallen. Kreativität ist doch Ihre Stärke.«

»Wie wäre es mit dem Schlitten einer elektrischen Schreibmaschine, wenn zurück auf Zeilenanfang geschaltet wird?«, fragte van de Sande.

»In der Dienststelle haben wir doch gar keine mehr«, sagte Klaes.

»Doch, im Keller steht noch eine alte Triumph.«

Bevor sich die Kollegen mit weiteren Vorschlägen überbieten konnten, wechselte Lemberg das Thema.

»Haben wir eigentlich schon den endgültigen Obduktionsbericht von Drages-Dittmer?«

»Tod durch Kopfschuss aus unmittelbarer Nähe«, sagte Noll.

»Todeszeitpunkt: Mitternacht plus/minus das Übliche. Die Befragung der Anwohner des Mühlenwegs hat nichts ergeben. Ich habe eben noch mit Teuber telefoniert. Niemand hat etwas gesehen oder gehört. Die kriminaltechnische Untersuchung des Fahrzeugs ist ebenfalls abgeschlossen. Es wurden keine verwertbaren Spuren gefunden.«

Die Marseillaise zwang Lemberg, sich auszuklinken.

»Hallo, Roger«, sagte Arnold Lemberg. »Hier spricht Vater.«

»Moment.« Lemberg stand auf und ging vor die Tür. »Wie war der Urlaub?«

»Ganz nett. Hör mal, Renate und ich würden dich gerne für heute Abend zum Essen einladen. Hättest du Zeit?«

»Das kommt überraschend. Aber warum nicht? Gibt es einen besonderen Grund?«

»Ja und nein. Aber ich möchte das nur ungern am Telefon besprechen. Sagen wir um acht?«

»Einverstanden. Bis dann.«

»Bis dann, mein Sohn.«

*

Lemberg näherte sich Steineberg von Süden her. Auf den ersten Blick wirkte der Ort wie immer, Veränderungen waren nicht auszumachen, was nicht nur mit der Dunkelheit zu tun hatte. Das Neubaugebiet lag am nördlichen Ortsende, von der Vulcano-Plattform, die vor einigen Jahren errichtet worden war und die Lemberg noch immer nicht besucht hatte, war von der Straße aus sowieso nichts zu sehen. Einerseits wirkte der Flecken so auf Anhieb vertraut, andererseits kam dadurch umgehend die Erinnerung an seine Kindheit und Jugend hoch. Eine Zeit, an die Lemberg nach Möglichkeit nicht dachte. So vieles von dem, was er erlebt hatte, hatte er vergessen – auch schöne Dinge –, aber diesen Abschnitt schleppte er mit sich herum wie ein Kriegsveteran einen inoperablen Granatsplitter.

Am Haus seines Vaters brannten sämtliche Außenlampen, vier an der Zahl. Eine Verschwendung, die es früher niemals gegeben hätte. Immerhin war so zu erkennen, dass die äußeren Fensterbänke, die aus verzinktem Blech bestanden hatten, durch solche aus Stein ersetzt worden waren. Etwas, das Simone, Lembergs verstorbene Mutter, schon immer gefordert hatte, schließlich war Arnold Lemberg Steinmetz und kein Blechschneider.

Lemberg stellte den Wagen im Hof ab, stieg aus und ging zum Eingang. Ein Blick auf seine Uhr bestätigte ihm, dass er bis auf wenige Minuten pünktlich war. Dafür war ein Lob fällig.

Arnold persönlich öffnete ihm. Der alte Herr trug eine Cordhose und ein gestreiftes Hemd, sah gut aus und hatte offensichtlich einige Kilo zugelegt. Er machte ein Gesicht, als stünde Roger völlig unerwartet vor der Tür, dann aber lächelte er und sagte:

»Na, hast du den Weg doch noch gefunden? Komm rein, mein Junge, bevor das Essen kalt wird.«

Renate, mit der Arnold seit einem halben Jahr in zweiter Ehe verheiratet war, hantierte in der Küche. Auch sie hatte einen Seeluftteint und war mit einem knielangen Rock und einer Seidenbluse bekleidet. Lemberg und sie begrüßten sich mit einem Wangenkuss. Die Essensdüfte, die in der Luft hingen, ließen ihm das Wasser im Mund zusammenlaufen.

»Nimm Platz«, sagte Renate. »Die Suppe steht schon auf dem Tisch.«

Die Einrichtung des Wohnzimmers hatte seit Lembergs letztem Besuch weitere kleinere Veränderungen erfahren. Da, wo früher Simones altes Sofa seinen Platz gehabt hatte, stand nunmehr eine handgeschnitzte Holztruhe, die bestimmt schon zwei Jahrhundertwenden hinter sich hatte, und der Teppich war neu. Auch die Deckenlampe war eine andere, sie hatte elf Kerzen statt drei Birnen wie die alte, sodass man die Gedecke besser sehen konnte. Ansonsten hatte sich nichts getan. Eigentlich wenig, wenn man bedachte, dass Renate mitsamt ihres Hausstandes bei Arnold eingezogen war. Vielleicht hatte sie ihr Mobiliar hauptsächlich in den anderen Räumen untergebracht.

Lemberg ließ sich auf dem Stuhl nieder, auf den er sich immer setzte, und Renate schöpfte zwei Kellen Tomatencremesuppe auf seinen Teller. Gegen eine klare Gemüsesuppe hatte er nichts, aber Cremesuppen waren nun wirklich nicht sein Ding. Unterdessen tauchte Arnold mit einer Flasche Spa Barisart auf.

»Maggie hat beim letzten Mal gesagt, das sei dein Lieblingswasser«, sagte er und schenkte Lemberg ein. »Ich habe natürlich auch Bier im Haus, aber du musst ja noch fahren.«

»Hattest du dir an deinem Hochzeitstag nichts Wichtigeres zu merken, als welches Wasser ich bevorzuge?«, fragte Lemberg.

Arnold zuckte zusammen, dabei war die Bemerkung scherzhaft gemeint gewesen.

»Ich kann dir auch ein Glas Riesling anbieten.«

»Keinen Riesling«, sagte Lemberg. »Das Wasser ist genau richtig.«

Die Suppe war einigermaßen, aber Lemberg verweigerte einen Nachschlag. Der Hauptgang bestand aus einem Krustenbraten, den Renate, wie sie erklärte, mit Senf und Honig eingepinselt hatte, bevor er für anderthalb Stunden im Backofen gelandet war. Dazu gab es selbst gemachte Semmelknödel und Rosenkohl. Ein Essen ganz nach Lembergs Geschmack.

»Wie war der Urlaub?«, fragte er.

»Wunderbar.«

Arnold erzählte von ihrer Ferienwohnung in Schilldünen, von wo aus es nur wenige hundert Meter bis zum Badestrand gewesen waren. Die Ausstattung beschrieb er gestenreich mit Messer und Gabel in den Händen, was nicht ganz ungefährlich war, da Renate und er eng beisammensaßen. Auch schwärmte er von den Garnelen, die auf Borkum Granat genannt wurden und die sie mehrmals mit gebuttertem Schwarzbrot gegessen hatten, wie auch von einer kleinen Teestube am Südstrand, wo sie die Tage hatten ausklingen lassen.

»Und erst die Luft«, sagte Arnold. »Wunderbar!«

»Dabei wolltest du früher nie ans Meer«, sagte Lemberg, der seinen Vater selten so begeistert erlebt hatte.

»Ein Fehler, zugegeben. Der Wind pustet einem den Kopf durch, macht ihn frei. Man kommt auf ganz neue Gedanken. Wir werden das zukünftig öfter machen.«

»Im Herbst ist auf Borkum wenig los«, sagte Renate. »Da triffst du nur wetterfeste Leute, kein Partyvolk. Genau das Richtige für uns.«

»Das wäre auch mal was für Maggie und dich«, sagte Arnold.

»Ich werde es ihr vorschlagen«, sagte Lemberg. »Weswegen wolltet ihr mich eigentlich sprechen?«

»Tante Edith ist gestorben.«

Das kam überraschend, war aber kein Schock. Tante Edith war Simones ältere Schwester gewesen, das heißt, sie musste um die achtzig gewesen sein, Lemberg wusste es nicht genau. Edith war eine willensstarke, um nicht zu sagen starrköpfige Person gewesen, die zeitlebens unverheiratet geblieben war, weil sie sich das Theater mit den Männern nicht hatte antun wollen, wie sie immer gesagt hatte. Gelebt hatte sie in der Nähe von Malmedy. Lemberg konnte sich an zwei oder drei Besuche bei ihr erinnern, hatte aber seit Jahren keinen Kontakt mehr zu ihr gehabt. Bei Edith hatte seine Mutter, nachdem sie Arnold und ihre Kinder verlassen hatte, Zuflucht gefunden. Wenn auch nur für kurze Zeit, da sie wenige Wochen nach ihrem Weggang von einem Blitz erschlagen worden war. Beigesetzt worden war sie auf dem Friedhof von Xhoffraix, und Tante Edith hatte ihr Grab gepflegt.

»War Edith krank?«, fragte Lemberg.

»Das wissen wir nicht.« Arnold drehte sein leeres Weinglas am Stiel hin und her. »Sie ist bereits im August gestorben, aber wir haben erst jetzt davon erfahren. Ein Notar aus Malmedy hat uns einen Brief geschrieben. Sehr formell. Sie wurde eingeäschert und in einem Urnengrab auf demselben Friedhof beigesetzt wie deine Mutter.«

»Dann teilen sie ja nicht die Grabstätte.«

»Eben. Das Geld, das ich Edith regelmäßig für die Grabpflege überwiesen habe, hat mir der Notar zurückgeschickt. Also die Beträge für September und Oktober. Anscheinend kümmert sich jetzt niemand um Simones Grabstätte. Edith hatte ja keine Kinder, und andere Verwandte gibt es nicht. Deswegen haben Renate und ich erörtert, wie wir das Problem lösen könnten. Vor einer Entscheidung wollten wir aber erst noch deine Meinung hören.«

»Was habt ihr überlegt?«

Arnold atmete tief durch, dann blickte er Lemberg direkt in die Augen. »Was hältst du davon, die sterblichen Überreste deiner Mutter von Malmedy in den Ruheforst Hümmel überführen zu lassen?«

»Die Idee erstaunt mich«, sagte Lemberg. »Wo liegt Hümmel?«

»Ungefähr auf halber Strecke zwischen Dorsel, wo du arbeitest, und Münstereifel.«

»Hmhm.« Lemberg strich die Tischdecke glatt, die zwischen Glas und Teller eine Falte geworfen hatte. »Wollt ihr meine ehrliche Meinung hören?«

»Deswegen haben wir dich ja gefragt.«

»Wo man einmal begraben wurde, sollte man auch bleiben dürfen. Es mag in Einzelfällen gewichtige Gründe geben, jemanden umzubetten. Sagen wir mal, wenn ein Hinterbliebener, dem es ein Bedürfnis ist, häufig zum Grab zu gehen, um dort Zwiesprache mit dem Verstorbenen zu halten, umziehen muss. Außerdem werden in Ruheforsten, soweit ich weiß, nur Urnenbestattungen vorgenommen. Was glaubst du, wie viel man von Mutter nach all den Jahren in belgischer Erde in einer Urne wiederfinden würde? Wahrscheinlich gar nichts. Diese sogenannte Umbettung hätte rein symbolischen Charakter.«

Arnold Lemberg ließ die Mundwinkel hängen und guckte beleidigt. Typisch für ihn, wenn es nicht in seinem Sinne lief.

»Simone hat zeitlebens gesagt, die Hinterbliebenen sollen es so regeln, wie sie es für richtig halten.«

»So ist es ja auch geschehen«, sagte Lemberg. »Edith hat Simone in Xhoffraix beisetzen lassen.«

»Als ich Hinterbliebene sagte, meinte ich uns.«

»Damals wolltest du damit nichts zu tun haben, also hat Edith es in ihrem Sinn geregelt. Und René und mich hat niemand gefragt, wir durften ja nicht einmal an der Beerdigung teilnehmen. Das hattest du uns verboten. Erst drei Jahre später bin ich das erste Mal an Mutters Grab gewesen.«

Der Unmut in Arnolds Miene wurde gravierender; seine Züge drückten Verbitterung aus. Renate wurde unruhig.

»Heute würde ich anders entscheiden«, sagte Arnold mit auf einmal sehr tiefer Stimme.

»Heute würde ich trotz Verbot hinfahren«, sagte Lemberg.

Eine geradezu elektrische Spannung hing in der Luft. Um dem Knistern zu entgehen, stand Renate auf und sagte: »Ich hole mal den Nachtisch.«

Während sie in der Küche war, schenkte Arnold sich Riesling nach und nahm einen kleinen Schluck.

»Du hast mir nie gesagt, dass du an Simones Grab gewesen bist«, sagte er. »Wie sieht es aus?«

»Sehr schön, jedenfalls vor zwei oder drei Jahren, als ich zuletzt dort war. Einen Grabstein gibt es nicht, aber ein schönes Holzkreuz, nur mit ihrem Namen und ihren Daten, ohne Spruch.« Lemberg griff nach seinem Glas, fuhr aber nur mit dem Daumen über das geschliffene Kristall. »Von hier fährt man ungefähr anderthalb Stunden bis Xhoffraix. Du solltest dir das Grab mal ansehen. Vielleicht kommst du dann zu einer anderen Entscheidung.«

»Es ist so, dass Renate und ich beschlossen haben, dass auch wir in dem Ruheforst bestattet werden wollen. Niemand soll Arbeit mit unseren Gräbern haben.«

»Wie ihr meint.«

»Hast auch du bereits Vorkehrung für den Fall der Fälle getroffen? Ich meine, du bist zwar noch jung, aber bei deinem Beruf ...«

Arnold verschluckte den Rest des Satzes, hob die Brauen und schüttelte leicht den Kopf, offenbar über sich selbst erstaunt, seinen Sohn darauf angesprochen zu haben. Ein Anblick, der Lemberg schmunzeln ließ.

»Nein«, sagte er. »Sollte mir etwas zustoßen, wird Maggie schon die richtige Entscheidung treffen. – Was sagt eigentlich René zu dem Vorhaben?«

Arnold leerte die Neige seines Glases, ein gutes Achtel, in einem Zug. Dafür, dass er früher nie getrunken hatte, war das beachtlich.

»Ich habe ihn noch nicht gefragt und weiß auch nicht, ob ich es überhaupt tun werde«, sagte er. »Ich weiß nämlich nicht, ob er derzeit zurechnungsfähig ist.«

»Was soll das heißen?«

»René war vor einigen Wochen hier, wobei er uns wie auf Drogen vorkam. Er hat nur dummes Zeug geredet. Er wolle die Bundeswehr verlassen, mit seinen anderen Geschäften würde er schon heute mehr Geld verdienen. Ich hatte das ausgesprochen ungute Gefühl, dass er in krumme Machenschaften verwickelt sein könnte, womöglich irgendwelche Schiebereien. Du hast gar keinen Kontakt mehr zu ihm, oder?«

»Ich habe ihn seit eurer Hochzeit weder gesehen noch gesprochen. Ist er noch mit der Frau zusammen, die er bei der Feier dabeihatte?«

»Du meinst diese Plastikschlampe«, sagte Arnold überlaut. »An der war doch kein Stück echt.«

»Arnold, also wirklich«, sagte Renate, die mit einem Tablett mit Puddingschälchen hereinkam.

»Ist doch wahr!« Arnold Lemberg schob seinen Stuhl zurück und stand auf. »Entschuldigt mich, ich muss mal.«

Als sie allein waren, sagte Renate: »Arnold macht sich Vorwürfe, deinen Bruder und dich, nachdem eure Mutter euch verlassen hatte, vernachlässigt zu haben. Um seine Enttäuschung und seinen Schmerz zu vergessen, hätte er sich in die Arbeit gestürzt und euch Jungen euch selbst überlassen.«

»Stimmt«, sagte Lemberg. »Aber das ist lange her. Über dreißig Jahre. Und schließlich ist aus uns trotzdem was geworden.«

»Aus dir vielleicht«, sagte Renate ernst und senkte die Stimme. »Aber aus deinem Bruder ... René hat fürchterlich nach Haschisch gestunken, als er hier war. Arnold hat das nicht erkannt, aber ich weiß, wie das Zeug riecht. Ich habe ihm natürlich nichts davon gesagt.«

»René ist erwachsen. Er kann machen, was er will.«

»Und was ist, wenn er mit Rauschgift handelt? Im Kosovo soll man das Zeug an jeder Ecke bekommen.«

»Das ist seine Sache.«

Renate schob ihre Hand über den Tisch und legte sie auf Lembergs. Das hatte sie noch nie getan, entsprechend überrascht war er.

»Kannst du dich nicht mal mit ihm treffen und auf ihn einwirken? Arnold zuliebe.«

»Renate, das brächte nichts. Ich bin so ziemlich der Letzte, auf den René hören würde. Tut mir leid.«

Renate zog ihre Hand zurück. »Schon gut.«

Nach dem Mandelpudding gab es für Lemberg und Renate noch einen Kaffee; Arnold beließ es mit Rücksicht auf sein Herz bei einem Kamillentee. Weder über die geplante Umbettung Simones noch über René fiel ein weiteres Wort. Stattdessen erfuhr Lemberg, dass die beiden vorhatten, die ehemalige Steinmetzwerkstatt, die sich im rückwärtigen Teil des Hauses befand, in einen Wintergarten umbauen zu lassen. Arnold bot ihm an, sich jedes beliebige Werkzeug auszusuchen, das er behalten wollte. Lemberg versprach, darüber nachzudenken.

Als er Steineberg verließ, war es kurz vor Mitternacht.

25

Lemberg schlief schlecht. Der Krustenbraten wollte verdaut werden, zudem quälte ihn ein neuer Traum. Er war zu Fuß auf irgendeiner Landstraße im deutsch-belgischen Grenzgebiet unterwegs. Circa fünfzig Meter vor ihm ging eine alte Frau ganz in Schwarz in dieselbe Richtung. Zunächst hielt er sie für eine x-beliebige Landbewohnerin, die auf dem Weg ins nächste Dorf war, bis ihm ihr Gang auf einmal vertraut erschien. Auch ihr Hinterkopf, insbesondere die Art, wie sie die Haare zu einem Dutt hochgesteckt hatte, kam ihm bekannt vor. Das war Simone, seine Mutter.

Lemberg legte einen Schritt zu. Die Frau behielt ihr Gehtempo unverändert bei, trotzdem kam er ihr nicht näher. Also begann er zu laufen. Er lief und lief, aber der Abstand blieb unverändert. Erneut beschleunigte er, bis seine Fußsohlen brannten und seine Bronchien rasselten, aber er vermochte sie nicht einzuholen. Im Gegenteil, die Distanz schien sich sogar zu vergrößern. Schließlich blieb er keuchend stehen und rief ihren Namen. Vielmehr wollte er das, nur brachte er keinen Ton heraus. Verzweifelt versuchte er zu schreien, irgendetwas, um auf sich aufmerksam zu machen, aber er hatte seine Stimme verloren. Und plötzlich zuckte ein Blitz aus heiterem Himmel, tauchte alles in gleißendes Licht und blendete ihn. Reflexartig schloss er die Augen. Als er sie wieder öffnete, war es um ihn herum dunkel, und sein Handy klingelte.

»Lemberg.«

»Dröger, SOKO Eifel.«

»Sie sind entlassen!«

»Aber Herr Kommissar«, jammerte Dröger, »ich kann doch nichts dafür! Ich habe mich lediglich an die Dienstvorschrift gehalten, und die sieht vor, dass ich –«

»Wer hat die verdammte Vorschrift erlassen?«

»Sie.«

»Moment.«

Lemberg setzte sich auf, machte Licht und warf einen Blick auf seinen funkferngesteuerten Wecker. Drei Uhr einundzwanzig zeigte das kleine schwarze Ding an. Seinen Kopf in beide Hände gestützt schnaufte er mehrmals schwer und rieb sich die Augen, bevor er das Telefon erneut ans Ohr nahm.

»Was gibt es diesmal?«

»Ihr belgischer Kollege aus St. Vith ist in der Leitung. Er sagt, es sei dringend.«

»Haben Sie ihm nicht gesagt, dass ich um diese Zeit vermutlich schlafe?«

»Doch, aber er hat darauf bestanden, Sie umgehend zu sprechen.« Dröger räusperte sich. »Ich befinde mich sozusagen in einem Gewissenskonflikt.«

»Möchten Sie, dass ich Sie bemitleide?«

»Das nicht. Aber ich wäre Ihnen dankbar, wenn ich vorerst keinen Nachtdienst mehr machen müsste. Vielleicht könnten Sie –«

»Klären Sie das mit Frau Noll. Sie ist dafür zuständig. Und jetzt geben Sie den Kerl schon her.«

Ein Geräusch, als werde ein Baguette vom Vortag durchgebrochen, signalisierte die Herstellung der Verbindung.

»Hallo, Roger.« Der Chef de Corps klang so munter und gut gelaunt, als käme er gerade von der Party seines Lebens. »Habe ich Sie etwa geweckt?«

»Sparen Sie sich Ihre Häme, Sie verhinderter Rennfahrer«, knurrte Lemberg. »Was gibt's?«

»Was heißt verhinderter Rennfahrer? Ich bin beim 24-Stunden-Rennen von Spa immerhin mal Zweiter geworden.«

»Wann soll das gewesen sein?«

»Dreiundneunzig im Team von Thierry Boutsen. Nur Fittipaldi/Alzen/Jarier waren schneller als wir. Da staunen Sie, was? Ich nehme an, Sie haben nichts Vergleichbares vorzuweisen.«

»Ich bin sogar mal Erster geworden.«

»Wo?«

»Beim Sackhüpfen im zweiten Schuljahr. Dabei habe ich den Peter geschlagen, der war unsere Sportskanone.«

»Ich wusste, dass man sich mit Ihnen nicht über Autos unterhalten kann«, sagte Daeninckx und klang menschlich enttäuscht. »Aber trösten Sie sich, auch ich bin aus dem Schlaf gerissen worden. Broed hat mich eben angerufen.«

»Hat van Pliest auf der Folterbank ein Geständnis abgelegt?«

»Der sagt nach wie vor keinen Ton. Aber der französische Douane volante hat vor wenigen Stunden nach einem Tipp von Broed einen von van Pliests Lkws in der Nähe von Maubeuge gestoppt und durchsucht. Der Truck war verdächtig erschienen, denn normalerweise wird Fisch von Frankreich nach Belgien geliefert und nicht umgekehrt. Das hängt damit zusammen, dass die Franzosen mehr Küstenkilometer haben als wir.«

»Und keine Straßenbahn, die den Zugang behindert.«

»Sehr schön! Wollen Sie nun hören, was der Zoll gefunden hat?«

»Wenn Sie es mir verraten.«

»Neben größtenteils einwandfreier Ware wurden zehn Kisten tiefgefrorene Fische entdeckt, die mit Ecstasypillen vollgestopft waren. Insgesamt zwanzigtausend Pillen mit einem Marktwert von gut und gerne hundertachtzigtausend Euro. Pillen, die höchstwahrscheinlich aus einem niederländischen Labor stammen. Was sagen Sie nun?«

»*Asjemenou, mijnheer Broed!* Saubere Arbeit.«

»He, Sie sind ja ein Sprachtalent, Roger. Sollte Ihre SOKO jemals aufgelöst werden, haben Sie einen Job bei mir sicher.«

Lemberg hörte Daeninckx' letzten Satz gleich zweimal, denn plötzlich war ein Echo in der Leitung. Aber nicht nur deswegen war er irritiert.

»Wie kommen Sie darauf, dass die SOKO Eifel aufgelöst werden könnte, Henry?«

»Ich habe so etwas läuten hören«, sagte Daeninckx nach kurzem Zögern und erneut mit Widerhall.

»Welche Glocken haben das verkündet?«

Daeninckx zog durch die Nase tief Luft ein, das war deutlich zu vernehmen. Doppelt.

»Mein Chef kennt jemanden, der jemanden kennt, der wiederum jemanden kennt, der gute Beziehungen zu gewissen Brüsseler Kreisen hat, in denen auch der Staatssekretär eures Ministers für innere Angelegenheiten verkehrt. Dort wurde gemunkelt, es gäbe Pläne, wonach das Pilotprojekt –«

»Innenminister«, sagte Lemberg verspätet wegen des Echos. »Nicht Minister für innere Angelegenheiten.«

»Wie auch immer. Jedenfalls –«

»Das hört sich ja genauso haarsträubend an wie die Geschichte, die mir kürzlich zugetragen wurde.«

»Was für eine Geschichte?«

»Wollen Sie sie wirklich hören?«

»Sofern sie mich betrifft, in jedem Fall.«

»In gewisser Weise schon«, sagte Lemberg. »Sie wissen doch, dass mein Vorgesetzter Albrecht Canisius beste Beziehungen zu eurem schwergewichtigen Karl-Heinz in Eupen unterhält. Neulich sind sie sich anlässlich einer Ausstellung von Norbert Huppertz beim BRF begegnet, und dabei muss einer der Minister – ich weiß nicht mehr, wer es war, Gentges, Paasch oder die Weykmans – geäußert haben, der Fuhrpark der Eifelpolizei sei zu teuer.«

»Das Gejammer ist nicht neu. Ist das alles?«

»Nicht ganz. Die Person muss noch hinzugefügt haben, man habe daher beschlossen, die Fahrzeuge abzuschaffen und durch Dacias aus Rumänien zu ersetzen.«

»Wollen Sie mich verarschen, Roger?«

»Würde ich das wagen, wo ich doch weiß, wie sehr Ihr Herz an dem Porsche hängt?«, fragte Lemberg mitfühlend und mit einem treuherzigen Augenaufschlag, den Daeninckx zwar nicht sehen, bestimmt aber spüren konnte.

»Sagen Sie, dass das nur ein Scherz ist, Roger, sonst kann ich den Rest der Nacht nicht schlafen.«

»Immerhin sollen Dacia-Modelle sehr zuverlässig sein, hat man mir versichert.«

Es folgte ein längeres Schweigen. Vielleicht weniger lang, als es Lemberg vorkam, aber das Echo musste ja mitgerechnet werden. Um drei Uhr dreiunddreißig war Daeninckx noch einmal zu vernehmen.

»Vergessen Sie es, Roger«, sagt er. »Das Angebot für einen Job.«

»Welches Angebot?«, fragte Lemberg. »Aber danke für Ihre Information. Das meine ich ehrlich.«

»Wie werden Sie vorgehen?«

»Darüber muss ich mir erst noch Gedanken machen.«

»Viel Erfolg dabei. Und gute Nacht, Roger.«

»Gute Nacht, Henry.«

26

Lemberg wirkte an diesem Morgen für seine Verhältnisse ausgesprochen fit. Das lag jedoch weniger am Schlaf der vergangenen Nacht, als vielmehr an der eiskalten Morgendusche.

»Hat die Telekom Sie gestern zurückgerufen?«, fragte er die neben ihm sitzende Kollegin van de Sande.

»Ich habe Ihnen gestern Abend eine Mail geschickt«, sagte sie.

»Ich habe die Kiste heute noch nicht angemacht. Sagen Sie es mir einfach, sofern Sie sich daran erinnern.«

»Die beiden Anrufe bei Drages-Dittmer, sowohl der in Wiesbaden als auch der in Pantenburg, wurden mit einem vor zwei Monaten im Ruhrgebiet gestohlenen Handy getätigt.«

»Na großartig.«

Die Zufahrt zu dem von Durlach als Schlösschen bezeichneten Familiensitz bei Altrich war ein kleines Abenteuer, denn der Weg führte mindestens einen Kilometer verschlungen durch den herbstlichen Wald. Dafür hatte der Delikatessenladenbesitzer nicht übertrieben, die Villa machte tatsächlich einen herrschaftlichen Eindruck. Auf einer großzügigen Waldlichtung, die Parkflair hatte, erhob sich ein trutzig wirkendes Gemäuer, dessen Erdgeschoss komplett aus Bruchsteinen bestand. Die beiden oberen Etagen waren in Fachwerk ausgeführt, wobei ein Erker von einem sechseckigen, schiefergedeckten Türmchen gekrönt wurde. Ein märchenhaftes Anwesen, wie es sich ein spleeniger Landlord nicht besser hätte ausdenken können.

Rund fünfzig Meter abseits erhob sich ein völlig anders gestaltetes Gebäude. Errichtet aus Ziegeln, verzinktem Stahl und jeder Menge Glas erinnerte es Lemberg an die Cafeteria auf der Insel Hombroich bei Neuss, wenn auch eine ganze Nummer kleiner. Das Ensemble bot einen kontrastreichen Anblick, der Maggie sicher in Entzücken versetzt hätte. Aber deswegen war die SOKO nicht angerückt.

Lemberg nahm sein Handy zur Hand, wählte Nolls Nummer und gab ihr das Zeichen loszuschlagen. Während die Kollegin in

Begleitung von Klaes und Wagner das Geschäft in der Burgstraße betrat, betätigte er den Klingelknopf neben dem Portal der Villa. Van de Sande, Schommer und die vier uniformierten Kollegen, die sie sich bei der Polizeiinspektion Wittlich ausgeliehen hatten, bildeten in seinem Rücken einen Halbkreis. Die beiden Hundeführer, die eigens aus der Landeshauptstadt angereist waren, waren bei ihren Vierbeinern im Wagen geblieben.

Es dauerte eine ganze Weile, aber dann erschien doch jemand. Überraschenderweise Klaus Durchlach persönlich. Er trug einen paisleygemusterten Hausmantel und Lederlatschen und sah aus, als käme er geradewegs aus dem Bett. Und er hatte Haare auf dem Kopf. Mittellange, schwarze Haare, die nach allen Seiten abstanden. Er musste mit dem Toupet auf dem Kopf geschlafen haben. Beim Anblick der siebenköpfigen Gruppe fiel dem Feinkosthändler die Kinnlade runter.

»Machen Sie heute blau?«, fragte Lemberg und hielt ihm den Durchsuchungsbeschluss unter die Nase.

»Samstags gehe ich immer erst mittags ins Geschäft«, sagte Durlach und studierte das Papier mit zusammengekniffenen Augen. »Was soll das?«

»Steht alles drin.« Lemberg deutete auf den modernen Bau nebenan. »Was findet in dem Gebäude da drüben statt?«

»Dort ist unsere Küche. Und das Lager.«

»Wie viele Leute arbeiten dort?«

»Fünf. Nein, sechs.«

Lemberg schickte Schommer und drei der uniformierten Kollegen hin. Auf ein Zeichen gesellte sich einer der Hundeführer mit seinem Tier dazu. Dann wandte Lemberg sich wieder an Durlach.

»Wer wohnt alles hier im Haus?«

»Mutter, Dunja und ich.«

»Wer ist Dunja?«

»Meine Verlobte.«

»Wie heißt die Dame mit vollem Namen?«

»Voss. Dunja Voss.«

»Geboren am? Und wo?«

Durlach leierte die Daten runter, und van de Sande notierte. Erst danach schaltete Lemberg.

»Ist das dieselbe Frau Voss, die gestern in Paris war?«

Durlach nickte.

»Ich möchte sie sprechen.«

»Dunja ist nicht da. Außer mir ist nur Mutter im Haus.«

»Wo steckt Frau Voss denn? Sie sollte sich doch heute bei uns melden.«

»Wir hatten gestern Abend bei ihrer Rückkehr Streit«, sagte Durlach mit verkniffenem Gesicht. »Deswegen ist Dunja in unser Jagdhaus gefahren. Sie ist noch nicht zurück.«

»Wo befindet sich das Jagdhaus? Auch in diesem Waldgebiet?«

»Nein, das liegt in der Nähe von Karl.«

Van de Sande bemerkte Lembergs fragenden Blick.

»Karl liegt zwischen Wittlich und Manderscheid«, sagte sie. »Ein kleines Sackgassendorf.«

»Danke.« Lemberg trat einen Schritt vor, und Durlach wich zurück. »Informieren Sie bitte Ihre Mutter über unsere Anwesenheit. Und sagen Sie ihr, dass ich sie umgehend sprechen möchte.«

»Das geht nicht. Mutter ist gerade beim Sonnengebet.«

»Der Himmel ist bedeckt. Da wird nicht viel bei rumkommen.«

»Das Sonnengebet ist eine Yogaübung«, sagte van de Sande. »So eine Art Warm-up für Ashtanga-Yoga.«

»Mithin nichts, was man nicht unterbrechen könnte«, sagte Lemberg. »Begleiten Sie Herrn Durlach, seien Sie so gut.«

Während van de Sande dem protestierenden Durlach die Holztreppe hinauf ins Obergeschoss folgte, sahen sich Lemberg und POM Fiedler, der Kollege, der bei ihm geblieben war, in der Eingangshalle um. Der Boden war im Schachbrettmuster gefliest, jede Fliese maß bestimmt einen Quadratmeter. Die Wände waren halbhoch mit grünlich wirkendem Holz vertäfelt, die Fläche oberhalb schwungvoll verputzt. Dort hingen drei in etwa gleich große Ölgemälde. Das erste zeigte einen röhrenden Soundsovielender auf einer Lichtung, das zweite einen tränensackigen Dicken mit schütterem Haar und dünnem Schnäuzer und das dritte Bhagwan. Während die beiden ersten Bilder in gedeckten Farben gehalten waren, leuchtete der Inder in Rot, Gelb und Orange, was ihn unglaublich krank aussehen ließ. Zur Beleuchtung der Halle dienten ein riesiger Kronleuchter, der an einer Kette hing, sowie drei papierkorbförmige und

-große Wandleuchten mit milchiger Verglasung. Drei Sessel mit floralem Dessin, die einen runden Holztisch umstanden, erleichterten im Bedarfsfall das Warten. Komplettiert wurde die Ausstattung von einer Wanduhr, die irgendwann um fünf vor sieben stehen geblieben war.

»Was hat das zu bedeuten, Herr Kommissar?«, schnarrte Mutters Stimme plötzlich durch die Halle. »Wessen beschuldigen Sie uns?«

Lemberg entdeckte Helga Durlach auf dem Podest der Treppe. Sie war in ein orangefarbenenes Gewand gehüllt, das sie gegürtet hatte. Die Taille war für eine Frau ihres Alters beachtlich. Barfuß kam sie die restlichen Stufen herunter. Van de Sande folgte ihr.

»Ich nehme an, meine Kollegin hat Ihnen den richterlichen Beschluss gezeigt«, sagte er. »Wir gehen einem Verdacht nach. Ob wir Sie anschließend beschuldigen, wird die Durchsuchung ergeben.«

»Hätten Sie sich nicht wenigstens anmelden können?«

»Das würde die Aktion ad absurdum führen.«

»Wonach suchen Sie überhaupt?« Frau Durlach blieb auf Armlänge vor Lemberg stehen. »Das ging aus dem Beschluss nicht hervor.«

»Nach verbotenen Substanzen.«

»Meinen Sie damit etwa Rauschgift?«

Lemberg nickte.

»Das ist lächerlich! Niemand in diesem Haus konsumiert Drogen.«

»Ich erinnere mich an den Ohrring, den Sie bei unserer ersten Begegnung getragen haben.«

Helga Durlach lächelte zynisch. »Der ist reine Provokation. Es macht mir ab und zu Spaß, so etwas zu tragen. Nur damit Sie es wissen: Drogen waren im Ashram grundsätzlich verboten. Auch wenn die Sensationspresse gerne etwas anderes geschrieben hat.«

»Sie waren in Poona?«

»Die ganzen sieben Jahre. Klaus ist dort aufgewachsen. In die USA wollte ich dann aber nicht umziehen, erst recht nicht nach Oregon. Die Winter dort sind sehr streng.«

»Wie sind Sie an dieses Anwesen gekommen?«

»Gefällt es Ihnen?«

»Sofern man nicht selber putzen muss.«

»Dafür haben wir unsere Leute. Mein Mann hat es mir hinterlassen.«

»Ein Sannyasin?«

»Rudi hatte eine Felgenfabrik. Er belieferte die Automobilindustrie im großen Stil.«

»Vater war der Erste, der Leichtmetallfelgen für jedermann auf den Markt gebracht hat«, sagte Klaus Durlach, der gerade den Fuß der Treppe erreichte.

Mittlerweile trug er Jeans und ein weißes Hemd, das er falsch geknöpft hatte. Außerdem hatte er sein Toupet gekämmt. Lemberg warf erneut einen Blick auf die Gemälde. Die Gesichtszüge des jungen Durlach ähnelten denen des Übergewichtigen, aber die Augenpartie entsprach eher der von Bhagwan. Auch wenn es vom Alter her nicht hinkommen konnte, dass Klaus Durlach in Poona gezeugt worden war, musste Lemberg doch daran denken, dass angeblich jedes zehnte Kind ein Kuckuckskind war. Sei es drum, das zu klären war nicht seine Aufgabe.

»Ich brauche den Schlüssel zu Ihrem Jagdhaus«, sagte er. »Und eine Wegbeschreibung, falls es versteckt liegen sollte.«

»Wir können Dunja auch anrufen«, sagte Klaus Durlach und stellte sich neben seine Mutter.

»Sie telefonieren mit niemandem, solange die Durchsuchung im Gange ist. Bestenfalls mit Ihrem Anwalt. Die Anwahl wird dann aber einer meiner Kollegen vornehmen.« Lemberg drehte sich zu Fiedler um. »Bitten Sie freundlicherweise den Hundeführer her, damit er mit der Arbeit beginnen kann.«

Helga Durlach ging zu einem an der Wand hängenden Schränkchen und entnahm ihm zwei Schlüssel an einem Ring, die sie Lemberg aushändigte.

»Der große ist für die Hütte, der kleine für den Schuppen dahinter.« Dann beschrieb sie ihm, wie er zu fahren hatte. »Der Waldweg ist nach Regenfällen oft sehr aufgeweicht. Vielleicht lassen Sie Ihren Wagen besser vorher stehen.«

Van de Sande übernahm die Leitung und versprach, Lemberg telefonisch auf dem Laufenden zu halten.

*

Mochte der Maßstab der Eifel-Übersichtskarte auch bescheiden sein, Karl war eingezeichnet. Sehr hilfreich für jemanden wie Lemberg, der mit dem eingebauten Navigationssystem auf Kriegsfuß stand. Nach ungefähr zwanzig Minuten passierte er Minderlittgen. Bei besserem Wetter wäre die Fernsicht von der Hochebene aus bestimmt prächtig gewesen. Während über dem tief liegenden Tal der Lieser zur Rechten noch Nebel hing, braute sich am Himmel voraus etwas zusammen. Sämtliche Fahrzeuge, die ihm entgegenkamen, fuhren mit eingeschalteten Scheinwerfern.

In der ersten Rechtskurve nach dem Abzweig nach Karl kam Lemberg auf seiner Straßenseite ein dunkler BMW mit überhöhter Geschwindigkeit entgegen. Um eine Kollision zu vermeiden, blieb ihm nichts anderes übrig, als das Steuer zu verreißen. Der Golf schoss unter Mitnahme eines Leitpfostens auf die tiefer liegende Weide neben der Straße. Voll auf dem Gas bleibend, schaffte Lemberg es, den Wagen kurz vor dem angrenzenden Acker zurück auf die Fahrbahn zu steuern. Danach war sein Puls im Grenzbereich.

Karl sah nach bestenfalls zweihundertfünfzig Einwohnern aus und wirkte wie ein Feriendorf. Die Highlights im Ortskern waren eine Bushaltestelle und ein Kinderspielplatz. An der kleinen Kirche vorbei ging es hinaus auf die Felder, wo die einspurige Piste sanft abfiel, bis der Teerbelag am Waldrand endete. Lemberg parkte den Golf auf der Wiese neben der Straße und ging zu Fuß weiter.

Mutter Durlach hatte recht gehabt, der Waldweg verlangte nach Bodenfreiheit und Allradantrieb. Die Fahrspuren waren tief und schlammig, stellenweise standen sie voll Wasser. Lemberg benutzte die Erhebung zwischen ihnen und hatte seine liebe Not, die Balance zu wahren.

Im Gehölz herrschte eine Stille, die geradezu unheimlich war. Außer dem Geschmatze seiner Schuhe auf dem matschigen Untergrund war kein Geräusch zu vernehmen. Kein Vogel sang, kein Eber grunzte. Dazu kam, dass die Sichtweite aufgrund des Nebels bestenfalls fünfzig Meter betrug. Als Lemberg sich nach wenigen Schritten umdrehte, konnte er den Waldrand, wo er den Wagen gelassen hatte, kaum noch ausmachen.

Aber er brauchte nicht lange zu gehen. Keine fünf Minuten später kam das Jagdhaus umringt von hohen Bäumen in Sicht. Von einem

Fahrzeug war nichts zu sehen, wie auch auf dem Weg keine frischen Fahrspuren zu erkennen waren. Falls Dunja Voss sich noch hier aufhielt, musste sie ihr Fahrzeug sonst wo abgestellt haben.

Das Gebäude erinnerte Lemberg vom Baustil an eine Ferienhütte, die Maggie und er vor nahezu zwanzig Jahren einmal in der Nähe von Lammasniemi, nördlich von Tampere in Finnland, gemietet hatten. Es war komplett aus Rundbalken errichtet worden, mit einer breiten, überdachten Terrasse vor dem Eingang, auf der ein langer Holztisch und zwei Bänke standen. Lemberg klopfte an die Eingangstür. Da niemand erschien, rief er Frau Voss' Namen, bekam aber keine Antwort. Also nahm er den Schlüssel zur Hand und sperrte auf.

Eine Diele gab es nicht, man stand unmittelbar im Wohnraum. Da es ausgesprochen düster war, betätigte Lemberg den Lichtschalter, aber nichts geschah. Mit Hilfe seiner Minitaschenlampe fand er gleich neben der Tür den Stromkasten und drückte sämtliche Sicherungen rein. Jetzt funktionierte die Beleuchtung.

Der Boden war komplett mit Dielen ausgelegt. Das Mobiliar bestand aus einem Ledersofa und zwei Sesseln auf der einen sowie einem Esstisch mit vier Stühlen auf der anderen Seite. Mitten im Raum war ein mannshoher Ofen eingebaut worden. Jedenfalls, sofern man Henry Daeninckx zum Maßstab nahm. Lemberg legte eine Hand auf den Speckstein. Der Stein war kalt, den Ofen hatte schon länger niemand mehr angeheizt.

In der rückwärtigen Wand des Raums gab es drei Türen, die allesamt offen standen. Durch die erste kam man in eine kleine, weiß gehaltene Einbauküche. Die zweite führte in ein Duschbad mit WC und die dritte in ein Schlafzimmer mit einem nachlässig gemachten Doppelbett. Außerdem gab es noch einen offenen Schlafboden unter dem Dach des Hauses, in den man über eine Leiter gelangte. Lemberg machte sich die Mühe und stieg hinauf. Die Ausstattung bestand aus zwei auf dem Boden liegenden Matratzen und einem tragbaren Fernseher. Staubige Spinnweben ließen den Schluss zu, dass hier seit Ewigkeiten niemand mehr genächtigt hatte.

Nachdem er sich einen groben Überblick verschafft hatte, begann er mit der gründlichen Durchsuchung des Hauses. Er öffnete sämtliche Türen der Hänge- und Unterschränke, zog alle Schubladen heraus, spähte in Mikrowelle und Backofen, warf einen Blick in den Mülleimer und hob sogar den ziemlich durchgelatschten Sisalläufer an, der auf dem Küchenboden lag und der laut Herstelleretikett auf der Unterseite »Robusta« hieß. Keine Feuchtigkeit, keine Krümel, kein Abfall. Nichts deutete darauf hin, dass die Küche kürzlich benutzt worden war.

Im Bad kontrollierte er den Wandschrank über dem Waschbecken und stieß auf Kulturutensilien für zwei Personen. Beide Zahnbürsten waren trocken, weder Kamm noch Bürste enthielten Haare. Sämtliche herumhängenden Hand- und Badetücher waren unbenutzt und rochen noch schwach nach Waschmittel.

Das Bett im Schlafzimmer war kalt, das Laken faltenfrei. Höchst unwahrscheinlich, dass in der vergangenen Nacht jemand darin geschlafen hatte. Langsam kamen Lemberg Zweifel, ob Dunja Voss überhaupt hier gewesen war. Offenbar hatte sie das Durlach nur angekündigt, sich in Wirklichkeit aber sonst wo rumgetrieben. Auch hatte er nicht den geringsten Hinweis auf tiefgefrorene Fische voller Ecstasy entdeckt. Also drückte er die Sicherungen wieder raus, verließ das Haus und schloss die Tür ab.

Hinter dem Haus befand sich der Schuppen, der im Prinzip nichts anderes war als ein Gartenhaus, das allerdings im Baustil dem Hauptgebäude angeglichen war. Lemberg ließ das Vorhängeschloss aufschnappen. Einen Lichtschalter suchte er vergeblich, hier konnte er sich nur im funzeligen Schein seiner kleinen Taschenlampe orientieren.

In der Hütte wurde mehr oder weniger das aufbewahrt, was man erwarten durfte. Ein bisschen Werkzeug, ein paar Gerätschaften zur Grundstückspflege, mehrere Klappstühle und ein altes Mofa mit platten Reifen. Lemberg wollte den Schuppen schon wieder verlassen, als ihm ein Spatenstiel auffiel, der seltsamerweise aus einem blauen Plastiksack ragte.

Er griff zu und nahm den Spaten heraus. Das Blatt war schmutzig, feuchte Erde haftete daran. Lemberg stellte das Werkzeug zur Seite und prüfte den übrigen Inhalt. Ein Paar Gummistiefel, an deren profilierten Sohlen ebenfalls Waldboden klebte. Auch dieses Erdreich war weich. Ein Blick in den Schaft verriet Lemberg, dass es sich um Stiefel der Größe vierzig handelte. Irgendein Kleinfuß hatte sie erst unlängst getragen und mit dem Spaten wo auch immer herumgebuddelt.

Die Stelle zu suchen, wo derjenige gegraben hatte, war müßig. Dazu hätte es einer Hundertschaft bedurft. Also packte Lemberg Spaten und Stiefel wieder in den Sack und nahm ihn mit. Vielleicht konnten ja die Kollegen im Labor etwas damit anfangen.

27

Die kurze Fahrzeit bis Manderscheid nutzte Lemberg, um Noll und van de Sande anzurufen. Seine Stellvertreterin hatte die Durchsuchung des Delikatessenladens soeben beendet, ohne fündig geworden zu sein. Der Frust darüber war ihrer Stimme deutlich anzuhören. Auch van de Sande konnte ihm nur eine negative Meldung machen. Kein Ecstasy, nicht einmal Verdachtsmomente dafür.

»Dunja Voss habe ich nicht angetroffen«, sagte Lemberg. »Im Jagdhaus finden sich keinerlei Anzeichen dafür, dass sie dort übernachtet hat. Fragen Sie Durlach doch mal, wo sie sonst die Nacht verbracht haben könnte.«

»Warten Sie erst einmal«, sagte van de Sande. »Ich habe vor ein paar Minuten das Ergebnis der Personenüberprüfung erhalten. In ganz Deutschland gibt es genau sieben Frauen mit dem Namen Dunja Voss, Voss mit Doppel-s, nicht mit ß. Ich habe mir die Schreibweise von Herrn Durlach noch einmal extra bestätigen lassen. Nur auf eine von ihnen passt das angegebene Geburtsdatum, der 16. Juni 1974.«

»Hey!«, rief Lemberg, dem die Kunstpause, die van de Sande machte, auf die Nerven ging. »Machen Sie es nicht so spannend.«

»Sie gönnen einem aber auch gar nichts. Also, die betreffende Dunja Voss ist eine ehemalige Nonne, eine Karmeliterin. Derzeitiger Aufenthaltsort: eine Nervenheilanstalt in Oberbayern. Ich habe direkt Kontakt zu der Klinik aufgenommen. Frau Voss sitzt zur Stunde wohlbehalten im Speisesaal und nimmt ihr Mittagessen zu sich.«

»Noch was?«

»Das war nur die Ouvertüre. Frau Voss ist zudem blind. Sie hat sich vor einigen Jahren selber mit Säure das Augenlicht genommen.«

Lembergs Gedanken überschlugen sich.

»Hören Sie, Helena, Durlach soll Ihnen ein Foto seiner Verlobten geben. Ich will schnellstmöglich wissen, wie die Frau aussieht.«

»Danach habe ich ihn schon gefragt. Er hat keins.«

»Durlach besitzt keine Aufnahme seiner Braut? Auch kein Foto, auf dem sie zusammen zu sehen sind? – Das gibt es doch nicht! Wie hat er sie beschrieben?«

Van de Sande gab durch, was Durlach ihr gesagt hatte. Lemberg fielen auf Anhieb ein Dutzend Frauen ein, auf die die Angaben zutrafen.

»Soll ich die Voss zur Fahndung ausschreiben lassen?«, fragte van de Sande.

»Nein, das wäre zwecklos. Lassen Sie umgehend einen Zeichner kommen.«

»Am Wochenende könnte das schwierig werden, aber ich versuche es. Vermuten Sie dasselbe, was auch ich vermute?«

»Vermutlich. Setzen Sie sich mit Noll in Verbindung und organisieren Sie zusammen mit ihr die Überwachung der Durlachs. Ich will, dass Mutter und Sohn rund um die Uhr observiert werden beziehungsweise die Villa, der Laden und das Jagdhaus. Und vergessen Sie die Telefone nicht.«

»Geht in Ordnung. Sind Sie auf dem Weg nach Dorsel?«

»Später«, sagte Lemberg. »Ich muss noch schnell die Ohren einer alten Dame überprüfen.«

*

Die technische Ausstattung der SOKO war wirklich zum Gotterbarmen. Das Aufnahmegerät, das Klaes Lemberg gegeben hatte und auf dem sich die diversen Geräusche befanden, die dem Durchladen einer Pistole ähnlich klingen sollten, war ein Kassettenrekorder des gleichen Typs, den Lemberg vor vierzig Jahren besessen und mit dem er per Mikrofon Musik aus dem Fernseher aufgenommen hatte. Graham Bonnie, Sandy Shaw und die Titelmelodie der Fernsehserie »Tammy, das Mädchen vom Hausboot«.

»Hörst du den Südwind, er flüstert dir zu«, brummte Lemberg vor sich hin, während er durch die Serpentinen hinauf nach Manderscheid kurvte. »Ta-ammy, Ta-ammy, sein Glück bist du.«

Den weiteren Text wusste er nicht mehr. Er erinnerte sich nur noch, dass darin die Rede von Wellen und Musik gewesen war. Auch der Name der Sängerin war ihm entfallen, sofern er ihn überhaupt je gekannt hatte. Die Wiedergabequalität war jedenfalls immer zum Fürchten gewesen, besonders wenn man das Gerät laut gestellt hatte.

Kein Fahrzeug stand vor dem Heim der Schupps. Vielleicht hatte Lemberg Glück, und die Seniorin war allein zu Hause.

Er hatte den Finger noch nicht vom Klingelknopf genommen, als die Tür geöffnet wurde. Die alte Dame stand ihm in Hut, Mantel und mit einer Handtasche in der Hand gegenüber. Alles in Schwarz.

»Sie schon wieder?«, fragte sie aufgekratzt. »Ich bin mit einer Freundin verabredet.«

»Es dauert nur fünf Minuten«, sagte Lemberg. »Ich möchte, dass Sie sich etwas anhören.«

Sie schien zu rechnen, wie viel das in Sekunden machte. »Aber wirklich nur fünf Minuten.«

»Versprochen.«

Lemberg setzte sich auf den Stuhl, den er schon die vorangegangenen Male benutzt hatte. Maria Schupp legte den Mantel ab, behielt ihren Hut aber auf. Interessiert beobachtete sie, wie Lemberg den Zettel entfernte, den Klaes mit Tesafilm am Rekorder befestigt hatte.

»Haben Sie mir Musik mitgebracht?«, fragte sie.

Lemberg erklärte ihr, was es mit der Aufnahme auf sich hatte, und was er von ihr erwartete.

»Sie halten mich für unglaubwürdig«, sagte Maria Schupp. »Wäre ich zwanzig Jahre jünger, würden Sie sich das nicht erlauben. Aber mit uns Alten kann man –«

»Frau Schupp! Wer auch immer mir eine Information gibt, ich bin gehalten, deren Wahrheitsgehalt zu überprüfen. Die Dinge müssen im Ernstfall vor Gericht Bestand haben. Das verstehen Sie doch sicher?«

Ihr war anzusehen, dass sie gerne noch ein wenig mehr genörgelt hätte, aber sie war auch in Eile.

»Also gut«, sagte sie und faltete die Hände im Schoß. »Ich bin bereit, Herr Kommissar.«

»Sie können sich das Band bis zum Ende anhören und mir dann sagen, welches der zehn Geräusche Ihrer Meinung nach das Betreffende gewesen ist. Sie können aber auch gleich, nachdem Sie glauben, es erkannt zu haben, Bescheid geben. Okay?«

Sie nickte.

Lemberg drückte auf Play. Laut der Liste stammte das erste Geräusch tatsächlich von der elektrischen Schreibmaschine, die Klaes aus dem Keller geholt hatte. Geräusch Nummer zwei war das Herausspringenlassen und Einschieben des Schlittens eines Hefters, Nummer drei das Durchladen und Entsichern von Klaes' Pistole. Die Tonqualität war durchaus passabel. Maria Schupp hörte konzentriert, aber regungslos zu, bis Geräusch Nummer sieben ertönte.

»Das ist die Pistole«, sagte sie. »Kein Zweifel.«

Laut Lembergs Liste war das der Leuchtturmflaschenöffner von Jever-Pils, wie er über einen Flaschenhals gestülpt und runtergedrückt wurde und mitsamt dem Kronkorken zurücksprang. Das Ding gehörte zur Ausrüstung der kleinen Gemeinschaftsküche der SOKO und funktionierte nur nach dem Zufallsprinzip.

»Nein, Frau Schupp«, sagte Lemberg. »Ich spiele Ihnen das Band noch einmal vor.«

»Vielleicht sind Ihre Aufzeichnungen verkehrt«, sagte die alte Dame und warf einen demonstrativen Blick auf ihre zierliche Armbanduhr.

Lemberg ließ das unkommentiert, spulte zurück und startete das Band erneut. Diesmal wartete Maria Schupp, bis alle zehn Geräusche ertönt waren.

»Nun?«, fragte Lemberg, da sie zögerte. »Möchten Sie es noch einmal hören?«

»Nur die ersten drei.«

Lemberg tat ihr den Gefallen. Immerhin kamen sie der Sache näher.

»Eindeutig«, sagte sie mit triumphierender Miene. »Das zweite war es.«

»Nein«, sagte Lemberg. »Auch diesmal liegen Sie daneben.«

»Ich bin mir aber absolut sicher.« Misstrauisch kniff sie die Augen zusammen. »Oder wollen Sie mich vorführen, und keines der Geräusche stammt von einer Pistole?«

»Was hätte das für einen Sinn?«

»Was weiß ich, was in Polizistenköpfen vor sich geht.«

»Ihr ermordeter Sohn war ebenfalls Polizist«, sagte Lemberg. »Und seinen Mörder suche ich. Glauben Sie ernsthaft, da hätte ich Sinn für dumme Spielchen?«

In diesem Moment fiel die Haustür ins Schloss, und keinen Atemzug später stand Marlies Schupp im Türrahmen. Ungehalten wirkte sie nicht, aber angespannt wie eine Unternehmerin, die in ihren Räumlichkeiten unvermutet auf Buchprüfer trifft. Dabei betrachtete sie den auf dem Tisch stehenden Rekorder mit einem kurzen argwöhnischen Blick.

»Du brauchst gar nicht so zu gucken«, sagte ihre Schwiegermutter, bevor Marlies Schupp oder Lemberg auch nur die Chance gehabt hätten, einen Ton von sich zu geben. »Ich habe den Herrn Kommissar hergebeten. In meinem Haus dulde ich keine Schusswaffen.«

»Wovon, um alles in der Welt, sprichst du?«

»Von der Pistole, mit der ich dich am Montag habe hantieren hören.«

»Was für eine Pistole? Kann es sein, dass dir die neuen Medikamente nicht bekommen, Schwiegermama?« Marlies suchte Lembergs Blick. »Glauben Sie ihr etwa?«

»Das ist keine Glaubensfrage, Frau Schupp«, sagte Lemberg. »Hatten Sie am Montag eine Waffe im Haus oder nicht?«

»Jetzt verstehe ich«, fauchte Marlies. »Deswegen also haben Sie das Haus auf den Kopf stellen lassen. Versuchen Sie etwa, mir anzuhängen, ich hätte meinen Mann ermordet? Nur weil Sie mit Ihren Ermittlungen auf der Stelle treten? Ihr Benehmen ist einfach ... skandalös! Sie sollten sich schämen.«

»Ich habe zwei Mordfälle aufzuklären. Und jede Waffe, die in dem Zusammenhang auftaucht, macht mich misstrauisch. Nennen Sie es von mir aus Berufskrankheit. Also, seien Sie so gut und beantworten Sie meine Frage.«

»Nein, zum Teufel! Aber wenn Sie mir nicht glauben, dürfen Sie alles gerne noch einmal durchsuchen. Von mir aus graben Sie auch das Grundstück um. Auch wenn dies eigentlich ein Trauerhaus ist.«

Wild aufschluchzend stürzte sie aus dem Raum. Lemberg hörte, wie sie die Treppe hinauflief.

»Ich fürchte, das war unklug von Ihnen«, sagte er zu Maria Schupp.

»Das lassen Sie mal meine Sorge sein.« Sie stand auf. »So, nun muss ich aber los. Ich bin spät dran.«

»Kann ich Sie irgendwo absetzen?«

»Nein, ich gehe zu Fuß.«

Lemberg half der Seniorin in den Mantel. Solange sie mit dem Rücken zu ihm stand, nutzte er die Gelegenheit und klaubte zwei Haare vom Kragen der Jacke ihrer Schwiegertochter, die an der Garderobe hing. Im Wagen steckte er die Haare in eine steriles Plastiktütchen und beschriftete es. Als er Manderscheid verließ, klingelte sein Handy. Noll teilte ihm mit, wer wen beschattete.

»Verstärkung vom LKA bekommen wir erst am Montag«, sagte sie. »Bis dahin müssen wir allein zurechtkommen. Sie habe ich ab zweiundzwanzig Uhr als Ablösung für Schommer vorgesehen. Oder spricht etwas dagegen?«

»Nein, kein Problem«, sagte Lemberg. »Sagen Sie ihm nur, er soll mich eine Stunde vorher anrufen und mir mitteilen, wo er steckt. Bis dahin lege ich mich aufs Ohr und schlafe ein wenig vor.«

»Sie wissen, dass vorschlafen nicht geht?«

»Haben Sie eine Ahnung.«

Dummerweise hatte Noll recht, wenn auch anders als gedacht. Als Lemberg eine knappe Stunde später nach einem kurzen Stopover in der Dienststelle seinen Wohnanhänger betrat, war sein Bett im Heck bereits besetzt.

28

Maggie lag vollständig bekleidet auf dem Bett und sah anders aus als sonst. Lemberg brauchte einen Augenblick, bis er wusste, wieso. Sie hatte, was für sie völlig ungewohnt war, ihre Wimpern getuscht und Lippenstift aufgetragen. Und natürlich tat sie nur so, als schlafe sie, denn tagsüber konnte sie das nicht, wie er wusste. Also hielt er ihr die Nase zu, woraufhin sie die Augen aufschlug und ihn »Blödmann!« nannte.

»Verdammt, ich hatte vergessen, dich anzurufen, dass ich am Wochenende nicht kommen kann«, sagte er, nachdem sie sich geküsst hatten. Der Lippenstift war hundert zu eins aus einem Ökoladen, denn er schmeckte nach Meersalzbutter.

»Das ist ja nichts Neues«, sagte Maggie. »Deshalb bin ich hier, um dich heute Abend zum Essen einzuladen.«

»Warum?«

»Weil wir heute zwanzigsten Verlobungstag haben.«

»Wir waren nie verlobt.«

»Natürlich waren wir verlobt. Heute vor zwanzig Jahren hast du mich gefragt, ob ich deine Frau werden will. Wenn man so ein Angebot macht und den Zuschlag erhält, nennt man das Verlobung.«

Irgendetwas in der Art war passiert, da hatte sie recht. Aber wann und wo, das war Lemberg völlig entfallen. Er war schon stolz darauf, dass er es mit den Jahren geschafft hatte, an das Hochzeitsdatum zu denken.

»Wer kümmert sich um die Kinder und den Hund?«, fragte er.

»Die Kinder sind achtzehn und sechzehn und kümmern sich selber um sich. Und um den Hund.«

»Möchtest du auch einen Kaffee? Ich habe allerdings nur Löskaffee.«

»Du hast immer nur Löskaffee. Hast du wenigstens frische Milch?«

»H-Milch, reicht das?«

»Wegen dir mache ich eine Ausnahme.«

Lemberg startete den Herd und setzte einen Topf auf, in den er stilles Mineralwasser goss. Zwei Becher, Kaffee, Süßstoff und die Milch nahm er aus dem Hängeschrank und stellte alles auf den Tisch im Bug des Anhängers. Als er den Karton aufriss, schwappte ein wenig Milch aus der Öffnung. Maggie betrachtete die kleine Pfütze mit Argwohn.

»Wie alt ist die Milch?«

»Du hast doch gesehen, dass ich sie gerade erst aufgemacht habe.«

Maggie suchte die Packung nach dem Haltbarkeitsdatum ab. Das war raffinierterweise auf der Unterseite aufgedruckt.

»Zehnter Dezember«, sagte sie. »Letzten Jahres.«

»Ich kann dir im Laden neue holen. Dauert nur fünf Minuten.«

»Einmal im Leben wird es auch ohne gehen.«

Als sie einander gegenübersaßen, pusteten und einen ersten vorsichtigen Schluck nahmen, wobei Maggie ein Gesicht machte, als hätte Lemberg ihr einen Schwedentrunk gereicht, fragte er:

»Wo war das? Das mit der Verlobung meine ich.«

»Bei Luigi.«

Luigi war der Inhaber eines italienischen Restaurants gewesen, wo sie in den Anfangsjahren häufig gegessen hatten. Richtig hatte der Laden »La isola della tentazione« geheißen, was so viel wie »Die Insel der Versuchung« bedeutet.

»Was hatten wir an dem besagten Abend bestellt?«

»Ich hatte Antipasti misti und Schweinefilet mit Gorgonzola, du hattest Carpaccio vom Lachs und als Hauptgericht gegrillte Gamberoni.«

»Ich habe in meinem ganzen Leben noch nie Carpaccio vom Lachs gegessen«, sagte Lemberg. »Und du bist Vegetarierin.«

»Erst seit Sebastians Geburt.«

»Stimmt. Trotzdem – du musst mich mit einem anderen verwechseln. Wie hieß noch dieser krummbeinige Sportlehrer, der dir mal einen Antrag gemacht hat?«

»Du meinst Günther.«

»Genau. Der hat ausgesehen, als würde er auf rohe Fischscheibchen stehen.«

»Günther hatte eine Allergie gegen Fisch«, sagte Maggie und schob ihren Becher zur Seite. »Er hat nicht einmal Geflügel vertragen, wenn die Tiere mit Fischmehl gefüttert worden waren.«

»Wie genau du das noch weißt.« Lemberg sah sie forschend über den Rand seines Bechers an.

»Du guckst wie ein eifersüchtiger Bulle.«

»Bullen sind nicht eifersüchtig. Aus Zeitmangel.« Der Kaffee schmeckte wirklich zum Kotzen. Der Deckel war nicht richtig aufgeschraubt gewesen. »Außerdem haben wir unseren Verlobungstag noch nie gefeiert. Ich glaube, du bist aus einem ganz anderen Grund gekommen.«

»Ach? Und weswegen?«

»Um mich noch einmal wegen Frankfurt zu bearbeiten.«

»Wie kannst du nur so etwas denken?«, fragte Maggie selbstironisch. »Aber wo du schon davon anfängst: Hast du dich bereits entschieden?«

Lemberg seufzte. »Dafür hatte ich keine Zeit. Ich habe mittlerweile zwei Mordfälle aufzuklären. Außerdem brauche ich das vielleicht gar nicht. Albrecht meint, die SOKO werde zum Jahresende aufgelöst. Vater Staat ist klamm.«

»Sicher?«

»Das entscheidet sich in den nächsten Tagen.«

Maggie warf noch einmal einen Blick auf ihren Becher, rührte ihn aber nicht mehr an. »Für deine Leute tut mir das leid. Wissen sie schon Bescheid?«

Lemberg verneinte kopfschüttelnd. »Solange die Sache nicht spruchreif ist …«

Maggie musterte ihn aufmerksam. »Solange du es ihnen nicht gesagt hast, bringst du es aber auch nicht fertig, dich woanders zu bewerben, richtig?«

»Das ist eine saublöde Situation. Ich käme mir unanständig vor.«

Maggie betrachtete prüfend ihre Fingernägel. Die waren lackiert, was Lemberg erst jetzt auffiel.

»Dir … uns läuft die Zeit davon. Das weißt du.«

»Ich schlafe noch mal drüber.« Lemberg nahm die beiden Becher, drehte sich zur Seite und goss die Inhalte in die Spüle. »Unser Verlobungsdinner müssen wir aber verschieben. Ich muss Schommer um zweiundzwanzig Uhr bei einer Observierung ablösen. Das wird eine lange Nacht.«

»Was dagegen, wenn ich dich begleite?«

Lemberg guckte erstaunt. »Das ist absolut unüblich.«

»Ist es denn verboten?«

»Das weiß ich gar nicht. Ich gehe aber mal davon aus.«

Maggie beugte sich vor. »Ich mache dir einen Vorschlag: Wir gehen zeitig essen, und danach begleite ich dich zu deiner Nachtschicht und halte dich wach.«

»Und was machen wir bis dahin?«

Maggies Hände landeten auf Lembergs. »Ich könnte dir ein paar Speckröllchen wegmassieren. – Wo wir gerade von Speck sprechen: Wie haben dir die Mahlzeiten geschmeckt, die ich dir mitgegeben hatte?«

»Gut«, sagte Lemberg. »Wirklich. Allerdings gab es da ein Problem ...«

29

Schommers Golf parkte gegen die Fahrtrichtung gleich neben dem Schiff von St. Markus in der Kirchstraße. Als er Lemberg kommen sah, stieß er ein Stück zurück, damit Lemberg seinen Platz einnehmen konnte, von dem aus man durch eine Gasse einen direkten Blick auf Durlachs Delikatessenladen hatte. Lemberg setzte sich auf den Beifahrersitz neben den Kollegen, der ziemlich groggy aussah.

»Haben Sie sich Gesellschaft mitgebracht?«, fragte Schommer mit einem gewissen anzüglichen Unterton.

»Meine Frau«, sagte Lemberg. »Sie liebt das Abenteuer. Wie sieht es aus?«

»Nichts, und das ist noch untertrieben. Vor einer Stunde ist hier der letzte Mensch vorbeigekommen. Seitdem nur noch Hunde und Katzen. Wittlich hat kein großes Nachtleben, wie es scheint. Ich bin kurz vor dem Einnicken.«

»Das liegt am Wetter.« Lemberg wischte Beschlag von der Seitenscheibe. »Der Sandsteinklotz verdeckt zum Teil die Sicht.«

»Das Wichtigste können Sie aber einsehen. Einen Hintereingang hat der Laden nämlich nicht, nur einen Seiteneingang vom Treppenhaus aus. Und den haben Sie im Blick. Zusätzlich bin ich jede Stunde ausgestiegen und habe kontrolliert, ob die transparenten Klebestreifen oben und unten an den Türen unversehrt sind. Zuletzt vor zehn Minuten. Eigentlich total überflüssig, aber so hat man ein bisschen Bewegung.« Schommer kramte einen Schlüsselbund aus dem Ablagefach an seiner Tür. »Hier, für alle Fälle. Der BKS ist für die Haustür, der andere für den Seiteneingang.«

»Wie ist ansonsten der Stand der Dinge?«

»Waren Sie nicht am Funk?«

»Dann würde ich ja nicht fragen.«

»Klaes observiert die Villa. Frau Durlach und ihr Sohn sind zu Hause; von Dunja Voss gibt es nach wie vor keine Spur. Durlach hat mehrfach versucht, sie telefonisch zu erreichen, aber sie muss ihr Handy ausgeschaltet haben.«

»Wer beobachtet das Jagdhaus?«

»Wagner. Wie haben uns einige Male gegenseitig angerufen, um nicht einzupennen. Wenn Sie mich fragen, ist die ganze Observiererei für die Katz.«

»Die Nacht ist noch jung.«

»Wenn die Voss wirklich mit Ecstasy gedealt und auch noch Schupp auf dem Gewissen haben sollte, ist sie bestimmt bereits über alle Berge. Eine Fahndung würde sicher mehr bringen.«

»Noch steht ja nicht fest, ob sie diejenige ist, die wir suchen. Was ist mit dem Zeichner?«

»Der kommt erst morgen, weil heute eine Ausstellung mit von ihm gezeichneten Karikaturen eröffnet wird. Der Polizeipräsident höchstpersönlich hält die Laudatio. Da war nichts zu machen.«

»Das ist nicht wahr!«

»Doch, doch. Der Mann ist prominent.«

»Dann hätte van de Sande eben einen anderen anfordern müssen.«

»Das hat sie ja versucht. Keine Chance. Die sind alle auf der Vernissage.«

Lemberg schnaubte. »Wer koordiniert den Funk?«

»Dröger.«

»Dann macht der wenigstens mal was Sinnvolles.«

Schommer schüttelte den Kopf, weil er die Bemerkung nicht verstand, fragte aber nicht nach.

»Ach so – ehe ich es vergesse«, sagte er stattdessen. »Schupps Astra ist freigegeben worden und wird morgen zurückgebracht.«

»Am Sonntag?«

»Es handelt sich um den Wagen eines ermordeten Kollegen. Dafür würde sogar Heiligabend gefahren werden. Wenn Sie einverstanden sind, begleite ich den Transporter nach Manderscheid. Liegt für mich auf dem Weg.«

»Sie haben sich also schon auf ein komplett ruiniertes Wochenende eingestellt?«

»Berrenrath-Noll hat mich darauf eingestellt. Wir alle sind eingeplant.« Schommer grinste frech. »Sie übrigens auch.«

Lemberg stieg aus, klopfte auf das Wagendach und sagte: »Schlafen Sie sich erst einmal aus.«

»Worauf Sie sich verlassen können.«

Während Schommer durch den Nieselregen davonfuhr, klemmte Lemberg sich wieder hinter das Steuer seines Wagens.

»In zwanzig Minuten machen wir einen Spaziergang«, sagte er. »Möchtest du so lange Radio hören?«

»Meinst du, sie senden irgendwo Kuschelrock?«

Lemberg stöhnte auf. »Das Radio bleibt aus.«

Die Zeit schlich dahin. Selbst die Hunde und Katzen, von denen Schommer gesprochen hatte, ließen sich nicht mehr blicken.

»Ich habe schon wieder Kohldampf«, sagte Lemberg plötzlich.

»Das kann nicht sein«, sagte Maggie. »Wir haben eben erst gegessen. Dir ist nur langweilig. Das sind die Nächte, in denen ihr dick werdet.«

»Das gilt nicht für alle. Schommer und Wagner sind schlank.«

»Leider gehörst du nicht zu den Gesegneten.«

»Mensch, ich habe dir noch gar nicht erzählt, dass ich dreihundert Gramm abgenommen habe!«

»Vorhin hast du dich aber nach einem Pfund mehr angefühlt.«

Lemberg warf einen Blick auf seine Uhr. In fünf Minuten stand der Kontrollgang an.

»Um was geht es überhaupt?«, fragte Maggie. »Oder ist das geheim?«

»Siehst du den Laden da drüben?« Lemberg deutete aus dem Seitenfenster. »Delikatessen Durlach. Wir warten auf die Verlobte des Inhabers.«

»Delikatessen, daher der Hunger. Ist die Frau eine Verbrecherin?«

»Womöglich.«

»Ist sie attraktiv?«

»Ich habe keine Ahnung, wie sie aussieht.«

»Wie willst du sie dann erkennen?«

»Mein Instinkt wird es mir signalisieren.« Lemberg zog den Zündschlüssel ab. »Komm, wir drehen eine Runde.«

Praktisch veranlagt, wie Maggie war, hatte sie ein kleines Nylontäschchen dabei, in dem eine faltbare Regenjacke mit Kapuze steckte. Lemberg hingegen wurde nass. Arm in Arm schlenderten sie zur Burgstraße und blieben vor dem Schaufenster des Feinkostladens stehen. Während sie sich umarmten, warf Lemberg einen Blick auf die durchsichtigen dünnen Klebestreifen, mit denen die Schiebetür versiegelt war. Nur wenn man wusste, dass da welche waren, sah man sie auch. Sie waren unangetastet. Die Siegel am Seiteneingang waren von ihrem Standort aus nicht zu erkennen, aber Lemberg unterstellte ihnen dasselbe.

»Wenn nicht ich bei dir wäre, sondern eine Kollegin, wie hättet ihr das dann gemacht?«, fragte Maggie. »Auch mit einer Umarmung?«

»Absolut.«

»Hat dich das schon mal erregt?«

»Du fragst vielleicht Sachen.«

»Ja oder nein?«

Lemberg seufzte. »Wir sind gehalten, uns vor einem derartigen Einsatz einen runterzuholen, damit das nicht passiert.«

»Das ist nicht dein Ernst!«

»Das ist Dienstvorschrift. Paragraph soundsoviel. Deswegen arbeiten ja so viele Wichser bei uns.«

Maggie hängte sich schwer an seinen rechten Arm und zog ihn mit sich. »Und Dummquatscher wie du. – Ist das der Marktplatz?«

»Sieht so aus.« Lemberg nickte zu dem mandarinfarbenen Barockbau an der Ecke hin. »Das ist das alte Rathaus. Beherbergt jetzt ein Museum, soviel ich weiß.«

»Nett, aber zu nass. Lass uns zurückgehen.«

Im Fahrzeug beschlugen wegen der Feuchtigkeit, die sie mitgebracht hatten, umgehend die Scheiben. Lemberg wischte das Seitenfenster mit seinem Taschentuch frei. Als er das kurz darauf wiederholte, entdeckte er einen besoffenen alten Knaben, der gegen Durlachs Schaufenster pinkelte, wobei er sich mit der Stirn an die Scheibe lehnte. Von Hunden und Katzen war noch immer nichts zu sehen. Jede Sekunde war eine kleine Ewigkeit.

»Stört es dich, wenn ich eine Zigarre rauche?«, fragte Lemberg.

»Ich kann dir einen Kaugummi geben. Zuckerfrei.«

»Ich wusste, dass es einen Haken hat, dich mitzunehmen.«

Fünf Minuten später hielt Lemberg es nicht mehr aus.

»Ich dreh noch mal eine Runde«, sagte er. »Falls dich jemand belästigt, drück auf die Hupe.«

Der Regen war stärker geworden. Lemberg brauchte drei Streichhölzer, um die Fehlfarbene anzuzünden. Als sie endlich brannte, nahm er den Weg, den er zuvor mit Maggie gegangen war. Auf der dem alten Rathaus gegenüberliegenden Seite hatte er nämlich eine Arkade entdeckt, die zu einem Bekleidungshaus gehörte. Dort stellte er sich unter und brauchte bloß um die Ecke zu gucken, um Durlachs Laden im Blick zu haben.

Gleich das erste Schaufenster war mit Bademoden dekoriert. Ein bisschen spät für die Jahreszeit, aber vielleicht waren die Sachen liegen geblieben und mussten raus. Lemberg staunte, was es heutzutage alles gab. Hatten die Damen in seiner Jugend sich noch mit Einteilern oder Bikinis begnügt, konnten sie nunmehr zwischen Bügel-Bikinis, Tankinis, Push-up-Bikinis, Triangel-Bikinis und Mixkinis wählen, wie die Beschriftungen der Preisschilder verkündeten. Dabei waren die Dinger mit dem wenigstens Stoff die teuersten.

Eine Schaufensterpuppe sah besonders reizvoll aus. Zu einem schwarzen Höschen trug sie oben herum ein gelbes Teil, dass sich Bandeau-Top nannte und ihre Formen eindrucksvoll unterstrich. Aber nicht nur damit zog sie Lembergs Aufmerksamkeit auf sich. Ihre sparsam modellierten Gesichtszüge in Verbindung mit der brünetten Perücke erinnerten ihn an eine verflossene Jugendliebe, die Birgit oder Brigitte geheißen hatte, jedenfalls irgendwas mit B und mehreren I. Ein praktisch denkendes Mädchen, das ihn damals hatte abblitzen lassen, weil er zwar den Führerschein, aber keinen Wagen gehabt hatte, Kumpel Werner dagegen hatte beides gehabt. Richtiggehend scharf sah sie aus, wie sie so mit einer Hand in der Hüfte im Schaufenster stand, und weckte Erinnerungen an die erotischen Träume, die er damals durchlitten hatte. Und dann entdeckte Lemberg, dass der Laden ausgerechnet Vögele hieß.

Ein plötzlich neben Birgit oder Brigitte auftauchendes weibliches Gesicht riss Lemberg aus seinen Träumereien. Nur eine Spiegelung in der Scheibe, denn die Frau stand leicht versetzt hinter ihm. Aber er brauchte eine ganze Sekunde, um das zu begreifen und sich zu erinnern, wo er ihr schon einmal begegnet war. Genau die entscheidende Sekunde zu lang. Was Lemberg im Rücken spürte, mochte ein steifer Zeigefinger sein, aber er hatte so eine Ahnung, dass es etwas anderes war.

»Keine Tricks, Bulle«, sagte die Doppelgängerin der jungen Kate Nelligan. »Wo ist Ihre Waffe?«

»Im Wagen«, sagte Lemberg.

Schnell und professionell tastete sie ihn ab. »Der steht wo?«

»Da oben, wo das neue Einkaufszentrum gebaut wird.«

»Vergessen Sie's. Haben Sie einen Schlüssel für den Laden?«

»Habe ich.«

»Dann gehen Sie vor mir her und sperren auf.«

30

Sie befanden sich in dem Gewölbekeller, der sich unter dem Ladenlokal erstreckte und den man über eine enge Wendeltreppe erreichte. Das Mauerwerk war gut erhalten, und der Raum war hoch genug, dass auch Lemberg darin stehen konnte. Allem Anschein nach diente er als eine Kombination aus Lager und Abstellraum und war mit Kisten, Kästen, Kartons und allerlei Gerümpel vollgestellt. An der Beleuchtung hatte Durlach gespart, zwei zitterige Glühbirnen brachten nur wenig Licht in die Düsternis.

Lemberg hockte auf einem Fünfzig-Liter-Holzfass, das mit »Fra Giocondo – Montepulciano Abruzzo« beschriftet war. Das Fass schien leer zu sein, denn es wackelte. Die rechte Hand hatte er auf Anweisung mit seinen Handschellen an einen schmiedeeisernen Ring gekettet, der wiederum in einer ebensolchen Öse steckte, die ihrerseits in der Wand verankert war. Ein Ensemble, das wie ein Relikt aus einem mittelalterlichen Folterkeller wirkte. Ein knappes Rucken hatte Lemberg bewiesen, dass es sich um eine überaus solide Konstruktion handelte.

Rita Nideggen stand vor ihm und war bekleidet wie bei ihrer ersten Begegnung. Noch stärker als seinerzeit erinnerte sie Lemberg an die Hauptdarstellerin aus der Verfilmung von Folletts »Nadel«. Ihre Züge verrieten Übermüdung und Anspannung, trotzdem hielt sie die brünierte Beretta lässig und mit nach unten gerichtetem Lauf.

»Ihr Handy«, sagte sie und streckte die linke Hand aus.

Lemberg nahm es aus der Jacke und gab es ihr. Sie trat zwei Schritte zurück, klappte das Gerät auf und tippe eine elfstellige Nummer. Nach geschätztem zehnmaligen Klingeln meldete sich wer auch immer.

»Ich bin's. … Keine Namen! … Ich bin im Verlies. Ich brauche den Schlüssel. … Ja, den Tresorschlüssel, du Trottel! … Sofort! … Das erkläre ich dir später. … Und pass auf, dass dir niemand folgt. Fahr durch den Wald.«

Damit beendete sie die Verbindung und ließ das Mobiltelefon in ihrer Manteltasche verschwinden.

»Lerne ich Sie endlich einmal kennen, Frau Nideggen«, sagte Lemberg. »Ich habe schon viel von Ihnen gehört.«

»Ich hoffe, nur Gutes«, sagte sie mit einem ironischen Lächeln.

»Woher wussten Sie, dass ich ein Bulle bin?«

»Den habe ich Ihnen gleich angesehen, als Sie mir das erste Mal über den Weg gelaufen sind.«

»Und ich dachte immer, ich sähe neutral aus.«

»Wie ein Vorwerkvertreter, oder was meinen Sie? Mein Vater war Bulle. Zur Not erkenne ich euch Brüder mit verbundenen Augen. Das liegt am Stallgeruch.«

»Das klingt ja, als würden Sie Ihren Vater nicht mögen.«

»Der verdammte Heuchler! Nach außen der Saubermann, aber es gab keinen Tag, an dem er meine Mutter nicht verprügelt hätte. – Aber lassen wir das. Das würde zu weit führen.«

»Woher wussten Sie, dass ich hinter Ihnen her bin?«

»Sonst wären Sie wohl kaum nach Karl gefahren, oder?«

»Waren Sie das in dem schwarzen BMW?«

»Tut mir leid«, sagte sie spöttisch. »Es war keine Absicht, dass Sie durch die Wiese mussten. Ich war einfach zu schnell, da ist mir die Straße ausgegangen.«

»Bei Ihrem Tempo haben Sie mich erkannt?«

»Zumindest Ihren Wagen. Der stand bei Obermann auf der Straße. Außerdem hatten sie ein Blaulicht auf dem Dach.«

»Was haben Sie dort im Wald ausgegraben?«

»Einen Schatz.« Ihre Augen wurden schlagartig schmal, als ärgerte sie sich, zu viel verraten zu haben. »Und jetzt halten Sie Ihren Mund.«

Rita Nideggen war gut aussehend und hatte Charme. Lemberg fiel es trotz seiner Berufserfahrung schwer, in ihr die kaltblütige mehrfache Mörderin zu sehen, die sie mutmaßlich war. Täterinnen wie sie waren die gefährlichsten Gegner, zumal wenn man sich für einen Menschenkenner hielt wie Lemberg. Obwohl es in dem Gewölbe kühl war, brach ihm der Schweiß aus, als er sich vorstellte, welches Schicksal ihm blühte. Er konnte nur hoffen, dass Maggie Nideggen und ihn beim Betreten des Ladens gesehen hatte und irgendetwas Vernünftiges unternahm. Sofern sie in dem Augenblick nicht am Radio herumgespielt und einen Kuschelrocksender gesucht hatte.

»Warum haben Sie Schupp erschossen?«, fragte Lemberg drauflos, weil ihm die Stille an die Nieren ging.

Rita Nideggen, die mittlerweile an der gegenüberliegenden Wand lehnte, hob träge den Kopf und sah ihn an. »Wen soll ich erschossen haben?«

»Den Mann auf der Autobahn in Höhe der Ausfahrt Winterspelt. Erschossen und mit einem Beil erschlagen.«

Sie blickte auf ihre Uhr, gab aber keine Antwort.

»Nun kommen Sie, seien Sie keine Spielverderberin«, sagte Lemberg. »Andere Delinquenten kriegen vor ihrer Hinrichtung noch was Leckeres zu essen. Mir genügt schon eine Antwort.«

»Ein Optimist scheinen Sie nicht zu sein.«

»Nennen Sie mir einen Grund, warum Sie mich am Leben lassen sollten.«

Rita Nideggen machte eine große Geste mit ihrer Pistolenhand. »Hier stehen genug Fressalien herum. Möchten Sie ein Häppchen?«

»Wie gesagt, eine Antwort würde mir reichen.«

»Zeitverschwendung.«

»Soll ich Ihnen die Geschichte erzählen?«, fragte Lemberg und bemühte sich um einen lockeren Tonfall. »Falls ich mich an irgendeiner Stelle irren sollte, können Sie mich ja korrigieren.«

»Meine Geschichte kenne ich. Sie würden mich nur langweilen.« Wieder kontrollierte sie die Uhrzeit. »Also halten Sie Ihre Klappe.«

»Auf wen warten wir eigentlich?«

»Auf den Weihnachtsmann.«

»Und was befindet sich in dem Tresor, von dem Sie gesprochen haben?«

»Meine Altersversorgung.«

»Ist das das Geld, um das Sie den alten Schupp erleichtert haben?«

Ein Hauch von Sentimentalität trat in ihre Züge. »Heinrich war ein feiner Kerl. Er wollte sich amüsieren, seine letzten Jahre genießen. Er hat meine Gesellschaft einfach genossen. Und er hat eine durchaus angemessene Gegenleistung für sein Geld bekommen.«

»Mich erstaunt nur, dass Sie anschließend seinen Sohn beschäftigt haben.«

»Ich wusste nicht, dass das Heinrichs Sohn war. Er hat sich mir unter einem anderen Namen vorgestellt.«

»Wer hat Ihnen denn gesteckt, wer er in Wirklichkeit war?«

Nideggen verzog ihr Gesicht. »Sie nerven mich. Halten Sie jetzt endlich den Mund.«

Lemberg dachte nicht daran. »Okay, fangen wir weiter vorne an. Warum haben Sie den Polizisten in Mannheim erschossen?«

»Halten Sie die Schnauze!«, fauchte sie, wobei sich ihr Körper wie eine Stahlfeder spannte. »Ich sage es nicht noch einmal.«

»Wer war die Tote in dem Wagen, in dem angeblich Sie umgekommen sind? Haben Sie die Frau auch auf dem Gewissen?«

»Schnauze, Bulle!«

»Wie sind Sie an die Personaldaten der blinden Karmeliterin gekommen? Was haben Sie mit der Frau zu schaffen?«

Die Bewegung war beinahe unauffällig. Der Lauf der Beretta zuckte hoch, und ein Blitz entfuhr ihm. Der dazugehörige Knall war ohrenbetäubend. Die Kugel klatschte unmittelbar neben Lembergs Kopf gegen die Wand und verschwand sirrend als Querschläger irgendwo im Raum.

Lembergs Herz stand still. Glücklicherweise konnte er noch reden.

»Sie wissen, dass van Pliest verhaftet wurde?«, fragte er scheinbar ungerührt. »Selbst wenn Sie mich erschießen, Sie werden nicht davonkommen. Ihre Identität ist nicht mehr anonym, Frau Nideggen.«

Ohne Hast löste sie sich von der Wand, an der sie lehnte, trat vor Lemberg hin und schlug zu. Die Pistole riss ihm die rechte Wange auf. Es war, als hätte sie mit einem glühend heißen Schürhaken zugeschlagen. Lemberg wurde schlecht.

»Nur interessehalber«, keuchte er. »Warum Drages-Dittmer?«

Diesmal traf ihn die Beretta an der Stirn, genau zwischen den Augenbrauen. Ein Kopfsprung vom Zehner in ein leeres Becken war nichts dagegen. Ohne dass ihm zum Heulen zumute war, schossen Lemberg die Tränen in die Augen. Verschwommen nahm er war, dass Rita Nideggen an ihren alten Platz zurückkehrte.

»Den Namen habe ich noch nie gehört«, sagte sie völlig ruhig. »Wollt ihr mir vielleicht auch noch den Mord an Olof Palme anhängen? Tut mir leid, aber damals bin ich noch zur Schule gegangen.«

Lemberg fuhr sich mit der freien Hand über die Stirn, schmierte sich dabei aber nur Blut in die Augen. Sein Sehvermögen entsprach dem eines Maulwurfs. Außerdem hatte er das Gefühl, seine Zunge sei gelähmt, was eigentlich nicht sein konnte. Was er als Nächstes von sich gab, hörte er wie durch Watte.

»Weiß Durlach eigentlich, mit wem er verlobt ist?«

Nideggen blickte ihn an, so viel nahm er wahr, nur mit welchem Ausdruck, das konnte er nicht erkennen. Dann lachte sie glockenhell auf.

»Verlobt? Hat er Ihnen das erzählt?«

Lemberg nickte nur. Zweifellos hatte sie ihm ein Loch ins Gehirn geschlagen, und er hatte einen neurologischen Schaden davongetragen.

»Der Träumer«, sagte sie. »Ein Kindskopf, ein Muttersöhnchen, das vom wahren Leben nicht die geringste Ahnung hat.«

Lemberg lallte vor sich hin. Er wollte sie nach dem Ecstasyhandel fragen und ob Durlach davon wusste, brachte es jedoch nicht zustande. E-C-S-T-A-S-Y. Jeden einzelnen verfluchten Buchstaben sah er groß vor seinem geistigen Auge, bekam ihn aber nicht über die Zunge.

»Ruhe!«, sagte Rita Nideggen plötzlich und lauschte mit schräg gelegtem Kopf. »Na endlich.«

Lemberg hörte nichts. Hektisch suchte er nach seinem Taschentuch. Als er es endlich hatte, spuckte er darauf und reinigte sich damit die Augen. Vor dem linken blieb ein Schleier, aber mit dem anderen sah er die Konturen wieder scharf.

Nideggen stand am Fuß der Wendeltreppe, als auf den oberen Stufen nacheinander Schuhe, weiße Socken, Hosenbeine und ein weißer Kittel erschienen. Und schließlich, ganz langsam, Klaus Durlach mit gesenktem Kopf und sich heftig in ein Kleenex schnäuzend, die Perücke schief auf dem Schädel.

»Wieso hast du den Kittel an?«, hörte Lemberg Rita Nideggen geradezu amüsiert fragen. »Mitten in der –«

Das Nächste, was Lemberg, dessen Sicht durch herumstehende Kisten beeinträchtigt war, sah, war eine schnelle Schulterbewegung Durlachs. Rita Nideggen zuckte krampfartig zusammen und stürzte zu Boden. Ihr Möchtegernverlobter ging neben ihr auf die Knie und legte einen Gegenstand ab, der an eine Kanone aus einem Science-Fiction-Film erinnerte. Dann drehte er Rita Nideggen auf den Bauch, zog ihre Arme nach hinten und fixierte die Handgelenke mit Kabelbinder. Gleichzeitig schlidderte die Beretta durch den Raum bis knapp vor Lembergs Füße. Noch im Knien hob Durlach den Kopf. Er war seit ihrer letzten Begegnung um Jahre gealtert.

»Der neue Taser«, sagte Klaes. »Er ist noch in der Erprobungsphase.«

31

Gegen Mittag hatte die Sonne es endlich geschafft, die Wolken zu vertreiben. Da es vormittags geregnet hatte, dampfte die Straße wie frisch geteert. Lemberg, an Stirn und Wange verpflastert, brachte den Golf auf der Parkfläche vor dem Gebäude der SOKO in Dorsel zum Stehen.

»Ich warte im Wagen«, sagte Maggie.

»Blödsinn«, sagte Lemberg. »Komm mit rein. In der Küche findet sich bestimmt noch ein Beutel Tee. Außerdem bist du der Star, der mir letzte Nacht das Leben gerettet hat.«

»Zu viel der Ehre, Roger. Bedank dich lieber bei deinem Kollegen Dröger. Hätte der nicht so schnell und umsichtig reagiert, wäre die Sache bestimmt anders ausgegangen.«

»Ausgerechnet Dröger.«

Maggie hatte Rita Nideggen und Lemberg tatsächlich beim Betreten des Delikatessengeschäfts vom Wagen aus gesehen. Dieser Umstand allein hatte sie schon alarmiert, es war aber Lembergs Körpersprache gewesen, die sie in Panik versetzte. Die Haustür hatte er nämlich mit der linken Hand aufgeschlossen, ebenso die Nebentür zum Geschäft. Das tat er nie. Lemberg war so sehr Rechtshänder, dass er den linken Arm nur hatte, wie er selbst sagte, damit er nicht asymmetrisch aussah. Maggie erinnerte sich, dass sie dieses Verhalten bei den Old Boys, der Sondertruppe des BKA, bei der Roger früher einmal gearbeitet hatte, praktiziert hatten, um die Kollegen zu warnen. Kopflos hatte sie zunächst versucht, das Funkgerät zu bedienen, was ihr aber nicht gelungen war, sodass sie die SOKO per Handy hatte kontaktieren müssen. Dröger hatte ihren Anruf entgegengenommen und unverzüglich alles Notwendige veranlasst.

Kurz darauf hatte die Zentrale das Gespräch mitgeschnitten, das eine unbekannte Frau von Lembergs Handy aus mit Durlach geführt hatte. Klaes wurde informiert und fing Durlach beim Verlassen der Villa ab. Obwohl der Ladeninhaber tobte wie ein Irrer, zwang Klaes ihn, ihm seine Kleidung und die Perücke zu überlassen. Da er keine Zeit hatte, auf das Eintreffen der Kollegen aus Wittlich zu warten, sperrte er Mutter und Sohn Durlach kurzerhand in den Keller und raste in die Burgstraße. Unterwegs schloss er sich mit Noll wegen des weiteren Vorgehens kurz. Noll plädierte für den Einsatz des SEK, aber Klaes argumentierte, die Zeit laufe ihnen davon, und erklärte sich bereit, die Sache im Alleingang zu regeln. Mit dem bekannten Ausgang.

In dem Tresor, der vorzüglich getarnt in das Mauerwerk des Gewölbes eingebaut war, hatten die Beamten nach Lembergs Befreiung rund hunderttausend Euro in bar, mehrere tausend Ecstasypillen, zwei falsche Pässe und eine weitere Pistole vom Kaliber sieben-fünfundsechzig entdeckt. Zudem fanden sie in Rita Nideggens BMW, der in der Trierer Straße parkte, knapp fünfzigtausend US-Dollar in einer verdreckten Stahlkassette. Weder Noll noch Klaes hatten eine Erklärung dafür, wie der Tresor bei der Hausdurchsuchung hatte übersehen werden können. Peinlich war es in jedem Fall.

Lemberg hatte gerade einen Fuß auf die unterste Stufe der Treppe gesetzt, als Dröger aus seinem Kabuff gestürmt kam und ihn am Ellbogen fasste.

»Darf ich Ihnen behilflich sein, Kommissar Lemberg?«

Lemberg schüttelte ihn ab. »Sehe ich aus wie ein Invalide?«

Derart angefahren machte Dröger einen Schritt nach hinten, wobei er Maggie auf den Fuß trat, was seine Verlegenheit gleich verdoppelte. So lang, dass er kaum unter dem Türstock durchpasste, klapperdürr, mit dem zarten Bartwuchs eines Pubertierenden und dieser unglaublichen Nase, für die er eigentlich einen Waffenschein gebraucht hätte, stand er da und wand sich.

»Was machen Sie überhaupt hier?«, raunzte Lemberg ihn an. »Sie hatten doch Nachtschicht.«

»Frau Noll hat die ganze Mannschaft zum Hierbleiben verdonnert. Das Wochenende ist völlig im Eimer.«

»Wo ist sie?«

»Im Besprechungszimmer.«

»Warte bitte in meinem Büro«, sagte Lemberg zu Maggie. »Ich komme in fünf Minuten nach.«

In Maggies Augen blitzte es kurz, aber heftig.

»Ach so, Dröger«, sagte Lemberg gerade noch rechtzeitig. »Vielen Dank für das, was Sie in der letzten Nacht geleistet haben.«

»Das war doch selbstverständlich. Stets zu Diensten.«

Im Besprechungszimmer saßen Noll und Klaes am großen Tisch über Eck beieinander und berieten sich. Jeder hatte eine leere Tasse Kaffee vor sich stehen. Als Lemberg eintrat, machten beide große Augen.

»Sie?«, fragte Noll. »Ich dachte, Sie liegen im Krankenhaus.«

»Und ich dachte, Sie wären nach Hause gefahren«, sagte Klaes.

»Und der Rest glaubt, ich sei in Reha, oder wie?« Lemberg setzte sich auf den Stuhl neben Noll. Ein Fehler, denn so hatte er die knallrote Wand im Blick, die unangenehme Erinnerungen hervorrief. »Wie sieht es aus? Hat sie geredet?«

»Kein Wort«, sagte Noll. »Sie schweigt.«

»Sie verweigert sogar Angaben zu ihrer Person«, sagte Klaes. »Das wird ihr nur nichts nützen. Die DNA-Spuren werden sie überführen.«

»Im Fall Schupp haben wir keine«, sagte Lemberg.

»Doch, die aus dem Kofferraum.«

»Das beweist aber nicht, dass sie ihn erschossen hat. Wie sieht es mit den bei ihr sichergestellten Waffen aus?«

»Das Kaliber stimmt bei beiden. Die Vergleichsuntersuchung mit dem Projektil, das Schupp getötet hat, läuft.«

»Gibt es eine Spur von dem Beil oder der Axt?«

»Bis jetzt nicht«, sagte Noll. »Wir könnten natürlich das Grundstück der Villa und die Umgebung des Jagdhauses umgraben lassen. Ob das jedoch was bringt ...«

»Ihnen gegenüber hat Frau Nideggen doch zugegeben, dass sie Schupp kannte«, sagte Klaes.

»Er hat ihr gegenüber angeblich einen anderen Namen genannt. Durchaus denkbar, schließlich wollte er schwarzarbeiten. Irgendwie muss sie dann herausgefunden haben, wer er in Wirklichkeit gewesen ist. Da hat sie geglaubt, er sei auf sie angesetzt, und hat ihn umgebracht. So weit die Theorie.« Lemberg kratzte sich den Nasenrücken. »Schupps wahre Identität muss ihr jemand gesteckt haben. Die Frage ist, wer. – Was sagen die Durlachs zu dem Ecstasyhandel?«

»Sie bleiben dabei, davon nichts gewusst zu haben«, sagte Noll.

»Sicher hatten sie Geschäftsbeziehungen zu Pliest, aber die bezogen sich ausschließlich auf legale Ware.«

»Ein Chaos.« Lemberg stemmte sich an der Tischkante in die Höhe. »Ich werde mir Rita Nideggen mal vorknöpfen. Vielleicht ist sie mir gegenüber ein wenig gesprächiger.«

»Sie schläft jetzt«, sagte Noll.

»Dann wecken Sie sie eben.«

»Außerdem ist das nicht länger unser Fall«, sagte Klaes.

Lemberg sank wieder auf seinen Stuhl. »Was soll das heißen?«

»Das heißt, dass der Generalbundesanwalt den Fall an sich gezogen hat, weil Rita Nideggen Morde in verschiedenen Bundesländern zur Last gelegt werden. Das BKA ist jetzt zuständig. Ein Hubschrauber aus Karlsruhe ist schon unterwegs. Die sind gleich nach dem Kirchgang gestartet.«

»Immer wenn's am schönsten ist, nehmen sie's einem weg. Wie früher im Sandkasten.«

»Och, Sie armer Junge«, sagte Noll und klang so mütterlich mitfühlend wie eine viktorianische Gouvernante. »Möchten Sie einen Kaffee?«

»Ich sehe keine Kanne.«

»Ich hole Ihnen einen.«

Lemberg erhob sich zum zweiten Mal. »Das kann ich unmöglich annehmen, werte Kollegin. Wenn das Ihre Frauengruppe erführe. Außerdem werde ich in meinem Büro erwartet. Ich werde mir selbst einen holen.«

An der Tür fiel Lemberg noch etwas ein. »Weiß Canisius schon Bescheid?«

»Ich habe ihn um kurz nach zehn Uhr angerufen und in Kenntnis gesetzt«, sagte Klaes.

»Wie klang er?«

»Eine Mischung aus verschlafen und erleichtert. Dabei hat er irgendetwas von wegen ›Jetzt habe ich Munition‹ oder so ähnlich gemurmelt. Können Sie sich einen Reim darauf machen, was er damit gemeint haben könnte?«

»Nein«, log Lemberg. »Ich schlage vor, dass alle ins verdiente Wochenende gehen, nachdem das BKA Frau Nideggen übernommen hat. Montag kümmern wir uns um den Fall Drages-Dittmer.«

Noll und Klaes hoben synchron die Brauen. Dann sagte Noll:
»Soll das heißen, Sie schließen aus, dass Rita Nideggen dafür in Frage kommt?«

»Genau. Sie hat nämlich kein Motiv. Bis dann.«

*

»Aaah!«, sagte Lemberg. »Nicht so fest.«

Er saß in seinem Büro auf einem der Besucherstühle, Maggie stand dahinter und massierte ihm den Nacken.

»Hör auf zu jammern«, sagte sie. »Du bist völlig verspannt.«

»Autsch! Jetzt hast du mich gekratzt.«

»Von wegen. Das war der Verschluss der Kette mit dem Anhänger von deiner ehemaligen Freundin.«

Lemberg entzog sich Maggies Griff, indem er aufstand und hinter seinen Schreibtisch wechselte.

»Das Ding war dir schon immer ein Dorn im Auge. Warum bittest du mich nicht einfach, die Kette abzunehmen, hä?«

»Ich habe nichts dagegen, dass du sie trägst«, sagte Maggie und setzte sich auf den Stuhl, auf dem Lemberg soeben gesessen hatte. »Aber du musst natürlich mit den Konsequenzen leben.«

»Hätte ich dir doch nie gesagt, von wem ich das Ding habe.«

»Dein Problem. Zehn Jahre lang habe ich geglaubt, der Anhänger sei von deiner Mutter.«

»Das Medaillon zeigt Johannes XXIII. Simone war nie katholisch.«

»Und wo hat deine Ex ihn her? Johannes XXIII. ist doch schon lange Geschichte.«

»Sie hat das Medaillon von ihrer Großmutter geschenkt bekommen. Die war Anfang der Sechziger in Rom und hat an einer Massenaudienz teilgenommen. – Da wir gerade von meiner Mutter sprechen: Arnold will ihre sterblichen Überreste umbetten lassen.«

»Wieso das denn? Aus Reue?«

»Ich weiß es nicht. Er wollte meine Meinung dazu hören. Ich habe mich dagegen ausgesprochen.«

»Ich halte davon auch nichts. Nach all den Jahren.«

Lemberg nahm einen Fussel auf, der sich auf die Schreibunterlage verirrt hatte, und entsorgte ihn im Papierkorb. »Falls ich vor dir ableben sollte, wo würdest du mich beisetzen lassen?«

»Wo schon? Auf dem Hauptfriedhof.«

»In Mainz?«

»Wo sonst? Dahin brauche ich keine Viertelstunde zu Fuß. Mit Rolator vielleicht eine halbe. – Was dagegen? Du hast doch immer gesagt, es sei dir völlig gleichgültig, was man mit deinen Gebeinen anstellt.«

»Das kam mir gerade nur so in den Sinn«, sagte Lemberg, der mit den Gedanken bereits ganz woanders war. »Ich habe das Gefühl, ich bin nur Millimeter von der Erkenntnis entfernt, wer Schupps Identität preisgegeben hat. Aber die Millimeter haben es in sich.«

»Wenn ich ein solches Problem habe, schäle ich immer Kartoffeln oder staubsauge. Das löst die Blockade. Dann kommt die Erkenntnis von ganz allein.«

»Das ist doch Küchenpsychologie.«

Das Geräusch eines nahenden Hubschraubers war zu vernehmen. Lemberg stand auf und trat ans Fenster, Maggie kam an seine Seite. Der Bölkow des BKA näherte sich aus Südwesten, drehte eine Runde über Dorsel, um die Lage zu sondieren, und setzte dann zur Landung im Anstoßkreis des neben dem Gebäude der SOKO gelegenen Sportplatzes an. Drei mit Wollmützen maskierte Beamte sprangen heraus. Einer sicherte das Umfeld, als rechnete er mit einem Hinterhalt der Dorfbewohner, die beiden anderen gingen zum Tor, wo Noll und Klaes mit Rita Nideggen warteten. Klaes übergab die notwendigen Papiere und ließ sich die Übernahme der Frau quittieren. Während die beiden Maskierten die mutmaßliche Polizistenmörderin zum Helikopter führten, verließen Noll und Klaes den Platz wie zwei Trainingswillige, die vom Rest der Mannschaft versetzt worden waren. Lemberg blickte dem entschwebenden Hubschrauber nach, bis er nur noch die Größe einer Mücke hatte.

»Träumst du?«, fragte Maggie.

»Nein«, sagte Lemberg. »Ich hab's. Ich weiß jetzt, wer Schupp verpfiffen hat.«

32

Sie waren kurz vor der Stelle, an der A 1 und A 48 zusammenflossen und von da ab taten, als wären sie eins, als das Funkgerät signalisierte, dass es gehört werden wollte.

»Einfach den grünen Knopf drücken«, sagte Lemberg zu Maggie.

»Du hast doch eine Rot-Grün-Schwäche. Woher willst du wissen, welcher der grüne ist?«

»Man hat mir gesagt, der zweite von links sei grün.«

Maggie tat, was er gesagt hatte, und eine verzerrte Männerstimme kam aus dem Äther. Lemberg brauchte einen Moment, bis er POM Teuber von der Inspektion Wittlich erkannte.

»Noch mal«, sagte Lemberg. »Wer sitzt wo?«

Krachen und Rauschen orchestrierten die Antwort. Zum tausendsten Mal verfluchte Lemberg, dass die deutsche Polizei noch immer nicht über Digitalfunk verfügte, wie ihn selbst Länder wie Albanien bereits besaßen. Aber sein trainiertes Ohr hatte trotzdem verstanden, was Teuber von sich gegeben hatte.

»Unternehmen Sie nichts«, sagte er. »In einer Viertelstunde bin ich da.«

»Ist das nicht der Mann, den du aufsuchen wolltest?«, fragte Maggie, nachdem sie das Gerät ausgeschaltet hatte.

Lemberg trat das Gaspedal durch bis aufs Bodenblech und nickte. »Jetzt wissen wir wenigstens, wo er steckt.«

Der Parkplatz schräg gegenüber dem Kurhaus in Manderscheid war voll. Lemberg parkte einfach zwei Pkw zu und überließ Maggie den Schlüssel.

»Falls einer rauswill, fahr die Karre zur Seite.«

Er joggte los. Der Fußweg zur Oberburg täuschte anfangs lockere Begehbarkeit vor, bis der Untergrund zunehmend felsiger wurde und immer wieder von Wurzeln durchzogen war. Bereits vom sogenannten Kaisertempel aus, der nichts anderes war als ein mickriger hölzerner Pavillon, wie ihn Lembergs Schwiegermutter im Garten stehen hatte und wo sie im Sommer ihren Tee zu nehmen pflegte, sah man, was sich auf dem Gelände der Ruine abspielte. Eine Menschentraube umstand den Bergfried und blickte nach oben. Auf der höchsten Etage des Gerüstes, knapp unterhalb der Mauerkrone, saß ein Mensch und ließ seine Beine in den Abgrund baumeln. Unten auf dem Grün spannten mehrere Feuerwehrleute ein Sprungtuch, was angesichts der Fallhöhe so sinnreich war, als hielte jeder von ihnen eine Wunderkerze in der Hand. Lemberg machte, dass er weiterkam.

Das Vorankommen wurde zur reinsten Kletterpartie. Lemberg musste sich immer wieder mit den Händen an den Felsen abstützen, um heil über die Stufen zu kommen. Unten angekommen wurde der Weg breiter, stieg dafür aber auch steil an. Lemberg hatte noch nicht einmal den Torbogen erreicht, durch den man auf das Gelände der Burg gelangte, als er schweißgebadet war. Japsend und mit fliegendem Puls kraxelte er die letzten Stufen hoch, umrundete den Bergfried und drängte sich durch die Meute der Gaffer, bis er Teuber entdeckte, der sich gerade mit einem Feuerwehrmann beriet.

»Da sind Sie ja«, sagte Teuber und übernahm die Vorstellung. »Hauptbrandmeister Becker, Kriminalhauptkommissar Lemberg. Obermann sitzt da oben.«

Lemberg bekam kein Wort heraus. Schwarze Punkte vor den Augen signalisierten ihm, dass er im Grenzbereich war. Als er den Kopf in den Nacken legte, wäre er beinahe umgekippt. Teuber und Becker fingen ihn auf.

»Setzen Sie sich erst einmal hin«, sagte Teuber. »Sie sind ja völlig fertig.«

Lemberg winkte ab, stützte sich lediglich mit den Händen auf den Oberschenkeln ab. Nach einigen Sekunden Verschnaufen ging es wieder einigermaßen.

»Wie kommt man da rauf?«, fragte er.

»Normalerweise durch das Innere«, sagte Becker und musterte Lemberg mit dem besorgten Blick einer Krankenschwester, die sich zu erinnern versucht, wo sie den Defibrillator zuletzt gesehen hat. »Aber Obermann hat den Zugang verrammelt. Bleibt nur der Aufstieg über das Gerüst.«

»Aber sobald die Leiter angelegt wird, droht er damit zu springen«, sagte Teuber.

»Hat er Forderungen gestellt?«, fragte Lemberg.

»Er hat lediglich verlangt, dass alle verschwinden.«

»Ganz meine Meinung. Schaffen Sie die Leute weg.«

»Das habe ich schon versucht, aber wir sind nur zu zweit.«

Lemberg hob erneut den Blick. Zwanzig Meter waren es bestimmt bis zu Obermanns Schuhsohlen.

»Sprechen Sie Leute mit Kindern an und sagen Sie denen, der Mann da oben hätte eine Bombe, die er runterschmeißen will«, sagte Lemberg. »Wenn die Ersten laufen, laufen die anderen hinterher. Und mir geben Sie eine Flüstertüte, falls Sie eine haben.«

»Wir haben eine«, sagte Becker, während Teuber noch zu grübeln schien, ob die Lüge mit der Bombe mit seinem Ethos als Beamter zu vereinbaren war. Schließlich siegte sein Pflichtgefühl.

Die weitaus meisten Gaffer waren Niederländer, für die die Hügel der Vulkaneifel so etwas wie das Alpenvorland waren. Einige hatten Brote ausgepackt und Thermoskannen aufgeschraubt, die Jüngeren begnügten sich mit Sandwiches aus Plastikpackungen und Dosen voll Red Bull. Ein Picknick mit Nervenkitzel.

Teuber ging geschickt vor und sprach eine übergewichtige junge Mutter von drei Kleinkindern an, deren irrer Blick signalisierte, dass sie bereits am Rande ihrer Belastbarkeit war, und die auch umgehend wie erwartet reagierte. Hysterisch kreischend stürmte sie mit ihrer Brut davon, der Ehemann kam kaum nach. Wie ein Lauffeuer sprach sich herum, was unter Umständen drohte. Innerhalb von fünf Minuten war das Areal menschenleer. Zurück blieben mindestens zwei Schubkarren voll Müll. Teuber, sein Kollege und der Trupp Feuerwehrmänner zogen sich auf die Nordseite des Geländes zurück.

»Obermann!«, sagte Lemberg ins Megaphon. »Kommen Sie da runter. Dann können wir reden.«

Falls Obermann etwas entgegnete, wehte es der Wind davon. Anstalten, sich zu bewegen, machte er jedenfalls keine. So hatte das keinen Zweck.

»Na schön«, sagte Lemberg. »Dann komme ich zu Ihnen rauf. Und wagen Sie es ja nicht zu springen. Ich habe keine Lust, mir die Mühe umsonst zu machen.«

Die Stellrahmen des Gerüstes hatten am unteren Ende Fußplatten, die mit Kanthölzern und Bohlen unterlegt waren, um die Unebenheit des Geländes auszugleichen. Die erste mit Holzboden ausgelegte Etage begann in circa zwei Metern Höhe, insgesamt waren es neun. Damit keine Unbefugten auf das Gerüst gelangen konnten, gab es zuunterst keine Aufstiegshilfe, nur die Leiter, die die Feuerwehr dagelassen hatte. Lemberg stellte das Megaphon auf den Boden, legte die Leiter an und kletterte hoch.

Die Etage war durch ein Geländer und zusätzlich durch eine Netzschutzwand – ähnlich einem Tarnnetz bei der Armee – gesichert. Beides zusammen gab Lemberg das Gefühl, sich mehr im Inneren eines Gebäudes zu befinden, als an dessen Außenseite herumzuturnen. Zudem entdeckte er, dass das Gerüst auf jeder Etage mehrfach im Mauerwerk verankert war. Das Ding würde weder umkippen, noch könnte er abstürzen. Hier würde ihm seine Höhenangst nichts anhaben.

Von jeder Ebene zur nächsthöheren führte eine Leiter, die fest mit dem Gerüst verschraubt war. Lemberg ließ sich mit dem Aufstieg Zeit, um nicht wieder schlappzumachen. Von Obermann hörte er nichts, und er sah ihn auch nicht vorbeifliegen.

Alles ging gut, bis er den Kopf durch die Bodenöffnung der achten Etage steckte. Das Geländer war da, aber das Netz fehlte. Der Fernblick war phänomenal, bestimmt bis jenseits der Mosel. Aber dafür hatte Lemberg kein Auge, alles in ihm krampfte sich zusammen. Also wartete er einen Augenblick mit geschlossenen Augen, aber das Unbehagen blieb, nahm sogar noch zu. Nur mühsam schaffte er es, auf das Bodenbrett zu gelangen. Dort versuchte er, sich mit schlotternden Beinen aufzurichten, aber das war unmöglich. Die Furcht vor dem Sog der Tiefe war zu mächtig.

Okay, sagte er sich, bis hierhin hast du es geschafft, also schaffst du auch noch den Rest. Auf allen vieren kroch er über den Boden, den Blick streng auf das Brett vor sich gerichtet. Die wenigen Meter bis zur Leiter kamen ihm wie Meilen vor. Als er die Holme ergriff, spürte er, dass er keinerlei Kraft mehr in den Armen hatte. Seine Muskeln waren nur noch Wackelpudding. Entgegen allen Wollens hob er aber den Kopf. Obermanns Unterschenkel hingen vielleicht zwei Körperlängen entfernt über ihm außenbords.

»Obermann!«, rief Lemberg. »Hören Sie mich?«

»Wo sind Sie?«

»Mehr oder weniger unter Ihnen. Mir ist flau. Können Sie an die Durchstiegsöffnung kommen? Ich schaffe die letzte Etappe nicht mehr.«

»Ich rühre mich nicht von der Stelle«, sagte Obermann. »Wie Sie es gesagt haben.«

Den Förster a.D. still, aber saftig verfluchend, lehnte Lemberg seine Stirn gegen eine der Sprossen. Ob es die Kälte des Metalls war oder was auch immer, nach kurzer Zeit spürte er, dass er doch noch etwas zuzusetzen hatte. Wie in Zeitlupe, nur langsamer, zog er sich hoch, obwohl seine Knochen schwer wie Blei waren. Es dauerte, aber er schaffte es. Nur dass hier alles noch schlimmer war.

Lemberg befand sich auf der obersten Ebene des Gerüstes, keine weitere Etage bildete ein Art Dach über ihm. Das Nächste, was kam, war der Himmel, an dem Wolkenpakete einander jagten. Und rechter Hand ging es zwanzig Meter lotrecht abwärts. Lemberg legte sich flach auf den Boden und umklammerte das Brett links wie rechts außen. Obermann glotzte wie ein Texelschaf, was der Leiter der SOKO da aufführte. Zu guter Letzt drehte Lemberg sein Gesicht zum Bergfried. So konnte er den potenziellen Selbstmörder nicht mehr sehen, aber das war ihm egal. Hier ging es um mehr.

»Haben Sie Probleme mit der Höhe?«, fragte Obermann, und als Lemberg nicht antwortete: »Warum sind Sie dann nicht unten geblieben?«

Das Brett roch nach Gummisohlen, Baustoffen, Männerschweiß und da, wo es rot war, nach verkleckertem Curryketchup. Lemberg hustete schwach und wirbelte dadurch Staub vom Brett auf, der ihn in der Nase kitzelte. Bloß nicht niesen, beschwor er sich, die Erschütterung würde ihn glatt in den Abgrund schleudern.

»Wie haben Sie es erfahren?«, fragte er die Mauer des Bergfrieds. »Dass wir die Frau verhaftet haben, die Sie als Dunja Voss kennen.«

»Rolf hört in seiner Freizeit gerne den Polizeifunk ab. So hat er erfahren, was vergangene Nacht in Wittlich gelaufen ist, und hat alle vom Verein angerufen. Den Namen der Verhafteten kannte er zwar nicht, aber als er den Feinkostladen erwähnte, wusste ich Bescheid.«

»Was hatten Sie mit ihr zu schaffen?«

»Ich habe eine Zeit lang für sie gearbeitet. Als Fa-Fahrer. Was ich an Frührente kriege, reicht ja vorne und hinten nicht. Also habe ich einen Ne-Nebenverdienst gesucht und mich auf ein Inserat gemeldet. Das war ein bequemer, gut bezahlter Job. Einmal pro Woche nach Belgien fahren, ein paar Kartons abholen und dafür einen Hunderter kassieren. Den konnte ich gut gebrauchen.«

»Wie ist Dieter Schupp an seinen Job gekommen?«

Obermann schniefte. Der Wind hier oben war aber auch verdammt kalt. Lemberg spürte, wie seine Finger zunehmend steifer wurden.

»Indirekt durch mich«, sagte Obermann. »Bei ir-irgendeinem Anlass habe ich ihm davon erzählt. Dieter war sehr interessiert und hat mich gefragt, ob vielleicht auch etwas für ihn frei wäre. Da ich nicht so bin, habe ich ihm die Nummer von Frau Voss gegeben. Er hat sie angerufen, aber da war nichts zu machen. Sie brauchte keinen zusätzlichen Fahrer. Tja, und kurz darauf ist das mit meinem Führerschein passiert.«

»Eine ziemlich seltsame Geschichte. Meine Kollegin hat mir davon berichtet.«

»Das können Sie laut sagen. Irgendwer muss mich verpfiffen haben, denn ich war schon zu Hause, hatte keinen Unfall gebaut, nichts. Plötzlich stehen zwei Uni-uniformierte vor der Tür und haben verlangt, dass ich ins Röhrchen pusten sollte. Da war die Sache gelaufen.«

Obermann musste husten, was das Brett in leichte Schwingung versetzte. Lemberg packte zu, dass die Knöchel schmerzten.

»Natürlich hatte ich was getrunken, wie alle. Wir ha-hatten ja Vereinssitzung, da haben wir immer ein paar Bier gekippt. Ich habe sofort auf Dieter getippt, weil ich den Verdacht hatte, dass er meine Stelle wollte. Und tatsächlich – unmittelbar darauf hatte er seinen Na-Nachtjob.«

Obermann hustete erneut, diesmal kräftiger. Lemberg hätte am liebsten geschrien.

»Ich habe Dieter direkt darauf angesprochen, aber er hat behauptet, er schiebe Nachtschicht auf der Wache in Dorsel. Aus-ausgerechnet von Mittwoch auf Donnerstag, die Nacht, in der immer ich gefahren bin. Also habe ich in der Woche darauf nachts bei der

SOKO angerufen. Der Be-Beamte am Telefon sagte mir, Herr Schupp sei erst wieder am nächsten Morgen zu erreichen. Da war mir alles klar. Und dann ist das mit meinen Hunden passiert.«

Eine schwarze Spinne mit behaarten Beinen, deren Leib allein die Größe des Ziffernblatts von Lembergs Armbanduhr hatte, tauchte an der Bergfriedwand auf, keine zehn Zentimeter vor seiner Nase. So ein Vieh hatte er noch nie gesehen. Für eine Vogelspinne war sie deutlich zu klein, aber heimisch sah sie auch nicht aus. Nach einem kurzen Stopp kroch sie ein kleines Stück seitwärts, bis sie auf Augenhöhe mit ihm war. Deutlich waren die acht Knöpfe auszumachen, mit denen sie ihn musterte. Spätestens jetzt hätte Maggie den Freitod gewählt und sich vom Brett gerollt. Nicht so Lemberg. Er zwinkerte der Spinne zu, aber das Tier verzog keine Miene.

»Sie meinen die Vergiftung.«

»M-m-meine Güte, was haben die Hunde sich gequält«, sagte Obermann. »Ein richtiger Todeskampf war das. Und Schmerzen müssen sie gehabt haben, unvorstellbar. Tillmanns sagte, die beiden seien aller Wahrscheinlichkeit nach mit Bro-Bromadiolon vergiftet worden, einem Rattengift. Ich wusste, dass Dieter das Zeug in der Garage stehen hat. Dabei war er das mit den Ratten selber Schuld. Seine Frau hat immer Knochen und Fleischreste auf den Kompost geschmissen. Das zieht die Viecher an.«

»Haben Sie ihn auf das Gift angesprochen?«

»Wo-wozu? Er hätte das doch nur abgestritten.«

Lemberg musste an eine Geschichte denken, die er vor Jahren einmal gelesen hatte. Ein Mann war in seinem Hotelzimmer in Kairo beim Rasieren, als er plötzlich eine Spinne an seinem Hals entdeckte. Er schlug sie mit der Hand weg, aber da hatte das Tier ihn bereits gezwickt. Er maß dem jedoch keine Bedeutung bei und kehrte zurück nach Europa. Wochen später schwoll die Stelle an, wo die Spinne gesessen hatte. Es entstand eine regelrechte Beule, die fürchterlich juckte, woraufhin der Mann sich kratzte. Die Beule platzte auf, und Hunderte kleiner Spinnen krochen aus seinem Hals.

»Der Besitz von Bromadiolon ist aber kein Beweis, dass Schupp der Täter war. Das Zeug findet sich bestimmt in Dutzenden von Manderscheider Haushalten. Und das mit dem Führerschein kann auch sonst wer gewesen sein. Trotzdem haben Sie beschlossen, es ihm heimzuzahlen.«

»Ich war mir halt sicher. Wer soll es denn sonst gewesen sein?«

»Das wird sich vermutlich nie klären lassen. Also, wie sah Ihr Plan aus?«

»Zuerst hatte ich vor, ihn bei seinem Dienstherrn anzuschwärzen, wegen der Schwa-Schwarzarbeit. Denn Nebenjobs müssen Polizisten sich genehmigen lassen, das weiß ich, und schwarz läuft gleich gar nichts. Aber dann dachte ich, die Bullen halten womöglich zusammen und lassen es später an mir aus.«

Natürlich befand Lemberg sich nicht in Nordafrika, aber aufgrund des Klimawandels war allerlei Viehzeug nach Mitteleuropa vorgerückt, das es hier früher nicht gegeben hatte. Vielleicht auch die Spinne vor seinen Augen. Einen ziemlich dicken Hinterleib hatte das Exemplar, völlig unproportional zum vorderen Teil. Das mochte daran liegen, dass das Tier voller Eier war, für die es eine geeignete Ablagemöglichkeit suchte.

»Schließlich bin ich auf die Idee gekommen, Frau Voss anzurufen«, sagte Obermann. »A-anonym versteht sich. Ich habe sie gefragt, ob sie wüsste, dass ihr neuer Fahrer ein Bulle ist. Ich wollte einfach, dass sie ihn feuert. Wer beschäftigt schon gerne einen Polizisten, wenn er die Leute unter der Hand bezahlt? Sie wusste zunächst gar nicht, wen ich meinte. Dieter hatte sich ihr als Peter Mü-Müller vorgestellt.«

Ein Problem hatte das Tier jedoch. Der Abstand zwischen Wand und Brett betrug mehr als eine Handbreit. Unter normalen Umständen gewiss keine Distanz, die die Spinne mit einem Sprung nicht hätte überbrücken können, doch hier oben konnte ein Fehltritt fatale Folgen haben. Zumal der Wind ordentlich pfiff und ihre Behaarung flattern ließ. Aber ein Stück voraus gab es eine Art Brücke. Dort, wo Lemberg das Brett umfasst hielt. Seine Hand schloss den Spalt bis auf wenige Zentimeter. Die Frage war nur, ob der Achtbeiner Grips genug hatte, diese Chance zu erkennen.

»Wussten Sie eigentlich, was Sie transportiert haben?«, fragte Lemberg.

»Fisch. Tiefgefroren, auf Eis und in Konserven.«

»Vollgestopft mit Ecstasy.«

»Dieses Pa-Pa-Partyzeug? – Davon habe ich nichts gewusst.«

»Sicher?«

»Das schwöre ich. Ein Paketbote weiß ja auch nicht, was sich in den Päckchen befindet, die er austrägt.«

»Es sei denn, er steckt seine Nase hinein.«

»Nee, nee, Herr Kommissar. Dafür war mir der Job zu wertvoll.«

Grips hatte die Spinne. Anscheinend ahnend, dass ihr von Lemberg keine Gefahr drohte, krabbelte sie in aller Ruhe die Wand entlang und hielt an genau der richtigen Stelle inne. Dann hob sie ihre beiden vorderen Beine, wie um mit ihnen die Entfernung zu peilen. Es war nur noch eine Frage von Augenblicken, bis sie zum Sprung ansetzen würde.

»Was wollte Frau Voss gestern vor einer Woche von Ihnen? Sie hat Sie doch aufgesucht, kurz bevor meine Kollegin Noll und ich zu Ihnen gekommen sind.«

»Sie hat mir den Job erneut angeboten, Dieter war ja tot. Dass ich meinen Führerschein gleich für ein ganzes Jahr quitt geworden bin, wusste sie nicht.«

»Auf den Gedanken, dass sie ihn umgebracht haben könnte, sind Sie nicht gekommen?«

»Nicht im Geringsten. Ich hätte ihr niemals zugetraut, dass sie zu so etwas fähig ist. Den Eindruck machte sie wa-wa-wahrlich nicht.«

»Jetzt, da Sie es wissen, geben Sie sich die Schuld an Schupps Tod und wollen sich hier runterstürzen.«

»Hätte ich den anonymen Anruf nicht gemacht, wäre er heute no-noch quicklebendig.«

Obermann musste schon wieder husten. Diesmal so heftig, dass Lemberg das Gefühl hatte, er hebe vom Brett ab. Schicksalsergeben schloss er die Augen.

»Deshalb wollte ich auf meine Burg steigen, mich hier oben besaufen und dann springen«, sagte Obermann nach einer Weile.

Lemberg schlug die Augen wieder auf. Die Spinne war nicht mehr an ihrem Platz. Hoffentlich steckte sie nicht in seinem Jackenärmel.

»Sie sagen das, als hätten Sie es sich anders überlegt.«

»Ich war gestern im Tierheim und habe mir einen Jagdhund angesehen«, sagte Obermann. »Einen Deutsch Dra-Drahthaar wie mein Jackie. Der Bursche hat nur drei Beine, ein Hinterlauf fehlt. Deswegen will ihn keiner, so wie mich. Wir waren sofort ein Herz und eine Seele. Seit ich hier hocke, muss ich ständig an ihn denken. Wenn ich mich umbringe, hä-hä-hätte er wieder keinen.«

»Dann lassen Sie es doch.«

Obermann räusperte sich. »Meinen Sie, ich muss wegen der Geschichte in den Knast?«

»Keine Ahnung. Vielleicht kommen Sie mit Bewährung davon.«

Es folgte ein längeres Schweigen. Kurz bevor Lemberg seinen Körper überhaupt nicht mehr spürte, sagte er:

»Hören Sie, Obermann. Steigen Sie runter, räumen Sie den Zugang und schicken Sie die Feuerwehrleute rauf. Sie sollen irgendwas mitbringen, womit sie mich über die Krone hieven können. Ich kann mich nicht mehr bewegen.«

»Das ist nur ein knapper Meter. Wenn Sie –«

»Vergessen Sie's.«

Lemberg spürte an seiner tanzenden Unterlage, wie Obermann aufstand und die Mauer überstieg. Keine halbe Stunde später hatte er wieder festen Boden unter den Füßen.

33

Maggie und Lemberg saßen in der Kneipe, die laut Eigenwerbung auch kochen konnte, gleich neben dem Eingang zum Kurpark.

Der Kellner war ein blonder Bengel mit großer Klappe, der aussah, als verbrächte er seine Freizeit am liebsten auf der Sitzbank eines illegal frisierten Scooters. Obwohl kaum etwas los war, war er mit dem Service heillos überfordert. Zuerst brachte er was völlig anderes, als sie bestellt hatten. Als Lemberg dann um die Rechnung für die zwei Espressi und die beiden Gerolsteiner bat, dauerte es eine Ewigkeit, bis sie fertig war, und dann war sie noch auf zwei Latte macchiato, ein Stück Apfelkuchen und einmal Eifeler Flockentorte ausgestellt.

»Nicht aufregen«, sagte Maggie und legte ihre Hand auf Lembergs. »Der Bursche ist noch in der Pubertät.«

»Ich war schon immer gegen Hormone«, knurrte Lemberg. »Die versauen einem die besten Jahre.«

»Aber ohne die wäre keiner von uns da.«

»Manchmal frage ich mich, ob das so tragisch wäre.« Lemberg lächelte sie an. »Von einigen Ausnahmen natürlich abgesehen.«

»Das ist eines der romantischsten Komplimente, die ich je bekommen habe. – Was klopfst du denn die ganze Zeit deine Garderobe ab?«

Lemberg erzählte ihr von seiner Begegnung mit der Spinne. Maggies Teint bekam die Farbe von Putzwasser.

»Oh Gott!«, stöhnte sie.

Die Eingangtür wurde aufgestoßen, und Schommer kam herein.

»Darf ich?«, fragte er.

»Nur zu«, sagte Maggie.

»Wie haben Sie mich gefunden?«, fragte Lemberg, nachdem Schommer auf dem freien Stuhl Platz genommen hatte.

»Sie sind in der Stadt bekannt wie ein bunter Hund.« Schommer grinste breit. »Der Erste, den die Feuerwehr von der Oberburg holen musste. Vor der Kneipe wartet eine Horde Autogrammjäger.«

»Und mein Konterfei wird ins Stadtwappen aufgenommen. Machen Sie sich nur lustig. – Was wollen Sie eigentlich?«

Schommer wurde ernst. »Ich habe eben Schupps Wagen zurückgebracht. Dabei habe ich die Witwe kennengelernt. Genauer gesagt, ich kannte sie bereits. Ich bin ihr vor zwölf Jahren schon mal begegnet. In Frankfurt.«

Lembergs sämtliche Antennen gingen auf Empfang. »In welchem Zusammenhang?«

»Seinerzeit nannte sie sich Lady Jane und hat als Prostituierte gearbeitet. Für die Preisslers, ein Ehepaar, das gemeinsam ein Bordell betrieben hat. Im Milieu höchst angesehene Leute, die ihre Mädchen anständig bezahlt haben und sich auch um Krankenversicherung und Altersvorsorge gekümmert haben. Und wenn die Mädchen aufhören wollten, haben sie ihnen keine Steine in den Weg gelegt.«

»Sind Sie sich hundert Prozent sicher, dass sie es ist?«

»Absolut. Sie hat sich zwar verändert, ist älter geworden, ein bisschen fülliger, hat eine andere Frisur, aber sie ist es. Ich habe ein ganz gutes Personengedächtnis.«

»Ich weiß. Hat Marlies Schupp sie auch erkannt?«

»Konnte sie nicht, sie hat mich heute zum ersten Mal gesehen. Sie ist mir damals nur im Rahmen einer Observierung aufgefallen, die gar nichts mit ihr direkt zu tun hatte. Dabei ging es um einen illegal eingereisten Italiener oder Griechen, ich weiß es schon nicht mehr.«

Lemberg zählte zwei und zwei zusammen. Heraus kam vier. Das hatte er erwartet.

»Maggie, kommst du ein paar Minuten allein zurecht?«, fragte er.

»Ich bin nichts anderes gewöhnt«, sagte sie.

*

Marlies Schupp sah ausgesprochen hausfraulich aus. Zu Jeans und einem schwarzen Rolli hatte sie eine schottisch karierte Schürze umgebunden.

»Ist noch etwas wegen des Wagens?«, fragte sie, wobei sie Schommer ansprach und Lemberg ostentativ ignorierte.

»Nein«, sagte Lemberg. »Wir haben noch ein paar Fragen an Sie. Dürfen wir reinkommen?«

»Ich backe gerade einen Kuchen.«

»Das stört uns nicht.«

Wie ein Wachsoldat, der Emissäre des verhassten Feindes ins Hauptquartier lassen muss, trat sie zur Seite und sagte biestig:

»Sie wissen ja, wo die Küche ist.«

Die Küche war gut geheizt. Im Backofen garte ein Napfkuchen vor sich hin. Auf dem Tisch standen eine Rührschüssel, eine Packung Mehl, ein Karton Eier, Blockschokolade und weitere Zutaten. Daneben war eine bemehlte Plastikfolie ausgebreitet.

»Ich dachte, der Fall meines Mannes sei weitestgehend aufgeklärt«, sagte Marlies Schupp, setzte sich auf einen der Stühle und bot den Beamten ebenfalls Plätze an. »So habe ich Herrn Schommer zumindest verstanden.«

»Der Mord an Ihrem Mann ist nicht der einzige Fall, den wir aufzuklären haben«, sagte Lemberg und rückte mit seinem Stuhl ein wenig vom Tisch ab. »Sind Ihre Kinder im Haus?«

»Die drei sind mit Rolf im Schwimmbad. Warum fragen Sie?«

»Dann können wir ja ganz offen mit Ihnen sprechen. Kannten Sie Drages-Dittmer aus Ihrer Frankfurter Zeit?«

Die Frage kam so unerwartet für Marlies Schupp, dass sie zusammenzuckte, als hätte sie in eine Steckdose gepackt. Aber sie hatte sich sofort wieder im Griff, sah man mal von ihren flatternden Augenlidern ab.

»Ich glaube, ich verstehe nicht ganz, was Sie meinen.«

»Dann will ich Ihnen auf die Sprünge helfen«, sagte Lemberg. »Ich meine die Zeit, in der Sie in Frankfurt als Prostituierte gearbeitet haben. War Drages-Dittmer vielleicht einer Ihrer Kunden?«

Marlies Schupps Gesichtszüge wurden hart. Sogar eine Spur Verbitterung zeigte sich. Dann schluckte sie deutlich sichtbar.

»Na schön«, sagte sie schließlich. »Sie scheinen ja mehr als gründlich in meinem Vorleben herumgeschnüffelt zu haben. Aber das alles ist Vergangenheit. Ich habe mir hier zusammen mit Dieter ein neues Leben aufgebaut. Und wir haben drei gemeinsame Kinder.«

»Das ist uns bekannt, nur beantwortet das meine Frage nicht.«

»Ich lasse es nicht zu, dass der Rest, der mir davon geblieben ist, gefährdet wird. Von niemandem. Auch von Ihnen nicht.«

»Frau Schupp, niemand hat vor, Ihnen etwas kaputtzumachen. Aber Sie müssen kooperieren, sonst ...«

Marlies Schupp ließ ein verächtliches Schnauben hören. »Sonst *was*?«

»Hat Drages-Dittmer Sie wiedererkannt, als Sie sich hier in Manderscheid begegnet sind?«

Ihr Blick wanderte zum Fenster. Außer ein paar Baumwipfeln war von der Welt da draußen wegen der Spanngardinen nichts zu sehen. Lemberg ließ ihr Zeit. Schommer schob sich einen Kaugummi in den Mund.

»Kann ich mit Ihrer Verschwiegenheit rechnen?«, fragte Marlies Schupp, nachdem sie Lemberg wieder angeblickt hatte.

»Ich werde mein Möglichstes tun, Frau Schupp. Wusste Ihr Mann nichts von Ihrem Vorleben?«

»Niemand weiß davon.«

»Okay, versuchen wir es noch einmal. Kannten Sie Drages-Dittmer aus Frankfurter Tagen und hat er Sie hier wiedererkannt?«

Sie nickt, kurz und knapp. »Ja, Drages war einer meiner Kunden. Einer der Widerlichsten. Krankhaft pervers. Möchten Sie Einzelheiten hören?«

»Die sind augenblicklich nicht von Interesse. Beantworten Sie bitte den zweiten Teil meiner Frage.«

»Ja, er hat mich wiedererkannt. Und er hat mich erpresst.«

»Was hat er verlangt?«

»Na, was schon? Was glauben Sie?«

»Haben Sie sich darauf eingelassen?«

Wieder schnaubte sie. »Was hätte ich denn tun sollen? DD hat damit gedroht, meine Vergangenheit publik zu machen. Ich hätte auf einen Schlag alles verloren. Also war ich ihm einmal pro Woche untertags zu Willen. Bei ihm zu Hause.«

»Wo war seine Frau zu diesen Zeiten?«

»Keine Ahnung. Jedenfalls nicht anwesend.«

»Hat niemand Sie erkannt, wenn Sie das Haus betreten und wieder verlassen haben? Gleich nebenan wohnt doch Tillmanns.«

»Ich kann mich sehr gut verkleiden. Außerdem bin ich nicht mit meinem Wagen gefahren, sondern wir haben uns auf einem Waldparkplatz getroffen, wo ich zu DD in den Jaguar gestiegen bin. Später hat er mich dort wieder abgesetzt.«

»Wie lange ging das?«

»Seit Ostern. Nicht einmal nach Dieters Tod hat er Rücksicht genommen.«

»Er hat Sie in den Tagen nach dem Tod Ihres Mannes zum Sex gezwungen?«

»Am Freitag danach. Er sagte lapidar, das eine habe mit dem anderen nichts zu tun.«

Lemberg hatte im Laufe der Jahre schon so einiges an Unglaublichem gehört, aber das war eine wirklich brutale Nummer. Er vernahm, wie Schommer an seiner Seite tief durchatmete.

»Haben Sie nie überlegt, ihn anzuzeigen?«

Marlies Schupp legte ihre Hände auf die bemehlte Plastikfolie und beschrieb mit ihnen kleine Kreise.

»Ich habe so ziemlich alles in Erwägung gezogen«, sagte sie. »Aber DD anzuzeigen, war völlig ausgeschlossen. Dieter hätte zwangsläufig davon erfahren. Das hätte er wegen seines Herzens nicht überlebt, da war ich mir sicher.«

»Daher haben Sie beschlossen, Drages-Dittmer umzubringen.«

Die Kreise wurden größer, bis sie plötzlich die Hände auseinanderriss und das Mehl über die Tischkanten fegte.

»Frau Schupp«, ermahnte Lemberg sie.

»Ja.«

»Und Sie haben sich eine Waffe besorgt?«

»Ja.«

»Wo?«

»In Frankfurt.« Sie legte die Hände in den Schoß. »Aber fragen Sie mich nicht, bei wem. Das werde ich Ihnen nicht sagen.«

»Also hat Ihre Schwiegermutter sich doch nicht verhört. – Haben Sie Drages-Dittmer mit dieser Waffe erschossen?«

»Nein«, sagte Marlies Schupp fest. »Ich wollte es, aber ich konnte es nicht. Wegen der Kinder. Eher wäre ich weiter jede Woche zu ihm gegangen.«

»Wo ist die Waffe jetzt?«

»Ich habe sie weggeworfen.«

»Wohin?«

»In die Restmülltonne, nachdem ich sie unbrauchbar gemacht habe.«

»Wie haben Sie das gemacht?«

Für Lembergs Empfinden zögerte sie eine Spur zu lange. »Ich habe flüssiges Blei in den Lauf gefüllt. Das hatten wir noch von Silvester.«

»Um was für ein Fabrikat hat es sich gehandelt?«

»Das weiß ich nicht. Es war eine kleine schwarze Pistole.«

»Haben Sie noch Munition dafür?«

»Die habe ich mit entsorgt.«

»Das war wann?«

»Am Montag. Dienstags kommt die Müllabfuhr.«

Lemberg blickte Marlies Schupp lange und eindringlich an. Sie hielt dem stand, ohne mit der Wimper zu zucken.

»Glauben Sie mir etwa nicht?«, fragte sie nur.

»Ich werde die Mülldeponie auf den Kopf stellen lassen«, sagte Lemberg. »Sofern stimmt, was Sie gesagt haben, werden wir das Ding finden.«

Am Wagen lehnte Lemberg sich mit dem Rücken gegen die Karosserie, nahm den Kopf nach hinten und starrte in den Himmel. Die Wolkendecke war inzwischen geschlossen. Grau in allen Schattierungen. Kein Klecks Blau, kein Klecks Hoffnung.

»Was halten Sie davon?«, fragte Schommer nach einer Weile. »Glauben Sie ihr?«

Ganz weit oben, von hier unten beinahe nicht auszumachen, war ein Greifvogel unterwegs. Das Tier kreiste und kreiste, drehte ohne Flügelschlag endlose Schleifen, langsam und scheinbar träge. Bis es urplötzlich hinabstieß. Lembergs Augen folgten dem jähen Sturzflug, bis ihm das Dach des gegenüberliegenden Hauses die Sicht nahm.

»Auf geht's, Schommer«, sagte er und begab sich auf die Beifahrerseite des Golf. »Ich glaube, ich weiß jetzt, wie die Sache gelaufen ist.«

34

Die Haustür stand sperrangelweit offen, und der wie eine Hyäne gezeichnete Hund lag mitten in der Diele. Ohne den Kopf zu heben, begann er bei Lembergs Anblick betulich zu wedeln.

»Herr Buchen?«

Die Klospülung rauschte, und Buchen trat aus der Toilette. Zur obligatorischen Latzhose trug er diesmal eine schwarze Lederjacke und Joggingschuhe. Auf seinem Kopf saß eine hochgerollte Pudelmütze, der der Bommel abhandengekommen war.

»Da haben Sie aber Glück«, sagte er. »Ich bin gerade nach Hause gekommen. Treten Sie ein, meine Herren.«

Der Hund rührte sich nicht von der Stelle, sodass Lemberg und Schommer über ihn hinwegsteigen mussten. Buchen ging voran, und sie folgten ihm ins Wohnzimmer. Vor dem Kamin standen ein Kugelgrill und ein Grillwagen nebst diversen Utensilien, die darauf hindeuteten, dass Buchen beruflich unterwegs gewesen war.

»Ich hatte gestern Abend unten an der Mosel zu tun. Winzerfest. Setzen Sie sich. Kaffee?«

»Danke, diesmal nicht«, sagte Lemberg und nahm in der einen Ecke des Riesensofas Platz, Schommer in der anderen. »Wir waren gerade bei Marlies Schupp.«

Buchen legte die Mütze ab und zog die Jacke aus. Dann ließ er sich in einen der Sessel fallen, legte beide Arme auf die Lehnen und streckte die Beine aus. Ohne Zigarette sah er irgendwie unfertig aus.

»Schöne Sache, dass Sie Dieters Mörder gefasst haben«, sagte er. »Beziehungsweise seine Mörderin. Ich habe es gerade eben von meinem Nachbarn erfahren. Marlies wird froh sein, dass das noch vor der Beisetzung geschehen ist. Das wird ihr vieles leichter machen. War das wirklich die Freundin von Durlach?«

»Mutmaßlich«, sagte Lemberg. »So ziemlich alles spricht dafür.«

»Und was ist Ihnen widerfahren?« Buchen tippte gegen seine Stirn.

»Ich hatte ein bisschen Pech.« Lemberg fixierte Buchen scharf.

»Wir haben aber auch eine schlechte Nachricht. Gegen Frau Schupp besteht der dringende Verdacht, Drages-Dittmer erschossen zu haben.«

Einen Moment lang glotzte Buchen völlig entgeistert. Dann schüttelte er sich. »Das ist absurd. Marlies ist zu so etwas gar nicht fähig.«

»Das dachte ich auch. Aber Drages-Dittmer und sie kannten sich von früher. Wissen Sie, was ich damit meine?«

Buchen nickte bedächtig. »Seit Kurzem. Marlies hat mir davon erzählt. Ich bin aus allen Wolken gefallen. Nicht wegen dem, was sie gemacht hat, ich hätte es ihr einfach nur nicht zugetraut. Aber so etwas sieht man einem Menschen nicht unbedingt an, zumal wenn er damit abgeschlossen hat.«

»Wann hat sie Ihnen das gesagt?«

»Wann war das noch?« Buchen kniff die Augen zusammen. »Richtig, am Dienstag. Da war ich abends bei ihr und habe ihr gesagt, dass Dieters Leichnam freigegeben worden ist. Wir hatten doch darüber gesprochen, dass ich das erledigen wollte.«

»Ich erinnere mich. Hat sie bei der Gelegenheit auch erwähnt, dass Drages-Dittmer sie erpresste?«

Buchens Züge wurden hart. »Ja. Das Dreckschwein. Marlies war an dem Abend völlig fertig. Sie brauchte einfach jemanden, dem sie sich offenbaren konnte, sonst wäre sie, glaube ich, glatt daran erstickt. Und mir hat sie zugetraut, dass ich meine Klappe halten kann.«

»Hat sie auch davon gesprochen, dass sie sich eine Waffe besorgt hatte?«

»Ich habe ihr dringend geraten, das Ding wegzuschmeißen.«

»Das hat sie angeblich auch getan«, sagte Lemberg. »Sie hat angegeben, sie hätte den Lauf mit flüssigem Blei gefüllt und die Waffe anschließend in die Mülltonne geworfen.«

»Sehr vernünftig.«

»Wir werden danach suchen. Wenn es sein muss, lassen wir die gesamte Deponie umgraben, bis wir das Ding gefunden haben.«

»Wozu? Weg ist weg.«

»So einfach ist das nicht. Sollten wir sie nämlich nicht finden, müssen wir davon ausgehen, dass Frau Schupp gelogen und Drages-Dittmer doch damit erschossen hat.«

»Die Deponie ist riesig.«

»Wir können verdammt gut suchen.«

Lemberg und Buchen maßen sich mit Blicken. Eine ganze Weile, wenn auch weniger lang, als es ihnen vorkam. Der Wettstreit endete unentschieden.

»Warum erzählen Sie mir das, Kommissar Lemberg?«, fragte Buchen, ohne seine Augen abzuwenden.

»Weil ich weiß, dass Sie eine Schwäche für Frau Schupp haben«, sagte Lemberg. »Um es mal so zu formulieren.«

Buchen stand auf. Ruhig und gelassen trat er an das Panaromafenster und sah hinaus. Lemberg erhob sich ebenfalls und nahm neben ihm Aufstellung.

Unten lag der Friedhof, auf dem Dieter Schupp in zwei Tagen beigesetzt werden würde. Lemberg hielt Ausschau nach einem ausgehobenen Grab, konnte aber keins entdecken. Im Hintergrund ragte der Bergfried der Oberburg auf, der von hier aus deutlich zierlicher wirkte, als er in Wirklichkeit war. Lemberg konnte seinen Anblick ertragen, ohne dass er weiche Knie bekam.

»Eine schöne Aussicht, ein echter Bellevue«, sagte Buchen. »Finden Sie nicht auch?«

Lemberg beließ es bei einem zustimmenden Brummen.

»Ich werde ihn vermissen.«

»Erzählen Sie mir, was genau sich abgespielt hat.«

Buchen verschränkte seine Hände hinter dem Rücken und wippte kurz auf den Ballen, was ihn aber auch nicht entscheidend größer machte.

»Schlimm genug, was Drages Marlies überhaupt angetan hat«, sagte er leise. »Ihre Situation derart schamlos und niederträchtig auszunutzen. Aber der Hammer war, dass er auf Sex mit ihr bestanden hat, keine vierundzwanzig Stunden nachdem sie vom Tod ihres Mannes erfahren hat. Als ich das hören musste, sind bei mir sämtliche Sicherungen durchgeknallt, und ich beschloss, dieser gottverdammten Sauerei ein Ende zu machen. Ein für alle Mal. Deswegen habe ich Marlies angeboten, die Pistole wegzuschaffen. Sie schien erleichtert, das Ding loszuwerden.«

»Vielleicht deshalb, weil sie ahnte, welche Gefühle Sie für sie hegen, und daher hoffte, was tatsächlich eingetreten ist.«

»Das ist eine blödsinnige Unterstellung.«

»Sie müssen es ja wissen. Hatten Sie gleich vor, Drages-Dittmer zu töten?«

»Nein, so kaltblütig bin ich nun wirklich nicht. Ich wollte ihm noch eine Chance geben. Mit zwei fingierten Anrufen habe ich ihn abends zur Fischerhütte gelockt. Ich habe mich als jemand ausgegeben, der angeblich beweisen konnte, dass er Schupp erschossen hat, um bei dessen Frau freie Bahn zu haben. Dort wollte ich ihn zusammenschlagen und ihm das Versprechen abnehmen, dass er Marlies künftig in Ruhe lässt. Und dass er sein verdammtes Maul gegenüber jedermann hält, was ihre Vergangenheit betrifft. Aber die Sache ist aus dem Ruder gelaufen. Als er mich erkannt hat, ist er mit Pfefferspray auf mich losgegangen, was aber dank des Regens nichts gebracht hat. Er hat mir unterstellt, ich sei selber scharf auf Marlies. Die Waffe in meiner Hand hat ihn überhaupt nicht beeindruckt, vielmehr hat sich im übelsten Vokabular darüber ausgelassen, wie er es mit Marlies getrieben hat. Hat geprahlt wie eine Sau. Als er dann auch noch ›einmal Nutte, immer Nutte‹ gesagt hat, habe ich ihn umgelegt.«

»Wo ist die Pistole abgeblieben?«

»Fischfutter. Tut mir leid.«

Lemberg berührte ihn sacht an der Schulter. »Packen Sie bitte ein paar Sachen. Der Kollege Schommer wird Sie begleiten. Wer kann sich um den Hund kümmern?«

»Mein Nachbar.«

Während Buchen und Schommer unterwegs waren, verließ Lemberg das Haus, ging in die Durchfahrt und betrachtete die Büste der Zwillinge.

Sie hatten die Köpfe einander halb zugewandt, jedoch ohne sich anzusehen. Vielmehr waren ihre Blicke leicht nach oben gerichtet. Leid erkannte Lemberg in ihren Zügen, und er fragte sich, woran sie leiden mochten. Nicht an Hunger, denn sie wirkten gut genährt, hatten muskulöse Schultern und Hälse. Auch nicht an Folter, die Spuren auf ihren Brustkörben rührten eindeutig von Werkzeugen des Bildhauers. Einsamkeit kam auch nicht in Frage, denn sie hatten ja einander.

Lemberg beschloss, sie für Sklaven zu halten. Sklaven einer noch kommenden Zeit, in der die Menschenrechte mal wieder nichts zählen würden. Eine Skulptur, die er sich anstatt eines Steins auf seinem Grab vorstellen konnte.

Hinter ihm führte Schommer Buchen zum Wagen und fuhr mit ihm davon. Lemberg ging zu Fuß. Maggie wartete.

Epilog

Freitag
Maggie und Lemberg waren bei Edda und Albrecht Canisius zum Abendessen eingeladen. Canisius hatte ein ziemliches Getue um die Einladung gemacht, aber vermieden, einen konkreten Grund zu nennen. Lemberg ahnte jedoch, worum es ging. Schließlich hatte er seine eigenen Zuträger, und seit zwei Tagen hatte das Telefon nicht mehr stillgestanden.

Maggie und er trafen sich bereits am Nachmittag in Münstereifel, bummelten bei prächtigstem Herbstwetter durch die Stadt, besuchten das Apothekenmuseum und aßen in Heinos Café ein Stück Haselnusstorte. Pünktlich um zwanzig Uhr standen sie vor Canisius' Haus. Edda öffnete die Tür, gekleidet wie eine Grande Dame.

»Geht schon mal ins Esszimmer«, sagte sie, »ihr kennt den Weg ja. Wir kommen gleich nach. Albrecht steht noch in der Küche.«

Lemberg rutschte das Herz in die Hose, und er verfluchte seinen Leichtsinn, sich vorher nicht wenigstens eine Currywurst reingezogen zu haben. Bei bisherigen Einladungen für beide hatte immer Edda gekocht, und nun das. Auch Maggies Miene drückte erhebliche Bedenken aus.

Befürchtungen, die sich jedoch als unbegründet erwiesen. Canisius hatte sich lediglich um den Nachtisch gekümmert, die anderen Gänge waren im Restaurant »En de Höll« bestellt worden.

Vorneweg gab es Zwiebelsuppe mit Croutons, danach wurde gratinierter lauwarmer Ziegenkäse auf Rucolasalat mit Vinaigrette serviert. Der Hauptgang bestand aus einem sogenannten Dreierlei vom Fisch. In Butter gebratene Filetstücke von Lachs, Forelle und Zander auf gedünstetem Wurzelgemüse mit Herzoginkartoffeln, die Lemberg optisch an die Kekse erinnerten, die er im Dänemarkurlaub immer gegessen hatte. Ein bis dahin gelungenes Essen, wenn auch mit Rücksicht auf Maggie fleischfrei. Die dazu gereichten Weine stammten alle aus Canisius' eigenem Vorrat.

Den Nachtisch nahmen sie im Wintergarten zu sich, der Gott sei Dank gelüftet worden war. Plumpudding, was sonst. Völlig ungenießbar. Nach einem Rezept von Canisius' englischer Großmutter, die angeblich über neunzig geworden war. Wie sie das bei dem Fraß geschafft hatte, war Lemberg rätselhaft. Maggie und er beließen es bei Anstandshäppchen. Zu guter Letzt gab es Kaffee und Cognac beziehungsweise Likör für Edda. Trinken war kein Problem, für die Lembergs war das Gästezimmer hergerichtet worden.

Sie prosteten sich zu, und Canisius rief: »Edda, sei so gut und stell den Springbrunnen leiser.«

Edda stand auf und betätigte einen hinter einer Palme versteckten Schalter oder Drehknopf. Die Pumpe ging auf Schongang, und das Niagara-Rauschen wurde zu einem Bächlein-Plätschern. Als sie wieder Platz genommen hatte, räusperte sich Canisius.

»Ihr fragt euch sicher, warum ich euch gebeten habe, heute Abend unsere Gäste zu sein«, sagte er.

»Allerdings«, sagte Lemberg. »So oft kommt das ja nicht vor. Und wenn, war immer etwas Besonderes.«

»In der Tat, so ist es auch diesmal.« Canisius setzte eine Miene auf, die ihn für jedes staatstragende Amt qualifiziert hätte. »Ich kann euch eine erfreuliche Mitteilung machen: Die höheren Orts angedachte Auflösung der SOKO ist vom Tisch.«

Er legte eine Pause ein, wie um ihnen Gelegenheit zu geben, in Jubelrufe auszubrechen. Da die ausblieben, wurde sein Gesichtsausdruck etwas nüchterner.

»Gestern haben mich Düsseldorf und Mainz angerufen, heute Berlin und Brüssel«, fuhr er fort. »Alle haben mir versichert, dass wir voll im Geschäft sind und es die nächsten Jahre auch bleiben werden. Die Ergreifung einer der meistgesuchten Verbrecherinnen der Republik, ein Job, an dem sich LKA und BKA die Zähne ausgebissen haben, hat bei den entscheidenden Leuten nachhaltigen Eindruck hinterlassen. Dazu die Zerschlagung eines international operierenden Drogenrings, und das auch noch in grenzüberschreitender Kooperation, obwohl diese erst am Tag vor der Ermordung des bedauernswerten Kollegen Schupp vereinbart worden war. Alle Maßgeblichen haben mir stellvertretend für die Dienststelle höchste Anerkennung gezollt.«

»Das freut mich«, sagte Lemberg. »Vor allem für die Mannschaft.«

»Unser Etat wird aufgestockt, wir bekommen eine bessere Ausrüstung, wir können uns personalmäßig verstärken, und wir werden anbauen.«

»Anbauen?«

»Am Dienstsitz in Dorsel. Wir werden zusätzliche Räume benötigen. Ich habe bereits eine Skizze gemacht.« Canisius wandte sich an seine Gattin. »Darling – sei doch so gut.«

Edda entnahm dem Schubfach eines unweit stehenden Beistelltischchens ein DIN-A4-Blatt und reichte es Lemberg. Er wusste zunächst nicht, wie herum er es halten sollte. Egal aus welcher Perspektive er die Kritzelei auch betrachtete, sie ergab für ihn keinen Sinn. Schließlich griff Maggie ein. Sie hatte, als Sebastian klein gewesen war, zeitweise im Kindergarten Zeichnen und Malen unterrichtet und kannte sich mit derartigen Phantasieprodukten aus.

»Das ist das bestehende Gebäude«, sagte sie. »Und das muss der geplante Anbau sein.«

Jetzt sah Lemberg es auch. Die Proportionen waren aberwitzig. Der gedachte Anbau nahm beinahe den halben Fußballplatz neben dem Haus ein. In einzelne Kästchen, die allem Anschein nach die Räume darstellen sollten, hatte Canisius Namen geschrieben. Lemberg fand sein neues Büro in Höhe des Elfmeterpunkts.

»Natürlich muss ein Architekt den Plan noch überarbeiten«, sagte Canisius. »Edda wird sich übrigens um die Innenausstattung kümmern. Spätestens im kommenden Frühjahr geht es los.«

»Großartig.« Lemberg legte das Blatt zur Seite. »Die Sache hat nur einen Haken.«

»Was für ein Haken?«

»Ich habe mich als Sicherheitschef am Frankfurter Flughafen beworben.«

Canisius machte ein derart fassungsloses Gesicht, als rase ein ICE am Wintergarten vorbei. In Zeitlupe klappte seine Kinnlade runter. Edda legte ihre Hand an seine Kinnspitze und drückte die Lade mit einem tadelnden Kopfschütteln wieder hoch.

»Du isst mein Brot und bewirbst dich gleichzeitig woanders?«, krächzte Canisius. »Judas!«

»Albrecht! Also wirklich!« Edda schlug sanft auf den Tisch. »Es ist doch verständlich, dass die beiden wieder zusammenleben wollen.«

»Ich habe darauf bestanden«, sagte Maggie. »Die Chance ist einmalig.«

»Es ist ja nicht gesagt, dass sie mich nehmen«, sagte Lemberg.

»Natürlich nehmen sie dich!«, bellte Canisius. »Du hast dein halbes Leben lang für mich gearbeitet. Eine bessere Referenz gibt es in diesem Land nicht.«

Maggie ergriff das Wort. »Damit der nette Abend nicht in die sprichwörtliche Hose geht, muss ich etwas erklären. Ich habe Roger zu der Bewebung gedrängt, damit wir – sollte das Schicksal der SOKO besiegelt sein – nicht in ein finanzielles Loch fallen. Gleichzeitig haben wir aber vereinbart, dass er die Bewerbung für den Fall des Weiterbestehens der SOKO zurückziehen kann.«

»So hätte jede verantwortungsbewusste Frau gehandelt.« Edda tätschelte Maggies Hand. »Gut gemacht.«

»Ziehst du sie zurück?«, fragte Canisius.

»Am Fraport würden sie mir nahezu das Doppelte zahlen«, sagte Lemberg. »Mach mir ein Angebot.«

»Da lässt sich sicher was machen, wenn auch nicht in der Größenordnung.«

»Das Leben besteht aus Kompromissen.«

»So kommt ihr aber nicht wieder zusammen«, sagte Edda.

»Auch da scheint sich eine Lösung anzubahnen«, sagte Maggie.

»Ach, und welche?«

»Roger soll euch das erzählen.«

»Tja«, sagte Lemberg. »Könnte ich vorher noch einen Cognac haben?«

E D G A R N O S K E I M

Edgar Noske
DIE EIFEL IST KÄLTER ALS DER TOD
Broschur, 256 Seiten
ISBN 978-3-89705-305-2

»Ein Krimi, der Klasse hat. Rhein-Zeitung

»Der erste Fall mit Lemberg sollte nicht der letzte bleiben.«
General-Anzeiger

www.emons-verlag.de